Heibonsha Library

医療短編小説集

平凡社ライブラリー

Heibonsha Library

医療短編小説集

W.C.ウィリアムズ、F.S.フィッツジェラルドほか著
石塚久郎監訳

平凡社

本著作は、平凡社ライブラリー・オリジナル版です。

目次

1 損なわれた医師

2 医療と暴力

3 看護

訳者による注記は、本文中に〔　　〕を用いて記した。
原文には今日では差別的と思われる表現も含まれるが、
時代的な背景を考慮してそのまま訳出した。

1　損なわれた医師

オールド・ドクター・リヴァーズ

ウィリアム・カーロス・ウィリアムズ／石塚久郎

馬。そう、馬こそリヴァーズの地位を評価するのにまず考慮すべきもの。当時の道路の悪さと通信手段の厄介さもあるにはあるが。

医者にとってすべては馬次第。人生を決定づけるもの、それが馬なんだ。

リヴァーズは自分の馬と馬車を誇りにしていた。ゴム製のタイヤに赤い車輪の二輪馬車《サルキー》で通りを駆け行く姿は見ものだった。馬車に乗り、帽子のつばの下から外をじっとうかがい、いつも微笑を浮かべ、自信満々でちょっとばかり尊大な感じもするが、よそよそしいという訳ではない。

行き会う人みな顔なじみ……。

やあ、フランク。かみさんの具合はどうだい？

よくありませんな、先生。

例のやつがぶり返したのか？　じゃあ、午後にでも、馬車を走らせて病院へ連れてってやるよ。

家内はうんと言いませんせん、先生。

怖がってるのか？

お察しの通りで。

わかったよ、大将。まあ、葉巻でも一本どうだ。そう言ってリヴァーズが向きを変えると、馬は今にも飛び出しそうに地面を前脚で引っかいて首を左右にぶるっと震わせる。

若い独身の頃がリヴァーズの人生で一番幸せだった。当時は意気揚々と医師の仕事をこなしていた。馬車に乗って浴びる陽ざしや風の冷たさは爽快な気分にしてくれる。馬車の上で葉巻をくゆらせると、目の前で馬のお尻がゆっさゆっさと揺れる、その動きもいい。たぶん、そのせいなのだろう。あちらこちらへとせわしなく走り回り、ここに居たかと思うとあっという間に別の場所へ移動するのは。自分の目で見、合点する。それだけでいい。彼の人生はまだまだ残っていた。

リヴァーズ医師の診療はこんな風だった……。

入りな、ジェリー。どんな具合だ？　この飲んだくれが、と気さくに戯《ざ》れ言をたたく。

おねげえです、先生、おふざけはよしてください。病気なんですぜ。

誰が病気だって？　クレーター〔クレーター・レイクという蒸留酒メーカー〕でも一口飲みな。診察室の机の後ろには、ほとんどいつも酒瓶が置かれてあった。犬にでも噛まれたか？

このひでえ首を見りゃわかりますぜ。先生、どうなすったんです？　ちゃんと見てくださいってわしは言ってんですぜ。

黙れ！　このアイルランドの臆病者が。

何ですって、先生。冗談はなしですぜ。

おや？　気に障ることでもしたかね？

先生、ここに何かつけるつもりじゃないですか？

まさか？　お前さん、お行儀よくしてな。さあ、ここに座って、椅子の肘掛けをぐっと摑んで、いいというまで離すんじゃない。でないと、あんたの体は真っ二つだからな。

いてっ、ウーッ！　こんちくしょう！　何してくれてんだ、先生。

喉くびがやられてるな、ジェリー。そら、これを飲んで。そこにちょっとばかし横になりな。お前さん、こんな臆病とは思わなかったよ。

何！　横になれって？　どうして？　わしは女じゃないんですぜ。ウーッ！　酒が足りねえなあ。でも先生よ、あんたはてえした医者ですぜ。なかなかのね。で、今日はおいくらで？

今日のところはいいよ、ジェリー。来週にでも持ってきてもらえればね。

そいつあ、ありがてぇ。

電話が鳴った。この地域で最初に設置された電話の一つだ。病院からの呼び出しだ。

おい、マギー！　こう呼ばれたのは、リヴァーズの仕事を嫌々ながら手助けしている、むっつりしたアイルランド系の年輩の女だ。横の入り口に馬車をつけるようジョンに言ってくれ。

ちょっとお待ちください、先生。女性の患者が一人おりまして、先生に診てもらいたくて三日になるそうです。具合がひどく悪くって、午前中ずっとここで先生をお待ちになっていますよ。

中に入れてくれ。

先生……。

なるほど。彼女の顔色が悪いのが見てとれた。どこが悪いんだ？　お腹かな？

ええ、そうです。

コートを着たまま、さっとゴム手袋をはめ、素早く診察を終えると、部屋の隅にある洗面器で手を洗った。ものの六分もかからなかった。

机に屈みこむとメモを二つなぐり書きした。

今夜、この薬を少量の水に三十滴たらして飲みなさい。さあ、これをもって、看護婦長のローズにお渡しなさい。朝になったら病院に行くんです。朝食はとらずに。

でも、先生、私の体のどこが悪いんですか？

まあまあ。明日の朝になればわかるから。安心なさい、お母さん。きっと大丈夫だから。さよなら、と言って彼はドアの外へ彼女を押し出した。

ジョンが待ってます、と大柄なマーガレットに言われ、リヴァーズは慌ててコートと帽子と葉巻をかき集め、ポーチの隅で葉巻に火をつけた。数秒後、馬車に乗り込み、そこを出た。

彼は何も目に留めないで、馬車の座席にふんぞり返っている。馬たちはプランク・ロードを足早に駆け抜け、鉄道の踏切をつっきる。春の暗い夜だった。桜の花がマックギー家の敷地に咲いていた。保育所の前を通り過ぎ、沼地の側の険しい坂を下る。そこを曲がると、ダドマス農場が見える。カウンティ橋に達し、橋板をガタガタ鳴らしながら渡った。橋の下には入り江がある。流れは急で、引き潮だ。そこにほんのり光が差し筋模様を作る。小さな音が湧きあがり、かすかなさざ波ができ、ひんやりとした大気がたちこめる。

もちろん、リヴァーズは受け取った金額相応のすぐれた医療行為をやっていたはずだ。三十年もの間、いついかなる時でも、誰彼かまわず（彼の手が空いていたならばの話だが）、患者のもとに駆けつけ、辿り着いたらすぐさま率先して何かしらの治療をした。そのほとんどが正鵠を射たものだった。

リヴァーズは機敏で、活力溢れる勇敢な男だ。彼は自分の仕事の何たるか——その中身は誰にもわからなかったが――を心得ている、と町の人々は確信していた。彼らはリヴァーズの医療行為に報いてたっぷり金を払っていた。もっとも支払うことができればの話だが。

では、リヴァーズは何ができたのか？　彼は何をしたのか？　実際どんな医者だったのか？　そんな考えが私の頭を巡り、近くの小都市のとある病院に立ち寄ってみることにした。リヴァーズが盛んに手術を行った病院だ。そこに行けば、彼が本当はどんな医者だったのか自分の目で確かめられる。そう思い、満足のいく答えを得るため、聖ミカエル病院へ出向き、そこの図書館員に古めかしい記録書類を調査のためと言って取り出してもらった。

こんな場合によくあることだが、当初見たいと思っていたもの以外のものが私の目にとまった。

分厚い台帳は、擦り切れた皮の表紙で包まれ、表紙には金字で「聖ミカエル病院で扱われた症例記録簿」等々と刻まれていた。見るからに重々しく興味をひく代物だ。一八九八年から全部で十二冊ほどのそうした台帳があった。この中には人間が味わうあまたの苦難が凝縮されていると思うと喉元が締めつけられる。

意のままに頁をめくると、病院の全歴史が立ち現れた。どのような医療行為が行われ、結果はどうだったのかが、医師の名前や関連する情報などと並んで長い縦欄《コラム》にずらりと列挙されている。細かい字やひょろひょろした字、几帳面な字や乱雑な字など様々な筆跡で、長い年月にわたって丁寧に書き込まれている。青色や緑色、黒や紫色の文字、時に赤色の文字までが使われている。先の丸いペンや尖ったペン、でなければ鉛筆を使い、見開き二頁――その間に薄い遊び紙が二枚挟まれていた――にわたりぎっしりと書き込まれていた。

一九〇五年と一九〇八年の記録を選び、リヴァーズの名前がないか親指で頁をめくってみた。ところが、私の目に留まったのは彼の名前ではなく患者の職業の欄だ。それほど昔という訳ではないのに、記載された職業の中にはおやと思えるものがあった。貸し馬車屋に馬車の御者〔一九二〇年代の自動車の普及で廃れたから〕、そして酒屋の主人！〔現在が禁酒法の時代（一九二〇―三三）であることが推測される〕時間がこれだけ早く過ぎるのを実感したのは、ここ何年もなかった。

医師の欄にリヴァーズの名前を見つけた。薬物依存により死亡と確かに書かれてある。同じ頁に絶望にかられて拳銃自殺した別の医師の名前もあった。不倫した相手が同僚の医師の妻であったようだ。同僚の医師は妻と離婚し若い女と再婚したが、六十になる不倫医師は診察室のソファに静かに横になり、人生にさよならと言って死んでいった。ある医師は恐らく刑務所に入るのを免れるためなのだろう、妻と子供を置いて、海岸地域に向かって町を足早に去って行った。医師でありながら歳をとり過ぎて、生きてはいるが忘れ去られたものもいた。九十を過ぎた男は、まったく耳が聞こえなくなったというのに、気難しい顔をして町を徘徊していたが、彼が医師だったということはほとんど誰も覚えていなかった。不思議なことだ。このすべてが一九〇八年からのことに過ぎないのだ。

リヴァーズは実際、何を成し遂げたのだろうか？

外科医としては、通常の擦傷は言うに及ばず、誰もがやる盲腸もあったが、それ以外にはこんなものもあった。すべて記録簿から書き写したものだ。子宮内膜炎、卵管炎、手の拘縮、脾臓破裂、ヘルニア、裂傷（何件かは間違いなく医療ミスによるもの）。大腸の悪性腫瘍、甲状腺摘出、乳房切除などもあった。上腕骨の非癒合性骨折、プレートを差し込み「治癒」と最後の欄に記されている。通常出産、帝王切開や破裂型子宮外妊娠。首の瘤、蓄膿、水腫も治療した。子宮の摘出、胃腸の吻合や胆管の切除も行った。また、鼻中隔湾曲症にまで挑戦した。骨折手術は体のほとんどあらゆる部位にまで及び、その多くは頭部のもので、単純骨折と複雑骨折の両方あった。

右の頁の端には「治癒」と短く記された欄があったが、その横には他のどんな医者にも負けじとリヴァーズの名前が頻繁に記されていた。

内科に関して言えば、昔懐かしい「神経衰弱」――患者のどこが悪いのか結局わからなかったということだが――を始め、腎炎、肺炎、心内膜炎、リウマチ、マラリア、発疹チフスまで扱った。治癒して退院した患者がほとんどだ。

患者はどんな人々だったのか？　配管工、苗木屋、酪農家、肝硬変を患うバーの経営者、画家、植字工、専業主婦などなど。紅茶商人から無職に至るまで、この地域の職業を長々と記す興味深い記録だ。

急性アルコール中毒と振顫譫妄《しんせんせんもう》〔慢性アルコール依存症に伴う震えや幻覚などの精神障害〕の症例が頻繁に見られた。

リヴァーズがこうした医療行為をしたのはお金のためではない。彼の感じやすい心と他人を思いやる心がそうさせたのだ、と私は信じる。豚のように貪欲な奴ら——金を求めて怒濤のごとく駆け回り、上手に金をせしめる連中——の多くが陥る自己満足とは水と油。情緒不安定ではあったが、人生をあるがままに甘受し、どんなに極端に走っても、人生に打ち負かされることは決してなかった。

だが、手術を途中でやめてしまい、後は他の医者に任せなければならないことが時々あったのを知っている。いや、おそらく、一時その場を離れ（その理由は誰もが知っていた）、戻ってゴム手袋を交換してから手術を続けるつもりだったのだ。戻ってきた時の彼の変貌ぶりには驚かされるに違いない。憔悴した老人のようだったというのに、あっという間に臨機の才に富んだ鋭い外科医に変身するのだから。

リヴァーズのことをもっと知ろうと、手術台の真向かいで彼の補佐をしていた外科医らに、外科医としての彼をどう思うか、彼が成功した秘訣は何か尋ねた。

そうして再び、奇妙な噂話が集まり出した。リヴァーズが最も活動的だった数年間、同じ病院でインターンをしていたジャミソン医師はこう回顧する。夜中、一階にある自分の部屋のベッドで寝ていると、はたと目覚める。横にはリヴァーズが平気の平左で鼾をかきながら布団を掛けもしないで寝ていたという。こんな話もある。ナシャワンの州立精神病院へ足を運んだ時のこと。その病院の看護人が我々一団に、廊下の壁に寄りかかって放心状態の男がいるのだが、彼はそちらさんの一員ではないかと言ってきた。それはまさしくリヴァーズだったが、いつもやるコカインの配合に狂いが生じて、すっかりいってしまっていたのだ。

リヴァーズの能力は何と言っても不気味なまでの診断力の高さにあった。次いで、迷うことのない決断力。こうと決めたらすぐ実行した。その上、彼の手術の技術は、革新的で風変わりなものだと思われがちだが、実際はそうではなく、保守的で細部にまで注意が行き届いたものだった。ドラッグが効いている間だけは、普段の苛々は解け、冷静で勤勉な医者になれた。彼の主義主張はどれも、もっともなものだったが、いかなる意味においても自己を誇示しようとする人間ではなかった。

心理学者よろしく人の心を読むのも上手かった。キングズランドに一週間ばかり下痢で苦しむ少年がいた時のこと。何人かの医者に診てもらい処方箋を出してもらったが、この子は食べたいものがあればほとんどすべて平らげてしまっていた。とうとうリヴァーズが呼ばれた。彼は少年のズボンを降ろすと一目見て、なんだい、この坊やに必要なのは包茎手術じゃないかと言って、立ちどころに手術をし、予後一日二日絶食させると、子供はたちまち回復したのだった。なんと賢いことか。

私はかつて二度だけ彼の手術の助手をやったことがある。

最初はミリケンという三十代後半の不格好で巨体の男。浅黒い肌をしたマッチョな男で、サーカスの怪力男のような手足をしている。仕事は町外れで牛乳の配達をやっていた。この男が急性の盲腸炎になった。

彼のこぢんまりとした家——確か二軒長屋《ダブルハウス》だったと思うが——に到着してみると、この大男を治療できる部屋は広めの居間しかないことがわかった。いつも通りテーブルで手術台を急ごしらえすると、リヴァーズは準備はできた、さあ台の上にあがれと大男に言い、大男はそれに従った。

リヴァーズも私もミリケンがとんでもない大酒飲みだというのを、その時すっかり失念していた。

エーテルから始めよう、とリヴァーズが言った。

ところが、二十分もしないうちに、この量のエーテルでは——チューブでも使わない限り——この男には効き目がないのがわかった。筋肉隆々の男やアルコール依存者はえてしてそうだ。

リヴァーズと助手は手術にとりかかろうとしていたのだが、患者がもぐもぐと口を動かして、ちょっと待ちな、先生、と言ったのだ。奇妙なことに、この男はこの時点まではおとなしかったので、麻酔が効いていると思い込んでいたのだ。が、実際はそうではなかった。リヴァーズはまだかまだかと言いたげだったが、私はマスク越しにエーテルを流し込み続けた。もう切開できる状態だった。リヴァーズと助手は手を洗浄し、シーツを整え、後は待つのみ。

リヴァーズがそわそわし出した。私自身、特に愉快な気分でもなかった。とうとうリヴァーズは口を尖らせて、君は麻酔のかけ方を知らないんじゃないかと言ってきた。私の顔は真っ赤になったが何も口に出さなかった。その代わり、クロロホルムを取り出し、注意深く男にかがせ始めた。リヴァーズはそれでいいよと言ってるような顔をしたが、無言だった。クロロホルムが効くまでしばらく待った。その時にはもう全員が汗だくで、患者にも仲間にも自分自身に対しても皆《みな》、腹を立てていた。

どんな結果になったか。三度切開を試み、その都度、手術台が地震のように揺れるので、リヴァーズは切開するのを諦め、私の方を向いてこう言った。

さあ、そのマスクを俺によこせ。で、お前はこっちで俺をアシストしな、ウィリー。この男の眠らせ方を見せてやるから。

私は手を洗いたかったが、リヴァーズが、ダメだ、ゴム手袋をはめな、と言うのでその通りにした。他にやることはなかったからだ。部屋は男を外に出さないようにしているうちに、とっくに無菌状態ではなくなっていた。

リヴァーズはクロロホルムの瓶を取り出し、この移民労働者《あばれもの》に中身を振りまいた。男の顔が紫色になり気絶してしまうのではないかと思ったが、そうはならなかった。

数分後、リヴァーズがさあ始めようと皆に言った。

助手のメスが男の皮膚に触れると男の膝がぴくんと跳ね上がる。抱腹絶倒ものだ。さあ、いくぞ、リヴァーズが興奮して叫ぶ。いいか、押さえつけろ、やるんだ！

結局皆《みな》そうした。助手の男が頭と腕を押さえつけ、助手役に見切りをつけた私は、男の太腿の上に腹ばいになり、その先にある手術台の脚をしっかりつかんだ。実際の手術をやったのはリヴァーズ一人きり。しかも上手にこなしたのだからたいしたものだ。

この手術から一か月過ぎたある日のこと、この患者が消防署の前につっ立っているのを見かけた。好奇心に駆られ、男に近づくと手術の最中何か感じなかったか訊いてみた。

彼は最初私のことがわからなかったようだが、正体を明かすと、びっくりして近づいてきた。こちらは、失態のせいでぴしゃりとやられるんじゃないかと冷や冷やしていたのだが。

何か感じたかって？　ああもちろん、最初から最後までずーっとな。だが、そう言う彼もその時までにはすっかり健康を回復していた。

だが、リヴァーズは本当はどんな状態だったのか？　疑いをもち始めたのは、イースト・ヘイズルトンに住む馬具職人、フランケルという老ドイツ人を治療した時だ。ある日、往診の呼び出しがあって言われた住所に向かった。商店の二階に老夫婦が暮らしているのは知っていた。台所は既に手術室に急ごしらえされていた。樅《もみ》材の質素なテーブルの端の方に小さめのテーブルが横づけされていて、老人が横になれるように数枚の毛布とシーツがその上に掛けられてあった。手当用品は殺菌され、手術道具もガス・ストーブの上で煮沸されていた。見る限り準備万端だ。

私が台所に入るとすぐにリヴァーズは玄関広間まで行って、こっちに来なさいと老人に言った。こちらの準備は整っている。老人はそれまで道路に面したベッドに横になっていたが、呼ばれると、狭苦しく薄暗い廊下を、膝までしかない時代遅れのナイトガウンを着て裸足で歩いてやってきた。その姿を目の当たりにした時の驚きは忘れまい。私の知っているあのフランケルが、礼儀やたしなみなど構ってはいられない体《てい》なのだ。夫のフランケルは痛む腹を両手で抱えていたが、怯えた妻は夫の側に心配そうにつき添っていた。

老人は相当重症だったので、無理はできなかったが、リヴァーズが無言のまま合図を送るとやっとこ手術台にあがった。手術台に横になると老人にシーツがもう一枚掛けられ、私は麻酔を始めるよう言われた。黙々と指示に従ったが、こんな成り行きにあまりいい気分はしなかった。

リヴァーズが老人の妻に例の上等なウィスキーはまだあるかいと尋ね、持ってこさせた。自分でタンブラー一杯分ほどの量のウィスキーを注ぎ、流しの水でグラスを満たした。飲みながら、もう一方の手で携帯酒瓶《フラスク》を取り出し、我々仲間に向けて、一杯どうだという素振りを見せた。が、皆に一蹴されるや、リヴァーズはウィスキーを飲み干し、コルクで酒瓶に栓をすると、椅子の近くに掛けてあったコートの脇ポケットにフラスクをするっとすべり落した。

リヴァーズはシャツにサスペンダー姿で袖をまくりあげた。ここから先は、当時の手順に従って、概ねマニュアル通り適切に進んでいった。

リヴァーズは切開を始めた。一目見て、肩をすくめた。盲腸が破裂して重度の広汎性腹膜炎を併発していたのだ。リヴァーズは酒を一杯あおり、何もせず放置した。そうするしかなかったのだが、患者は次の日に亡くなった。

町から怒号があがった。また一人、善良な市民があのヤク中のリヴァーズに殺されたと。私の友人の中にはリヴァーズには気をつけるんだなと忠告するものもいた。もちろん起こったことをよくよく考え直してみたが、早急に結論づけることはしなかった。

それでもリヴァーズは、親切で、用心深く、礼儀をわきまえることもできたし、そういう面を見せたこともしばしばあった。私が聞いた話の中でとても興味をひかれたのは、彼のヴァイオリンの腕前についてだ。優秀な演奏家だった彼は、若い頃、その界隈では名の知れた演奏家――地元の大聖堂専属のオルガン奏者で、恐らく近所でばったり出会ったのだろう――とデュエット演奏をしながらよく夕べを過ごしたそうだ。

これは、ヴァージニア・シッペンという五歳の少女が猩紅熱《しょうこうねつ》の合併症で腎臓を悪くした時のこと。昼夜をおかず呼ばれたリヴァーズは、少女を救うためにできることはすべてやった（と彼は思っていた）。それでも少女の意識は回復せず、からだは腫れあがっていた。腎臓の機能がストップしたからだ。ある夜、リヴァーズは家族に、手は尽くした、残念だが明日の朝までもたないでしょうと告げた。

この時、少女の母親が、先生、お怒りなさらないで私の考えを聞いてくださいませんか、腎臓のところに亜麻の種を湿布してみたいんです、と言った。構わない、やりなさい、とリヴァーズは答えた。

翌日、子供の腎臓はゆっくりとだが機能し始めた。濁った血尿が出てはいたが、少女は意識を取り戻し熱も下がった。リヴァーズは歓喜し、いろいろ教えられましたよと言って母親を褒めた。この少女は成長し、その後三十年生きた。

リヴァーズは女性には無愛想な男だった。

やあ、メアリ、どうした？

先生、脇腹が痛くて。

いつから?

今日です、先生。今日初めて痛くなったんです。

今日だけだね。

ええ、先生。

診察台の上にあがって、服をまくしあげて。そこにあるシーツを掛けなさい。さあ早くやるんだ。やったかい、メアリ。じゃあ、今度は膝を立てて。

ウッ、痛っ!

リヴァーズは残酷にも無作法にもなれた。だが、この手の人間にありがちなように、感傷的なくらい優しくなるし、やり過ぎと思えるほど面倒見がよくなる。

私の昔の友人でリヴァーズの患者だった若い女性が、彼がどんなに親切だったか話してくれた。彼女は養子であったが、養父母は他に養子を取ろうとは決してしなかった。彼女は、数か月間、週に二、三のペースでリヴァーズのもとに通い、これまでお目にかかったことのない優しさと忍耐強さで治療してもらった。鼻咽頭の具合が悪く、扱いにくい症状だった。徐々に徐々にリヴァーズは彼女を回復まで導き、ほとんどただ同然で治療したのだ。

お金が目当てではなかった。

彼の目的は何か。華奢《きゃしゃ》でもの静かなこの娘を彼の一生の崇拝者にすることだ。

だが、こんなこともあった。ある日、リヴァーズが薬局にいると、首に相当大きな膿瘍ができた十歳くらいの少年が近づいてきた。診療所にはリヴァーズはいませんと言われ、それでは薬局かと思い、ここまで追ってきたのだ。

こっちにおいで、とリヴァーズ。どれどれ、と言ってメスをベストのポケットから取り出すと、膿瘍めがけて切りつけた。

が、少年の動きの方が素早かった。少年はさっと後ろにのけぞったので、メスは的より低いところをかすめた。少年は踵を返すと、血をしたたらせ喚きながら、ドアの外へ飛び出した。リヴァーズはくくっと笑っただけで、もうこの出来事には何の関心もないようだった。

リヴァーズには、もちろん、よく訪れるお気に入りの場所がいくつかあった。筆頭にあげられるのは、クレストボロにあるジャネット邸だ。尾根に沿ってヘイズルトンから北に二マイルの地点にあり、そこは六十年から八十年ほど前に、大勢のフランス人が一家を構えた場所だ。

このフランス人は他の住民とは階級が違っているようで、うねるように繁茂した高木に囲まれた大邸宅に我が物顔で暮らすことで、世間にその違いを見せつけていた。

あらゆる文化の始まりである垣根が一様に所有地を囲い、それが仕切りとなって所有権と境界線を明確にする。安楽生活と隠遁生活がここでは栄えているように見えるが、当然ながら見かけだけのことも多い。

こうしたことがリヴァーズに何かを意識させたとは思えない。そうしたものごとはただそこに存在し、彼はその中で過ごしていた。そういう意味では、少なからぬ影響を受けていたに違いない。というのも、明らかにリヴァーズはジャネット邸を気に入っていたからだ。もちろん、彼が本当に魅力を感じていたのはそこに住む人々だったが。

あの男はアルザス生まれのフランス人だったが、名前が出てこないなと、私の情報提供者であるトローブリッジ老医師が言う。年をとると記憶もおぼつかなくてね。待てよ、ええーっと、いや、とにかく、そいつはフランスに帰っちまった。あの家には今は別の誰かが住んでるな。あのフランス人には娘が何人かいて、とっても賑やかな一家だった。

私はこの老医師にリヴァーズがどうして薬物に手を染めたのかしつこく尋ねた。ああ、ここに来る前からやってたはずだ。でないと、奴の奇行はどうやったって説明できん。とにかく、ドイツのフライブルクのセイバートという病理学者を頼って、ヨーロッパに行ったんだ（奴は熱心に勉強したとは思えんがね）。で、例の男――名前は何だったか――はフランスへ引き上げていたんだが、リヴァーズにアメリカに帰る金を恵んでやらなきゃならなかったんだ。

そうそうジャネットとか言ったな。アメリカじゃあ贅沢な暮らしをしてた。手作りの温室が裏庭にあって、植物ならなんでも揃ってた。きっと、かなりの大金をつぎ込んだんだろうな。

よくその温室で仲間とトランプをやってた。リヴァーズのような悩みをかかえた医者にとってそれがどれだけ魅力的だったか。ジャネットが放蕩者なら、友人のリヴァーズは良心の許す限り、もらえるものは遠慮なく受け取る男だったからね。

このフランスの友人とつるんでトランプをし笑い語らい、輸入したワインと酒を飲みかわす。これがよかった。吹雪の後の日曜の朝は、温室の中で腰を下ろし寛ぐ。患者のことは忘れて、温室のぬくもりを感じながら語らい、ワインを傾け上質の葉巻をくゆらす。最高だね。あの当時の酷い医療環境を思えば、そこは一風変わった場所、まったくの異国風で、時勢に逆らい、嬉々として社会に無関心でいられる場所でもあったんだ。

リヴァーズのような複雑で矛盾を孕んだ人間を理解し受け入れようとすれば、それこそ何世紀に渡って培われたヨーロッパの教養と理解力が必要となろう。当時のニュージャージーの片田舎では、ジャネット邸以外、こんな自由を味わえる場所はなかったのだ。

リヴァーズは今や人気と実力において絶頂期を迎えた。

知力や体力はもちろんあったが、繊細な神経と洗練された感受性も持ち合わせていた。そのせいで、能力はあるのに、全力で患者に奉仕した結果、自らがその犠牲者になった。そうしてリヴァーズは薬物に頼らざるを得なくなったのだ。

彼は天賦の才に恵まれた人間の中でも飛びぬけて有能だった。彼は、私が最も嫌悪する福音主義的なアメリカ人の暮らしぶりを手厳しく告発する存在だ。と同時に、彼の生来の才能に気づけない人々の中にあって、己を確立しようとする男でもあった。

ジャネットが薬をやっていたとは思わない。リヴァーズが彼の邸宅に行ったのは、そこが彼の最後の望みを託せる、本当に安心できる場所以外の何物でもなかったからだ。この邸宅での生活があったからこそ彼も少しは救われていたのかもしれない。ともかく、彼らは陽気で、あっという間に時間は過ぎていった。邸宅でのリヴァーズは活気づき、のびのびとしていた。ところが、その時間が終わるとまた落ち込んでしまうのだった。

ジャネット邸はリヴァーズに安らぎをもたらしたが、そこの住人ではなかったので、例の不安感が安らぎを凌駕してしまうのだ。

数か月続けて薬に手を出さなかったこともあったにはあったが、その後また薬に手を染めてしまう。暗澹たる思いに駆られ、とうとう仕事を放り出して、時には一晩中、森へ逃げ出すこともあった。

森かその種のものに逃げ込みたいと一度や二度たいていの人は思うものだ。大都市に生きる者ならなおさら憧れる。リヴァーズもその一人だ。人は混乱すると、本来の自分を見失い、代わりに、熱に浮かされて見る途方もない夢の中で、幻の姿に身を重ねるものだ。が、少なくともリヴァーズはそういった幻と手を切り前に進む胆力を持っていた。

人はストレスを感じると、やがて、群れをなす家畜のように行動する。つまり、ストレスから早く逃れようと、急に駆け足で走り出す。カチカチ鳴っている手元の時計に急き立てられ、とうとう狂ったように走り回る。どこに向かっているのかもわからず、行先を探す間もなく。リヴァーズは自分を大きく見せる何かに没入したかった。原始的で体力を消尽するものに。メイン州に行けばそれが叶った。鹿狩りだ。狩りで得た鹿を家に持ち帰り、鹿肉を友人皆に切り分けた。

だが、これも最後は悲惨な結末を迎えた。長年酷使した目が病気で悪くなっていたのだろう、ある日、リヴァーズのガイドを務めていた親友を森の中で誤って撃ってしまったのだ。弾丸はこめかみを貫き、即死だった。

リヴァーズの性格からして当然のことだが、残された不運な家族にできる限りの補償をした。最後の一ペニーまで彼に支払える限りの慰謝料を払った。そうして、最後の支払いを終えた時、知り合いの若い医師を呼んで、ニューヨークでディナーを共にした。自分を鼓舞するために祝杯をあげたのだ。

ひと頃のリヴァーズの道楽は、ニュージャージー州の北部の山々にうじゃうじゃいるガラガラヘビを捕ることだった。彼は明らかにこの気晴らしとその危険を楽しんでいたが、ガラガラヘビ捕りには科学的なおまけもついていた。というのも、集められたガラガラヘビの毒はニューヨークの実験室で研究に使われたからだ。

私の患者の一人が当時のリヴァーズの診察室についてこう語ってくれた。

兄弟姉妹合わせて僕ら子供は六人。僕は十歳くらいだったかな。僕らは日曜の朝になると彼の所によく遊びに行ったんです。すごく楽しみだったな。リヴァーズの戦利品の数々を眺めるのが好きで。壁にヘラジカや鹿の頭が飾ってあってね。あと、色んな種類の魚も飾ってありました。

リヴァーズ先生は凄腕のハンターでした。先生がガラガラヘビに腕を嚙まれた時のことを僕の父に話しているのを覚えてます。医者だったので、こんな時どう対処したらいいのか知ってたんですが、ガイドの男に度胸がなかったらしく、先生は自分の猟刀で傷口をがっと大きく切り裂いて、そこから血を吸いだしたんだそうです。そうする前に薬《ヤク》を一発打って気を落ち着かせたんだと思いますけどね。僕らは父と一緒に診察室にいて、その時、先生が袖をめくりあげて僕らに腕のど真ん中にある傷跡を見せてくれました。

待合室にたくさんの患者が待たされていたある晩のこと、チャーリー・ヘンゼルを中に呼び入れたのもちょうどその頃だ。チャーリー、グローブをつけな、とリヴァーズが言った。グローブは部屋のどこかに常備されてあった。さあ、かかってこい。

ところが、当時のチャーリーは体が頑強で、しかもリヴァーズが乱暴なプレーにとても耐えられそうにないということもわかっていた。首を振り、先生、今夜はやめときましょうや、と言った。

　これがリヴァーズの気に障った。なんだ、怖いのか？　どうした、若いの？　さあ、こい。グローブをつけな。

　わかりましたよ、とチャーリーがいつもの優しい落ち着いた声で答えた。お望み通りに。その後どんなことが起こったか、その顚末を私に話してくれた。

　机を後ろに押しやって、二人が戦うちょっとしたスペースを作った後、スパーリングということになった。

　チャーリーは年とった医師のボディを避け、顔を二、三度軽くぽんぽんと叩いた。これに応えてリヴァーズは強烈なパンチをチャーリーの胴体にくらわした。

　さあこい、かかってこい、とリヴァーズは続けた。

　だが、リヴァーズの息が上がっているのがわかるとチャーリーは再び彼を軽く叩いて、今夜はもう十分でしょうと言おうとしたのだが、チャーリーの両腕が下がりかけた隙を狙い、リヴァーズは素早いパンチを繰り出してチャーリーのこめかみを捉えた。さあこい、くるんだ、この若いの、とリヴァーズはもう一度声をあげた。

　それで、チャーリーはこの厄介ごとを終わらせようと、軽やかにフェイントするとリヴァーズにアッパーカットをくらわした。リヴァーズはよろめきながら壁まで押し戻され、邪魔にならないようにと壁際にどけておいた診察椅子にどしんと座る羽目になった。その衝撃で建物は震えた。

問題はだな、チャーリー、としばらくしてリヴァーズはゆっくりと話した。俺のパンチがあたらんのはな、お前さんの腹《ボディ》がないも同然だってことさ。実際その通りだった。チャーリーの胴体は船乗りのように引き締まっていたのだ。

リヴァーズに禁断症状の発作が起き、弟でさえもお手上げの状態の時があった。完全に頭がおかしくなることもあった。少なくとも二度は州立精神病院に入って半年かそこら集団治療セッションに加わった。

その病院に一か月ほどいた頃、友人であった院長に仕事に復帰できるか何度も尋ねた。院長はとうとう、あんたは俺と同じくらい優秀な医者だろ？　あんたができると思うんなら、やってみたらいい、と答えた。そうして彼はまた骨の折れる仕事に戻っていった。

ある年の冬、腸チフスに罹ってひどく衰弱したことがあった。この時ばかりは万事休すのように見えた。看護婦が必要だったが、リヴァーズは拒否した。患者として彼を受け入れたいとは誰も思わなかった。リヴァーズは薬と病気で完全にいかれていたからだ。リヴァーズは数年前ブロックリー病院で知り合い、その腕前を買っていた看護婦を自ら呼ぶことにした。

彼女はリヴァーズの看護を引き受けた。

リヴァーズが床を離れて元気になったところで、この看護婦と結婚し、ヨーロッパに新婚旅行に行った。間違いなく彼女も彼を愛していた。

ええ、彼の奥さんのことは覚えてるわ、とあるご婦人が私に話してくれた。初めてお見かけした時は、人並みにかわいらしかったわね。でも、あの日のことは今でも覚えてますわ。お店に入って来るや、陳列棚の端と端をポンと叩くんですのよ。手と首はダイアモンドだらけ。これからどこに行くのかなんて気にしてなさそうで。あたしの手のひらが余るくらい顔が小さかったわね。

今では、尊敬すべき友人の大半はリヴァーズから離れて行った。それでも、彼が正気な時は声がかかることもあったが、ほとんど信頼されていなかった。

昔はこんな風だったよな、と私の親友の一人がある日こう言った。医者を呼んだのはいいが、無駄に時間が過ぎるばかりで、別の医者を呼ぶ。皆てんでバラバラのことを言うもんだから、どうしていいのかさっぱりわからなくなる、と続ける彼の話はとても驚かされるものだった。

ああ、これはもう何年も前のことだ。病気になってね、親父が心配したんだ。で、薬屋の主人がこっそり、リヴァーズを呼べって言うんだ。やつは薬中だがまともな時はやつの右に出る者はいない（この薬屋は親父のことをよく知ってて、若い頃は大分酒飲みだったんだ）。まあ、聞きな。まずリヴァーズをわしが呼んでこの店に来させる。でやつがまともだったら、お前んところにやろう。

で、そうなった。

その日だいぶたって、リヴァーズが部屋に入って一目見るなり、この子は腸チフスだと言うんだ。これが彼のやり口なんだな。それを証明するため、採血して弟の所に送る、数日したら結果をお知らせしますよ、と言うだけで、その時彼がやったのは採血だけだった。

まったくもって彼の言う通りだった。彼は一歩先んじていた訳だ。結果、症状は軽くてすんだ。で、その後何年もリヴァーズは我が家のかかりつけの医者になったという訳さ。

テーブルの上で処方箋をよく書いていたな。でも頭が段々下がっていってね、見ている目の前で寝ちゃうんだ。親父が時々彼の体を揺すってやると、ようやく目が覚めて、出て行った。

リヴァーズが薬に溺れだすと、彼の弟が手を尽くして町のどこかの病院に入れようとした。弟は彼が丈夫なことを知っていたし、適切な環境に置くことができれば、彼を救うことができると考えていたから。でも、あいつはなかなかの策士で、ここが好きだ、友達がいなきゃだめだ、この暮らしがいいとか何とか言って、梃《てこ》でも動かなかった。

こんな癖もあったな。時々ふっといなくなるんだ。で、同僚の医師たちは不平たらたらさ。やつは釣り好きで、名人だったんだ。大事な患者が待っていても我関せず。彼を呼び出しても、もういない。で、使用人が、二、三日リヴァーズ先生は出かけておりまして、どこにいるのか把握しておりません、と言う。

仕方ないから別の医者を呼んでたね。

腸チフスの件から数年たった頃の夏、親父が旅行で家を空けることになって、その間、町で一つしかない下宿屋に入れられた。どこだか知ってるね。前の年は家に一人っきりで、親父がいない間に家を荒らしたもんだから、親父がカンカンになってね。で、今度はリヴァーズが聞きつけて、一緒に暮らさないかって言ってきた。

その下宿屋から彼がどうやって僕を連れ出したかは知らないけれど、とにかく出してくれた。下宿屋の女将は親父を知っているとか何とか言って、出て行かせたくなかったんだが、リヴァーズが、この子は病気で治療が必要だ、自分と一緒に暮らして見守ってやるのが一番なんだと言って女将を説得したんだ。二分で荷物をまとめてリヴァーズの馬車にひょいと飛び乗り、そこをおさらばした。

このことがあって親父は今でもリヴァーズを許しちゃいない。

リヴァーズの診療所は日曜の午前中が一番混んでて、毎週が見ものだった。彼の患者は貧しい人ばかりで日曜にしか来ることができなかったからね。まあ、こんな診療所はお目にかかったことはないはず。リヴァーズの考えは立派だった。どう表現するかは自由だが、博愛主義ってとこかな。診療所のそこいらじゅうに患者がいた。廊下、階段、ポーチ、腰を落ち着けることができる所ならどこにでもだ。

僕を知らない患者がいると、リヴァーズはこいつは若い医者だって言うんだ。その時僕はまだ十七歳。白衣を渡して、さあやろうって言うんだ。とんでもない！　もちろん、彼は偉大な医者だ。いいかい、リヴァーズと一緒にいた四か月間、連中が噂するようなヘマなんて一切なかった。やることなすことすべて完璧。今はもうそうじゃないかもしれないけど、あの時のリヴァーズは奇跡だった。

そうはいっても、ある女の患者のことを覚えているよ。あれは犯罪だったな。言ってる意味、なんとなくわかるだろう。あの頃は何も知らない若造で、最高に楽しい思いをした。そう、なんでも経験した。リヴァーズが診察している間、その女に抱きついてたりね。そのことをよく思い出すよ。

リヴァーズと一緒の四か月は人生の中でロマンティックな時期だった。

彼はお金の出入りなんてお構いなし。帳簿もあそこにはなかったな。頂戴した金は全部ポケットに突っ込んでた。でも、彼が勘定を払ってるのを見たことなんてなかった。

あざとかったかって？　若い助手が側にいたんだぜ！　そいつが机の上で医療器具をがさごそとかき回してる間に、リヴァーズは目の前で注射を自分に打ってた。目ざとくなければ気づかないだろうね。

　リヴァーズはなかなかの曲者《くせもの》でもあった。診療する前に二、三分うまいこと時間を稼ぐ。何か重要な診察の時はいつもそうしてた。二、三分待たせて、それから鋼のような冷たい目をして、まったくもって冷静でしゃんとなって現れる。

　男と女の違いはそこにあるんだな。薬《ヤク》は女を狂わせ、自分では抑えがきかなくなるんだが、リヴァーズはそれで落ち着くんだ。

　真夜中に彼にたたき起こされて、連れ出されたことが何度かあった。たまり場の一つだったジョニー・ケスラーの家で、カニとクラムチャウダーを食べるのが彼のお目当て。

　一度、ニューヨークでやっているショーのチケットを何枚かくれてね。よく覚えてないが、いかがわしいショーっぽかったな。友達をつかまえて一緒に行って楽しんでこいって言うんだ。リヴァーズはチケットを渡すと、自分の酒で乾杯して僕らを送り出してくれた。あんなショー、今まで見たことなかった。

　次の朝、家に帰るとリヴァーズが僕の世話をかってでて、服を脱がせてベッドに寝かせてくれた。

　ああ、こんな夜もあったな。夜中の二時に起こされてね。暑苦しい夏の晩だった。前の日に手術で扁桃腺だか何かを取られて、最低の気分だったんだけど、彼には関係ない。いつものように一緒に出かけなきゃならなかった。

おんぼろの馬車《バギー》に乗って家を出た。いいかい、夜中の二時だ。草原を下ってムーニー酒場まで行くんだ。町境の宿屋の酒場だ。どこかわかるだろ。リヴァーズは僕を置いて中に入っていった。蚊に何度も刺されて大変だったよ。患者かなんかがいたんだろうね。一杯ひっかけたんだろうけど、なんの用事だったかは知らない。

とにかく、蚊を退治しながら待っていた。しばらくして酒場のおやじが現れて、先生は眠ってなさる、起こしたくはねえって言うんだ。それで、子供心にも騒ぎは起こしたくなかったから、大丈夫ですと言って、そこでじっと待ったんだ。明け方の五時まで馬車に置き去りだよ。まったく！

そのうちリヴァーズがやってきて家に帰った。着いたらこう言うんだ、ラム肉が食いたい！で、また出かける羽目に。肉屋に行ってドアを叩いたんだが、もちろん閉まってる。それでリヴァーズはポーチの横にまわって、足を踏み鳴らすわドアをドンドン叩くわで、とうとう肉屋のおやじが起きて来て、アイスボックスから出してきた肉を彼にくれたんだ。

家に帰ると、リヴァーズが台所で肉を焼いてくれた。そうそう、彼は料理もうまかった。たいした腕前だった。肉の塊をこの世のものとは思えない代物に変えるんだから。

二人でラム肉を食べて、それから床に就いた。

リヴァーズは診察室にいないとなると家にもいない。まあそうなる。夏に、患者が少なくて他に何もすることがなくなると――時々そうなったんだが――御者を呼んで言うんだ、ジョニー、いやジェイクだったか、とにかくその時御者をやってたやつの名前を呼んで、馬をつないでくれって。そして出発する。どこに向かっているか最初は誰もわからなくてね。

先生、どこに向かってるんですか？

リヴァーズから左の方に行くよう合図があり、丘を下っていった。

六月の晴れた日で、子供たちがまだ学校にいる午後二時くらいだ。御者のジョンは砕石《さいせき》が敷き詰められた道路をのらりくらりと馬を走らせた。

すると誰かに呼びかけられてね。やあ、先生、どっかにこっそりお出かけですかい？　泳ぎにでもいくんですか？　リヴァーズはそいつに、大きなお世話だと言わんばかりの大袈裟なウインクをしてたね。

道を下ったところに柳の木が数本並んでいて、その側の製氷所を曲がると道路がまっすぐ伸びてガマ〔花粉は止血剤に用いる〕の群生を通り過ぎる。ガマに気づいたかもしれないし、気づかなかったかもしれない。

やあ、先生、どこに行きなさるんで？

リヴァーズはこくりと頷くだけだったけど、相手は笑みを浮かべて会釈を返してくれた。

馬車が通ると車輪と馬のひづめで地面がちょっと揺れて、魚が道路わきの溝で跳ねてさざ波を起こしてた。ちっちゃな嵐みたいに。

リヴァーズから合図がないと、ジョンは町境のムーニー酒場の左を曲がって道を進むんだ。この通り沿いに住んでいる女の家がリヴァーズのいつもの隠れ家になってたって聞いている。今もその家は残ってる。よくあるもぐりの酒場だったのかもしれないが、聞く限りそうじゃなさそうだった。

確かに、そこは人がめったによりつかない辺鄙な場所だった。農業にぴったりの小さな地所というだけで、丘の上にある昔ながらの大邸宅の一つみたいだったな。その女は最初の開拓者の末裔だったんだ。

やあ、ジミー、元気？　と女はリヴァーズに呼びかける。葉巻もってる？

始まりはいつもこうだ。それで長葉巻《ストーギー》をやり出す。

先生よ、調子はどう？　って女の弟がよく言ってた。女の旦那が出て行ってから弟が農場をまわしてたんだ。

旦那の話題が出ると、あいつは泥の中にでも沈んでればいいのに、って女はよく言ってたな。

ジョンは馬の向きを変えて、もう家へと向かって行ってた。

女の家は昔とほとんど変わらずあの場所、道路のすぐ側に残っている。農業用の小屋が裏手にたくさんあるんだが、今では鳩のねぐらになってる。リヴァーズは一時そこに住んでたらしい。

とにかく、鶏が一日中裏庭を歩き回ってた。そこで生まれ育った黒人が、ちっぽけな菜庭の世話を任されてて、そいつが真昼間に窓の側を通って、鶏を呼んでは走らせてた。

リヴァーズがその家にどんな魅力を感じていたかって？　たった一つさ。それがなければ、彼は家から出てったね。大酒のみだったんだ、彼女。それがリヴァーズに安らぎの場を与えたって訳だ。

でも、確かに彼女はしこたま金を溜め込んでた。リヴァーズもそのことをよく知ってたんだと思う。昔気質の農場主が時にどうなるかわかるだろ。土地の価値がべらぼうに上がってたんだ。金持ちになるのにどこかに引っ越す必要なんかない。もとからある農園をポーランド人や土地のプロモーターに切り売りすればいいのさ。あの女は、都会の噂を聞きながら、列車が目の前を昼夜問わず這うように進むのを眺めて暮らしてたんだな。人を避け、妙に子供っぽくってね。気性は荒くて突飛なやつだった。

リヴァーズはそんな見捨てられた場所を見つけては彷徨《さまよ》い込んでたのさ。

酒だけでもリヴァーズを魅了するのに十分だったんだが、やつは女だ。ドネリー酒場にたむろしているごろつき連中の言う通り、やつは女だったんだ。リヴァーズはそんなこと思っちゃいなかったかもしれない。が、やつは他の女と変わりはしなかった。

まあ、色っぽかったよ。

リヴァーズに、感じやすさと洗練された心、それに繊細さがあったからこそ、皮肉にも救いを見いだせたんだろうな。信じられるか？

なんてったって、彼女はやりたくなったら喧嘩も辞さない。

忌々しい世間のことなんか本当にくそくらえだった。酔ってる時の彼女の言葉を真に受ければだけどね。そんなことを何度も弟とリヴァーズに言ってた。リヴァーズは彼女をベッドに運んでから家に帰ってたな。

で、次の日、戻ってきて女を介抱しなきゃならない。リヴァーズが見つかればの話だけどね。

リヴァーズが初めて呼ばれた時がそうだったんだ。

ねえ、ジミー、一緒にならない、って女はよく言ってた。

ああいいとも、牧師はいるのか？ リヴァーズの口ぶりからわかるんだが、そんなことは何度も訊けるもんじゃない。二度と会えなくなるからね。

で、リヴァーズはこの女と別れたんだ。二人して彼女の酒をありったけ飲み干したからか、弟が二人の情事にストップをかけたのか、まあとにかく彼は彼女のもとを去って行った。

何年も経ってから彼女に一度だけ会ったんだけど、もう誰からも見捨てられててね。その晩は、彼女が踏切の遮断機を突っ切ったかどで警察に連行されたんだ。車には五人も乗っててね。列車が衝突しなかったのが奇跡だったよ。その時、ちょうど警察医をやってたもんだから、彼女が酔ってるかどうか見てくれって頼まれたんだ。

彼女は顔をぬっと近づけて叫ぶんだ。あんたには姉妹がいるか？　兄弟がいるか？　で、こちとら酔ってんだって言うんだ。吐く息が部屋の真ん中まで臭ってた。こっちを見な！　って言ってから口にするのも憚《はばか》られる罰当たりな言葉を次から次へと並べる。お前らをどう思ってるかってことだよ、これでわかったろ、ってね。

彼女と会ったのはこれが最初で最後だった。まあ、彼女が本当に噂に聞くあの女だったらの話だけど。昔はもうちょっと魅力があったはずだからね。

僕の知る限り、リヴァーズは通常の催眠薬ならなんでも飲んでいた。それにモルヒネ、ヘロイン、コカインもね。適量をどうやって計っていたかはなんとも言えない。モルヒネ◯・二グラムで産科病棟の妊婦を普通に眠らせるぐらいだってことは知ってる。

もちろん、彼は最後には薬《ヤク》に支配されることになった。晩年、ひどくよろけるようになってね、哀れな大失態を何度もしでかした。でも、最後は奇妙な偶像崇拝の時期でもあったんだ。名前を聞けばヤバい奴だとわかるんだけど、その危うさが時に人を惹きつけた。リヴァーズが落ちぶれれば落ちぶれるほど、崇拝の念が心に蘇り、全員とはいかないまでもたくさんの人が彼にしがみついたんだ。

心の中でリヴァーズを愛すべきスケープゴートに祭り上げたんだろう。彼ら自身の異常な願望から生まれたんだが、自分の病気を治せるのは彼しかいないって信じたんだ。

リヴァーズは伝説の人となり、ますます自分を甘やかすようになった。

とんでもないことをやらかしたこともあった。噂じゃ、女に必要な臓器は半分だけ、あとは外科医の気分次第だっていうのが彼の意見。その話を信じれば、クレストンの女の半分は、リヴァーズの診療所に通うことで臓器の半分を失うことになる。

ジャック・ハートから聞いた話は面白かったよ。年老いたリヴァーズがハート家の小さな農園に立ち寄った時のことを話してくれたんだ。ヒマラヤスギの湿地帯の側を走る高速道路《ターンパイク》沿いの葦《あし》の茂みの中にあってね、沼にならずにすんだ高さ一メートルほどの狭い土地だったんだが、鶏小屋と犬小屋、納屋と干し草の山がやっと収まるぐらいのところだった。ジャックは以前、塩生草の干し草を売ってたっていう話だが、なかなか人並みの暮らしぶりだった。ジャックの話を覚えているよ。冬になると雇用人たちが干し草の上に寝そべって、溶けた雪が板の隙間から漏れ出て男達の体に落ちてきた話とか、真ん中に寝ていた奴が脇に寝ている相棒の体の熱で汗をかいた話とかね。

リヴァーズはその場所をよく訪れていたな。いつも歓迎されてたよ。ジャックはリヴァーズのことをよく知ってたよ。リヴァーズは裏庭の奥にある古い野外便所に行って、一時間かそこいら帰ってこない時もあってね。子供たちが行って覗いてみると便座で眠りこけていたって。同じことを他でもやらかしてた。丘の上に住んでるある女性が、リヴァーズのことをよく知らずに家に呼んだことがある。リヴァーズはベッドがある部屋はないかって訊いたんだ。彼が何を考えているのかわからずに、ええありますわ、と彼女が答えると、リヴァーズは部屋に入ってそのまんまなんだ。彼女は死ぬほどびっくりして、半狂乱になって友達を何人か呼んだんだけど、誰も特別なこととは思わなかった。リヴァーズはベッドに横になって寝ていただけだからね。午後の五時近くになって彼の使用人がやって来て連れて帰って行ったよ。

使用人はここぞという時宜を心得ていたんだ。リヴァーズが朝になって姿を見せないと、すっと馬車を出す。薬《ヤク》が切れた時に使用人はそこにいる。

リヴァーズは起き上がり、何も言わずに家に帰って行った。

でも、薬物に害がない訳はない。

リヴァーズはどうやって切り抜けたのか？

医療そのものにあらゆる種類の魔力がちょっとばかり仕込まれてる。神秘や魔術や不思議な治療法。リヴァーズはこの妖術を知っていて実践したんだ。晩年になるとリヴァーズの片方の目がひどく寄り目になって、ちょっとばかし気が触れてるんじゃないかって思われてた。

そんな妖術のせいで、影響を受けやすいあるご婦人に三十分ほど不愉快な思いをさせてしまったことがある。どういう訳かこのご婦人に一か八か催眠術をかけてやろうと思ったらしい。で、それが思いのほか成功して彼女は彼の手の中に落ちた。が、実験が終わってもご婦人の意識を回復することができなかったんだ。とうとう、自分でも怖くなって友人のウィリーを大急ぎで呼んだんだ。こっちに来て彼女を目覚めさせるのを手伝ってくれってね。患者もそうだけど二人の男も、事が好転するまで狐につままれてた。やっとのことでご婦人を元の状態に戻すことができたんだが、それまでは血の気が失せてたね。

うちの家内がフェンスの網から我が家の玄関を覗いているリヴァーズのことを覚えていた。死亡証明書が我が家にあるか訊きに来たんだ。家内は左右どっちの目で見つめられていたのかわからなかったんだが、彼のへりくだった姿勢や精一杯の笑み、声と身振りに切なさが滲み出てて、なんて哀れな男だと思ったようだ。

でも、たいていの人は彼を畏れていた。要するに、彼が誰かを本当に殺《あや》めたと知っていたとしても、やつのことを責めようとはしなかったということだ。

病気を治したかって？　リヴァーズは治療ってものがどういうことか知ってたんだ。だって、患者は何でも治してもらえるって思ってるからね。直感の力だけを頼って仕事しなきゃならなくなって、押しつぶされそうになる。そんな時、薬が彼をしゃんとさせてくれるんだ。重圧の中不安になり、心臓の鼓動は早まる。血液が神経の末端まで駆け巡り、行動中枢にどっと押し寄せると、体が燃えているように感じる。リヴァーズが望んだのはこれだ。これに違いないんだ。そんな状態が続くと副作用があって、それに対処するための強壮剤も必要になる。過労、特にアメリカの人々を襲うあの恐ろしい熱病にリヴァーズは侵されていたんだ。手足の震え、首の凝り、頭の緊張、それに息切れ、筋肉と足に感じるぼんやりとした痛み。熱病のような熱気の中、一気に仕事をこなすと、その興奮状態の後に虚脱感が訪れる。気分のいいもんじゃない。が、避けられない。すると、葉巻をふかしジンを一杯やる。ただそれだけのことだ。女も同じ。ますますはまっていく。

彼には時間がなかったんだ。急がなきゃならなかった。その場その場で切り抜けなきゃならなかった。で、驚くべきことに、彼にはそれができたんだ。

一人の道路工夫が市街電車に轢かれて腕が肩口から千切れそうになったことがあったんだが、その時いの一番に駆け付けたのがリヴァーズだった。こんなケースを彼はことのほか喜んだね。いつものように、一目で状況を見て取って決断する。腕はもうこれから何の役にも立たないことをその男に告げると、なんとギプス鋏でたちどころに切断したんだ。

そんな行動が人々の空想を掻き立て、噂が噂を呼んだ、魔法のようにね。

とある病院の看護婦《シスターズ》の言うことがまたおかしくてね。その病院でリヴァーズに手術をさせたくない医者が何人かいて、その理由は、彼が手術の最中に気を失うと、代役として呼ばれた先生がやつの尻拭いをしなきゃならなくなるからなんだ。看護婦《シスターズ》はそんな文句たらたらの先生方にこう言い返すんだ。あなた方は私たちにどうして欲しいのですか？　あの方の所に患者が行く限り私どもはベッドを空けておきますのよ。私たちに患者を見捨てろとでもおっしゃるんですの？

これを言われてはぐうの音も出ない。

リヴァーズはこの点、身を捧げるというのがどういうことか知っている稀有な人物だった。理由は問わない、何も気にしない、他にやり様があるなんて決して思わない。彼はそういう男だった。目の前にあるもの以外は彼にとってどうでもよかったんだ。

僕がこの町に落ち着く一か月か二か月前に開業した、若い凄腕の内科医がリヴァーズを目のかたきにしてたね。女房が時々こう言ってた。リヴァーズが人を殺してるって知ってるんなら、どうしてあなた方医者は団結して彼から医師免許を取り上げないのよって。

わからないって答えた。証明なんかできないと思ってたから。誰もそうしようと思わなかったし。

けど、グリムリー先生だけはあの日なんとかしなければって思った。

先生はハンガリー系の娘を診てたんだが、彼女、メスを死ぬほど怖がってね。絞扼《こうやく》性ヘルニアを患っていて、グリムリーはなんとか治療しようとしたんだが、上手くいかなかった。放っておけば危険なのはわかっていたから、彼女に病院に行って手術を受けるようあらゆる手段を使って説得したんだけど、彼女は聞き入れなかった。

グリムリーは当然ながら娘にこう言った。わしの言う通りにしなければ、お前さんはもう手遅れで、死ぬしかないと。

次の日、娘はグリムリーをまた呼んだ。部屋に入るなり見てわかった。もう手遅れだと。娘はそれ以前にリヴァーズを呼んでいたんだ。俺には治せるって彼女に言ったんだと。その時彼がどんな精神状態だったかは神のみぞ知るだ。ヘルニア嚢を破裂するまで押し続け、翌日彼女は死んでしまったよ。

グリムリーはかんかんに怒ってた。ドラッグストアの曲がり角で彼に会ってね。いつもは穏やかな男なんだが、その時は頭から湯気を立ててた。リヴァーズを逮捕して医療過誤で告訴してもらうんだ、それで、永久追放するんだ、必ずそうするって、言ってた。

まあ、できなかったがね。

実を言えば、酔いどれだが奇跡をもたらす男を信じていたのは、絶望し自制心を失った手に負えない人たちで、訳もわからず、こぞってやつを盲信していたのかもしれない。数はずっと減ってたけど、多くの人にとって崇拝できる何か、いわば地元の聖堂になったって訳だ。彼らには程度の差はあれ貧困しかなかったんだから。連中はリヴァーズを信じたんだよ。酔っていようが素面《しらふ》であろうがね。哀れで気が滅入る話じゃないか。

こういう連中の振る舞いがどういうものか、よくわかる話がある。ひどく真面目で倹約家の肉屋にね、彼は僕と昵懇《じっこん》の間柄なんだが、小さな娘がいて、どうも典型的な癲癇《てんかん》の発作を起こしたらしく、それで僕が呼ばれたんだが、両親に私ができることは何もありませんって言うしかなかったんだ。

後でその両親に会うと、実を言うとリヴァーズ先生の所に娘を連れて行ったんですって正直に話すんだ。うまくいくといいねって言ってあげたよ。

その一年後、彼らと娘のことでまた話す機会があってね。この何か月も発作を起こしていないって言うんだ。リヴァーズは娘を治したんだ。どうやってかは知らないけどね。

父親が言うに、ああ、奴さんをつかまえて治療してもらうまで結構な時間がかかったんだが、一旦腹を決めたら、思い通りにすぐ治療してくれましたよ、だってさ。両親はそう信じてたし、実際そうだったんだ。

人々はリヴァーズを求め、つかまるまで何か月も待った。晩年になると出産の仕事からは手を引いたんだがね。他の医者が皆失敗しても、リヴァーズならなんとかやってくれると彼らは信じてた。強烈な盲信的崇拝の的だ。自分らを救ってくれるのは彼なんだってね。

リヴァーズの最後がどうなったかは、銀行の窓口に勤める僕の若い患者が語ってくれた。彼の父親がずっとリヴァーズに診てもらっていて、転んで腕の骨を折った時にリヴァーズを呼んだんだが、彼は来るなりわざわざ患者の目の前で景気づけとばかりに薬《ヤク》を打ったんだ――もうあけっぴろげにね。それほど彼は無頓着な男になっていたんだ。

これでお終いさ。彼の目を見ればわかる。あいつは狂ってるって患者は言ったそうだ。追い出せ、目障りだ、俺は別の医者に診てもらうからなって。

でも、これが本当の最後だって言ったら正しくないだろうな。誤った印象を与えることになるからね。リヴァーズは終わった、確かにある意味そうだ。でも、彼は決して医者をやめなかった。真相はこうだ。晩年、町の中心にある市庁舎前の広場にかなり広い土地を買って、そこに大きな庭と芝生つきの豪邸を建てたんだ。車二台分のガレージもあってね、いつも往診できるように二台とめてあったよ。

そこでリヴァーズは何年か医者をやり続けたんだ。奥さんは小型犬、ブルーポメラニアンの飼育をやり出してね。娯楽と商売を兼ねてだと思うけど。一匹か数匹、リヴァーズは往診の声がかかると車に連れ込んで、膝の上に乗っけて抱いてたな。もうその時にはハンドルを握ってなかったからね。

千にひとつの症例

サミュエル・ベケット／大久保譲

　首に結核性の嚢腫《のうしゅ》を患う少年ブレイが運びこまれ、外科医ボーは手術でめざましい成功を収めたものの、それ以来少年は底なしの衰弱傾向を示し、じっさい衰弱しはじめていた。外科医ボーは苛立ちもせずただ肩をすくめ、若いが優れた同僚の内科医ドクター・ナイを呼んだ。

　ドクター・ナイは悲観的な人間だったが、そうしたタイプの多くがあまり考えずにそのことを受け入れているのに対し、自分の性質を自然で適切なものだとみなしていなかった。むしろ病気の一種だと考えていた。診察室の窓辺にじっと立ち、右手はジャケットの内ボタンをしめたり外したり、左手はズボンのポケットの小銭を弄ぶ。通り雨のあいまに輝いた午後の光を、紫外線のシャンプー〔太陽光・人工光線を用いた当時の美容・治療法への言及か。頭髪にも使われていた〕のように顔面で感じていた。地元の子供たちは雨が止み、遊びに出られるようになるのをじれったそうに待っていた。なんの前ぶれもなく命題が彼の頭に浮かぶ――自分自身を救うことはできない。先刻の患者のせいでまだ動揺しながら、ソファに腰をおろす。しばらくして横たわる。遠くから聞こえる子供のわめき声、薄れゆく光、再び降りだした雨、医者にもわからない理由で故障音とともに止まりそうな心臓、これらのことやその他ささやかな不具合によって、彼の心と感覚は疲弊しつつあった。すがるべき誰かの足がない場合は、と彼は考える、思索的な生活にはほとんど取り柄がない。鬱々としているところに外科医ボーからの電話がかかってきたのだ。

ドクター・ナイは少年の右胸に嚢腫を見つけた。彼は長い病棟の端にある窓辺に外科医ボーと並んで立ち、外を見た。運河、橋、閘門《こうもん》、色鮮やかな屋外広告が形作る風景。三組の集団がいた。橋の上と左右の河岸にそれぞれ集まって、閘門を通過する平底船《ひらぞこせん》を眺めている。そして向こう岸のグループから離れたところに、船を通す作業には目もくれず、晴れ間だということに気づいていないように傘をさして、一人の大柄な女性が病院を見あげている。

「ミセス・ブレイだ」外科医ボーは言った。

婦長が外科医ボーを呼びにきた。

「ブレイくんの母上の物語を、ドクター・ナイに聞かせてやってくれ」そう言い残して外科医は立ち去った。

平底船はすでに閘室《ドック》を出ていた。橋の上の集団は反対側の手すり壁へと移動していた。その結果、ドクター・ナイにとっては喜ばしいことに、先ほどまでは彼らの顔が見えていたのだが、今は彼らの臀部が——男女問わず——はっきり目に入った。左右の河岸にいた集団は橋の下に移動して視界から消えた。ミセス・ブレイの傘は開いたままだったけれど今は帽子と胸とに支えられており、夫人は両手をだらんと垂らしている。こうして部分的に隠れながら彼女はじっと見つめ続けていた。ドクター・ナイはずらりと並んだ臀部を見つめ、婦長はドクター・ナイを見つめている。

「あの人は毎日、朝一番にお見舞いに来てたんです」婦長は言った。「一日の最後に追い出されるまで、ずっと病室にいました。何も言わず、ただ息子を見つめているだけ。先生が回診に来ても同じで、黙って顔を見ていて。とうとうほかの患者さんたちが文句を言いだし、看護婦たちも彼女が病棟の迷惑になっていると言いました。だから仕方なく、面会は午前中に一時間、夕方に一時間だけにしてくださいと頼みました。それからは一日の大半をあんなふうにつっ立って病室の窓を見つめ、面会時間をただ待って過ごしているんです」

ドクター・ナイはこの話を聞いても特に返事をしなければならないとは感じなかった。

「本当に静かな人なんですよ」婦長は言った。「トラブルを起こすわけでもない。でも、なぜか看護婦たちはいらいらするみたいで」

ドクター・ナイは、きっと彼女は未亡人で、患者はたったひとりの子供なんだろうとかなんとか、あたりさわりのないことをつぶやいた。

「ああ、そういえば彼女は結婚してて」婦長は言った。「チュアム〔アイルランド中西部の町〕に家族がいるそうです」

「まさかとは思ってたんだが」ドクター・ナイは言った。「やっぱり、ぼくの乳母だった人だ」

「まあ先生」婦長は言った。「なんて偶然でしょう！」

平底船は遠ざかり、雨の晴れ間は終わりに近づき、臀部は三々五々と散っていき、ミセス・ブレイだけが身じろぎひとつしない。鳥の姿が彫り出された黒いオーク材の傘の柄が、上がって下がる。ドクター・ナイは彼女の目の前に立った。この光景を見せようと婦長は看護婦たちを呼び集めた。「先生の乳母だったんですって」彼女は声を張りあげた。

ミセス・ブレイは、彼が病院の医師であり、同時にかつて世話をした子だと知ると、敬意を示すかのように傘を下ろした。彼のほうは、まだらがあるイチゴのような鼻とクローヴやペパーミントの香りがきつい息を別にすれば、幼いころ大好きだった女性の特徴が何ひとつ残っていないことに当惑していた。彼は彼女の腕をとり、橋と彼女の持ち場のあいだを往復した。まず彼女の息子の容態が話題になった。「曲がり角を過ぎたところです」ドクター・ナイは告げたが、それがよい意味なのか悪い意味なのかはあいまいにしていた。それから古き良き日々の話になった。「そうだったわね」ミセス・ブレイは言った。「あなたはずっと、早く大人になろうとしていたわね。そうすれば私と結婚できるからって」しかし、そんなふうに乳母になっていた根本の理由であるトラウマについては触れなかった。橋の上で二人は別れた。ドクター・ナイは学校時代の友人の訪問診療に出かけ、ミセス・ブレイは病院の入口に向かった。面会時間が近づいていたのだ。

看護婦のひとりがケタケタと笑った。「ねえ、先生があの人にキスしたわよ」彼女は言った。「してもいいでしょう」婦長はたしなめた。「なんてったって、先生の乳母だった人ですからね」

少年の左胸にも嚢腫が見つかり、いまや両胸になったため、ベッドのまわりに仕切りが立てられた。そのおかげで、母親は一日中少年につきっきりでいられるようになった。息子に話しかけるでも、触れるでもない。顔をじっと息子のほうに向けていたものの、見ているのかどうかすら定かではなかった。ドクター・ナイが診察に来ても注意をひこうとはせず、医師の顔を見つめるだけで満足していた。医師の考えを知るためというより、昔かわいがった幼子の面影を見出したいようだ。彼のほうはいつも、古き良き日々について尋ねてみたいことがあったし、時も場所も適切ではない気がしたけれど、その思いは着実に強まっていった。ある日、診察のあと、いつものように黙って立ち去るかわりに、ベッドの端に腰をおろした。すぐに手術するか、今しばらく様子を見るかを決めるときが来ていたのだ。これは医学だけでは決定できない問題だった。厳密に病理学的な観点からいえば、どちらかを選ぶ理由が、逆を選ぶ理由と同じくらいあったからだ。にもかかわらず決断はなされねばならず、それも今すぐ、彼によって、なされなければならない。医師は少年の手首をつかみ、ベッドのへりに長々と体を横たえた。何かジレンマを抱えたときには、このようにして、心を落ち着かせるトランス状態に入るのだ。さいわい、そんなジレンマはめったに訪れないのだが。

ミセス・ブレイは、怯えと恍惚とを同時に示す表情が医師の顔を覆いつくすのに気づくと、さまざまな感情に動かされた。顔立ちがこんなに崩れてしまうことに対する当惑。記憶のなかの子供と同じ状態の彼をとうとう発見したという満足感。その記憶がしだいにはっきりするにつれて生じた恥ずかしさ。私生活に踏み込んだか、寝顔を見てしまったかのようなきまり悪さ。彼女はつとめて息子のほうを見るようにした。それから、非常に賢明なことに、しっかり目を瞑《つむ》った。

婦長は仕切りの隅からこっそりとのぞきこんで、この活人画をしげしげと眺めていた。そして止まっていた光景に生命が戻るきざしが見えるやいなや、お手伝いしましょうかと大きな声を上げながら、思いやりに満ちた態度で進み出た。婦長が歓迎される様子はない。少しもだ。彼女が中に入っても、先ほどまでと同じ、活人画は止まったままだった。

少しずつではあるが、ドクター・ナイは病理学上の見解を固めていった。彼は少年の手首をつかんだままベッドの上で体を起こした。立ちあがり、少年の手をそっと胸骨に置いた。こんなことをしても無意味だといらだちながら、彼はミセス・ブレイに鋭く目を向けた。穏やかで当惑したような夫人のまなざしは、それまで何も見ていなかったかのように、機能を回復していた。ドクター・ナイは、到達した結論を伝えるのが役目だとわかっていたが、これ以上一瞬だって夫人の存在に耐えられなかった。ペパーミント・クリームの箱でも持っていれば彼女を追い払えるのに。ミセス・ブレイは、言葉にできないほど意味深長な、帽子のてっぺんに置かれた医師の手の重みを感じて、再び目を閉じた。医師の指は彼女の頬をひらひらと降りていき、首のまわりの贅肉を、なんとも言えない感じで軽くたたいた。何も感じなくなったので彼女は目を開いてみた。医師は去っていた。彼女は息子に顔を向けた。

外科医ボーが手術をし、少年の肺は虚脱され〔虚脱療法は結核に対する治療法。外科的に肺に空気を入れ、患部を縮小させる〕、死んだ。ミセス・ブレイはとつぜん言葉を思い出してドクター・ナイにこれまでの礼を述べた。ドクター・ナイは医学生だったころ、腰椎穿刺《ようついせんし》のためにうまく針を刺したはずの赤ん坊が、施術中に息絶えたときに感じた気持ちを懸命に思い出そうとした。ある程度はうまくいった。彼の内臓に波のように慚愧《ざんき》の念が押し寄せ、せりあがってきて、心臓で砕けそうだった——少なくともその程度には、往時の気持ちを再現できた。夫人が彼に対して心から感謝しており、彼女のために心の奥底の慚愧の念を表明するすべがないことは理解していたが、なぜか夫人のもとを去るのは不可能だと感じていた。それで二人は、頭のなかではそれぞれ何か話をするべくおおいに努力をしながら、結局黙ったまましばらく一緒にいた。それから二人とも諦め、別れた。

ドクター・ナイは短い休みをとって海辺に行った。休暇も終わり近くなったころ、外科医ボーから手紙が届く。追伸にはミセス・ブレイが以前と同じふるまいを始めたと記されていた。

ドクター・ナイは夫人がチュアムに戻ったものとばかり思っていた。とるものもとりあえず最初の汽車に飛び乗って町に戻り、病院へ駆けつけた。

「どういう意味なんです」外科医ボーに尋ねた。「以前と同じふるまいってのは」

外科医ボーは婦長のほうを向いた。

「夫人はもう任務に就いたかい？」彼は尋ねた。

婦長は腕時計を見た。

「まもなく持ち場につくころです」婦長は答えた。

三人は長い病棟に行き、一番端の窓辺に並んだ。ミセス・ブレイは影も形も見えない。だが、ほどなく視界に現れた夫人は、いつもの傘と、狩猟ステッキ〔下端を地面に刺し、上端が開いて椅子のように座れる仕掛けのステッキ〕を持っている。ステッキを開き、運河沿いの引き船道の地面に刺す。腰かけてくいと顔を上げ、病院を見つめる。

「お葬式以来、ずっとです」婦長が言った。

ドクター・ナイは回診を始めた。一時ごろ知らせが届いた。ミセス・ブレイがオレンジを一個食べ、橋とステッキのあいだを行ったり来たりしているとのこと。ややあって、今度は再びステッキに鎮座した、と。やがて灯《ひ》ともしごろになり、彼女が立ち去るそぶりをみせているという。ドクター・ナイは仕事を中断し——さいわい大したことのない仕事だった——夫人を捕まえようと病院を飛び出した。橋のところで二人は向き合った。騒音の届かない手すり壁のくぼみに移動し、二人で運河を覗きこんだ。

「訊きたかったことがあるんです」橋の陰から流れだす運河を見ながら、医師は言った。

夫人も同じように水面を見下ろしながら答えた。

「それって、あなたがあの子のベッドに寝そべったときから、私が言いたかったことと同じかしら」

沈黙。彼女は彼の質問を、彼は彼女の発言を待っている。

「おっしゃらないんですか」彼は言った。

そこで夫人は、医師の幼少期に関する、ある事柄を伝えた。ここで縷述《るじゅつ》するには及ばない、ささやかな内輪の内容だが、それがはっきり解明されたことによって、素晴らしい何かが起きるのではないかと、あの悲観的な人間ドクター・ナイでさえ期待した。

「ほんとうにありがとう」医師は言った。「そのことがずっとひっかかっていたんです」

少しのあいだ二人は橋の陰から流れだす運河を眺めた。それから夫人はもう行かないとと言った。ドクター・ナイはポケットから箱を取り出した。

「ペパーミント・クリームをちょっとだけ買ってきました」彼は言った。

こうして二人は別れた。ミセス・ブレイは自分の持ち物と死んだ息子の持ち物をまとめに、ドクター・ナイは学校時代の友人にワッセルマン検査〔梅毒検査〕を行うために、立ち去った。

2　医療と暴力

センパー・イデム

ジャック・ロンドン／馬上紗矢香

ビックネル医師はとてつもなく良い気分だった。難局を乗り越えたはずの男が、ちょっとした手違い、ほんの少しの不注意によって前の晩、死んだ。その男はただの船乗りで、どこにでもいる下層民の一人ではあったが、受け入れ病院の管理主任は午前中ずっと不安な気持ちを隠せなかった。彼を不安にさせたのは男が死んだということではない。そんなことは医師は百も承知だ。彼が困っているのは、手術がとてもうまくいったからだ。手術は最も高度な技術を要するものだったが、医師の器用かつ大胆な手腕によって成功を収めた。あとは看護婦や管理主任の術後の処置にかかっていた。それなのに男は死んでしまった。大した理由はなく、ほんの少しの不注意だった。それでも、ビックネル医師を激怒させるには十分で、向こう二十四時間、スタッフや看護婦たちはびくびくしながら仕事をしていた。

しかし、すでに述べたように、ビックネル医師はとてつもなく良い気分だった。恐れで震える管理主任が、男の予期せぬ死を伝えても、彼の口からはそれをとがめる言葉は一切出てこなかった。口をすぼませ、ラグタイムの一節をそっと口ずさんでいたかと思いきや、突然一番上の子は元気にやっているかと愛想よく聞いてきた。管理主任は医師が事情を理解しているとは思えず、もう一度繰り返した。

「ああ、そうだね」ビックネル医師は落ち着かない様子で言った。「わかっているさ。ところで、センパー・イデムはどうしてる？　退院の準備はできたのか？」

「はい。今着替えを手伝ってもらっているところです」管理主任は答えた。彼は次の仕事に移りながら、ヨードチンキのにおいが漂うこの病棟がまだ平穏であることにほっとしていた。

センパー・イデムの回復は、ビックネル医師にとって船乗りの死を相殺してくれるものだった。彼にとって人の死など取るに足らない——おぞましいが職業柄避けることはできないものだ。だが症例は違う、症例こそが何にもましてものを言うのだ。彼を知る人は、あいつは屠殺者のようにむやみやたらと人を殺しやがると陰口をたたきがちであったが、同業者の誰もがビックネル医師ほど大胆かつ有能な外科医は他にいないと信じていた。彼は想像力に富んでいる男ではなかった。情緒といったものも持ち合わせておらず、したがって他人の感情を推し量ることはなかった。厳格で几帳面な性格、そして合理的にものを考えた。彼にとって人間とは個性も人としての価値も持たないチェスの駒に過ぎなかった。しかし、症例となると話は別だ。

患者の状態がひどいものであればあるほど、その命が危険であればあるほど、ビックネル医師の目にはその価値が上がるのだった。車に轢かれて瀕死状態の名もなき浮浪者、死を拒むなんて生命の法則に逆らっているとしか言いようがない浮浪者の方こそ優先され、なんともない怪我で苦しんでいるだけなら桂冠詩人であっても躊躇なく見捨てられるのだ。まるでサーカスがやって来たら、子供がパンチとジュディの人形劇〔十七世紀にイギリスで始まった主人公パンチとその妻ジュディの人形劇〕をあっさりと見捨てるように。

センパー・イデムの場合もそうだった。その男の謎に医師は興味がなかった。ましてや、俗っぽい記者たちが新聞の日曜版で煽り立てるだけの中身のないネタ――彼の沈黙や隠されたロマンスとやらにも関心はなかった。だが、センパー・イデムの喉は切られていた。そこが重要だった。そこにこそ医師の関心が向けられた。喉は一方の耳からもう一方の耳まで切り裂かれ、千人の外科医がいたとしても、一人として回復の可能性など考えられない状態だった。だが、救急隊員の速やかな対応とビックネル医師の手腕のおかげで、彼は自ら去ろうとしていたこの世に引きずり戻されたのだった。患者が運び込まれた時、ビックネル医師の同僚たちは首を横に振り、「これはお手上げだ」と言った。喉、気管、頸動脈、そのほとんどが切断され、失血もひどいものだったからだ。どんな処置をしても結末がわかりきっているのに、ビックネル医師は手術をした。その手腕は専門的知識を持つ同業者でさえも身震いするものだった。そしてなんと！　男は回復したのだ。

だから、センパー・イデムが健康になって退院するこの日の朝、管理主任の知らせでビックネル医師の機嫌が損なわれることはなく、電車の車輪の下でぐちゃぐちゃになってしまった子供の処置に颯爽と取りかかったのだった。

多くの人の記憶に残ることになる、センパー・イデムの症例が人々に大いなる好奇心を掻き立てたのは、悪趣味ではあるがいたって自然のことであった。彼はスラム街の宿で、前述の通り喉を切った状態で発見された。階下で宿泊者たちが浮かれ騒いでいたところ、血が頭の上へと滴り落ちてきた。彼は明らかに立ったままでことをやってのけた。頭を前にかがめ、テーブルの上の燭台に立て掛けられた写真を見つめたまま死ねるようにと。この姿勢をしていたおかげで、ビックネル医師は彼を救い出すことができたのだ。カミソリの切り口は相当深かった。頭を後ろに倒していたら（きちんと行為をやり遂げるにはそうすべきだったのだが）首は引き延ばされ、血管は膨張し、首はほとんど切れてしまっていたに違いない。

病院で生死の境をさまよっている間、男の口から言葉が発せられることはなかった。警察犬を使った捜査ですら彼のことは何一つわからないままだった。誰もその男を知らないだけでなく、見たことも聞いたこともなかった。厳密に言って、今ここにある体だけしか彼のことはわからなかった。彼の衣服や周囲の状況は最下層の労働者のものであったが、手は紳士の手をしていた。彼の過去や社会的地位がわかるほんのわずかな手がかりすら見つからなかった。たった一つを除いては。

そのたった一つとは写真だった。もしそのままを写し出しているとすれば、台紙の中からこちらをさりげなく見つめるその女性は目の醒めるような美女だと言っていい。写真は素人が撮影したものだった。というのも、捜査員が困惑したことに、プロの写真家のサインやスタジオの名前は添えられていなかったからだ。台紙の角には女性らしい繊細な飾り文字で「センパー・イデム、センパー・フィデリス」〔ラテン語で「常に同じであれ、常に忠実であれ」の意〕と書かれていた。写真の女性はまさにその言葉のようであった。多くの人々の記憶に残る、一度見たら忘れられない顔だった。当時の主要な新聞のすべてに、よくできたハーフトーンの似顔絵が掲載されたが、ただ大衆の好奇心を手に負えないほどに掻き立て、結局、同じような記事が果てしなく書き続けられたのだった。

これといった名前も無かったので、救出された自殺未遂の男は病院関係者にも、世間にも、センパー・イデムとして知られることになった。彼はいつまで経ってもセンパー・イデムのままだった。記者も、捜査員も、看護婦もお手上げ。どうしても彼の口から一言も引き出すことができなかった。だが、目の動きから、彼がこちらの言うことを聞いていて、なされる質問すべて頭では理解していることがわかった。

しかし、こういった謎やロマンスは、ビックネル医師の関心をまるで引かなかった。医師は患者に退院の挨拶をしようと診察室へやって来ただけだった。ビックネル医師はこの患者の治療において奇跡をもたらした。外科手術の歴史の中でもほとんど先例のないことをやってのけた。この患者が誰だとか何をしている人かなんて気にしていなかったし、もう二度と会うこともないだろう。彼はただ、完成した自身の作品を眺める芸術家のように、自分の手と頭で完成させた作品を最後に一目鑑賞したいと願ったのだ。

センパー・イデムはまだ無言のままであった。早くここからいなくなりたいとそわそわしているようだった。医師は彼から一言も引き出すことはできなかったし、医師自身もそんなことは気にしていなかった。医師は回復しつつある患者の喉を丁寧に診察した。おぞましい傷を名残惜しみ、親のような愛情を持って、ゆっくりと撫でるように触った。その傷を見るのは決して気分の良いものではなかった。炎症を起こした喉の傷は、どう見ても男が絞首刑の縄からたった今逃れたばかりのようであった。真っ赤に腫れた傷は両方の耳の下まで、首筋をぐるりと取り囲んでいた。

センパー・イデムは頑なに沈黙を守りながら、鎖につながれたライオンのように医師に診察されるがままになっていた。だが、大衆の目から逃れたいという望みだけははっきりしていた。

「もう引き留めはしないさ」ビックネル医師は手を男の肩に置き、最後に自分の作品をこっそり眺めて、こうしめくくった。「だが、少し助言をさせてくれ。次にまたやるんだったら、顎を上げるんだな。顎を下げて牛を殺すみたいな切り方をしちゃだめだ。上手に、すばやくやるんだ。わかるね。上手に、すばやく」

センパー・イデムはその言葉を聞いて瞳をきらりと輝かせ、次の瞬間には病院のドアから勢いよく出て行った。

その日はビックネル医師にとって忙しい日だった。やかましく治療を求める患者たちが手術台へと運び込まれてきたからだ。ようやくすべてが終わって煙草に火を点けた頃には、午後もずいぶん遅い時間になっていた。だが、最後の患者である、肩甲骨を骨折した廃品回収屋の老人の処置を終え、芳しい煙草の煙を頭の上に渦巻かせていると、通りを急いでやって来る救急車のサイレンが、開けてあった窓から聞こえてきた。すると、おぞましいものを乗せたストレッチャーが有無を言わせず運び込まれてきた。

「手術台の上に置いてくれ」とビックネル医師は指示し、急いで安全な場所に煙草を置いた。

「どうしたんだ?」

「自殺です――喉を切って」救急隊員の一人が答えた。「モーガン横丁で。ほとんど助かる見込みはないようです、先生。もう死にかけています」

「そうかい? どれ、とにかく診てみようじゃないか」と医師が覗き込もうとした瞬間、男の体は最後にぴくりと痙攣し、そのまま動かなくなった。

「センパー・イデムです。彼が戻って来たんです」管理主任が言った。

「ああ、そうだ」ビックネル医師は答えた。「で、また行ってしまった。今度はしくじらなかったんだな。うまくやったんだ。なんとも、うまくやりやがった。私の助言通りに。もう私がやることはないようだ。霊安室に運んでくれ」

ビックネル医師は残しておいた煙草を手に取り、もう一度火を点けた。「これで」煙を吐き出す合間に管理主任を見ながらこう言った。「これで昨夜君が死なせた分に並んだわけだ。これでおあいこだな」

力ずく

ウィリアム・カーロス・ウィリアムズ／石塚久郎

彼らを診るのはこれが初めてだ。知らされているのはオルソンという名前だけ。なるべく早く来て頂きたいんです。娘がひどく悪いもので。

到着すると娘の母親が驚いた様子で迎え出た。とても身ぎれいで大柄な女性だ。すまなそうに、先生ですか？ とだけ言うと私を中に入れてくれた。後ろから母親に声を掛けられる。先生、申し訳ないんですが、娘はあいにく台所におります。ここはひどくじめじめすることがありましてね。それに比べたら台所の方があったかいと思ったもので。

少女はきちんと服装を整え、テーブルの近くにいる父親の膝の上にちょこんと座っている。父親が立ち上がろうとしたが、私は、それには及びませんよと手で制し、コートを脱いでこの家の状況を観察し始めた。一家揃ってとても不安そうだ。私のことが信用できないという目でじろじろ見ている。こんな場合にはよくあることだが、必要以上のことは話してくれない。私の方から聞き出す必要がある。彼らが支払う三ドルはそのためのものだ。

女の子は私をすっかり参らせている。冷たい目で私をじっと睨み、顔は能面のように無表情だ。身じろぎもせず、動揺もしてない。なんて魅力的な女の子なんだ。見たところ鼻っ柱の強い小生意気な少女のようだ。でも、顔は紅潮しているし、息も荒いので、高熱を発しているなとわかった。とびきり上等なブロンドの髪をふささと垂らしている。広告のチラシや日曜大衆紙《タブロイド》のグラビアによく載っている女の子みたいだ。

三日前から熱が出てるんです、と父親が話し始めた。原因がわからないんです。家内がやれることはやったんです。まあ、ありきたりのことだけですが。でもまったく良くならなくて。それに、いろんな病気がこの辺で流行ってるっていうじゃないですか。それなら、お医者様に診てもらって、何が悪いのか教えてもらうのが一番と思いましてね。

医者がよくやるように、問診から始めた。喉はヒリヒリしませんか？

いいえ、と両親は声を揃えて答えた。いいえ、娘は喉は痛くないと申しております。

喉は痛くないのよね？　と母親が娘に念を押したが、少女は顔色一つ変えず、私の顔をじっと睨み続けている。

喉を見ましたか？

見ようとはしたんですが、できなかったんです、と母親。

ちょうどこの月に子供が通っている学校でジフテリアに罹った生徒が何人も出た。それで、両親も私も、ジフテリアという言葉を口にはしなかったものの、頭の中では明らかにその可能性を考えていた。

じゃあ、喉を最初に診ましょうか。医者がよくやる愛想笑いを精一杯浮かべ、さあ、マチルダちゃん、お口を大きく開けてごらん、喉を見せて頂戴、と言った。

無反応。

ねえ、ねえ、と私は猫なで声でなだめすかす。お口を大きく開けるだけでいいんだよ、中を見させてね。いいかな？ 手に何も持ってないからね、と両手を広げて見せた。だから、口を開けて中を見せて頂戴な。

こんなにいい先生なのに、と母親が口をはさんだ。どれだけ優しくしてもらってるかわかるでしょ。だから、言う通りになさい。痛くなんかないから。

その言葉を聞いてぞっとし、思わず奥歯を噛んだ。どうして「痛い」なんていう言葉を使うんだ。そんなこと言わなきゃ、もっと簡単にやれるかもしれないのに。とはいえ、私は慌てもせず動揺もしないで、ゆっくりと優しく話しかけながら、女の子に再び近づいて行った。

椅子を動かして近づこうとした瞬間、少女は両手を猫のように動かし、私の目めがけて不意に襲いかかった。その手はすんでの所で私の目に届くところだった。実際、眼鏡が吹っ飛ばされ台所の床に落ちたのだ。壊れはしなかったものの、数フィートも離れた所まで飛ばされた。
母親も父親も腰を抜かしそうになって、おろおろしながら謝罪の言葉を繰り返した。なんて悪い子なの、と母親が子供の腕をつかんで揺さぶりながら言う。自分が何をやったか、見なさい。こんなにいい先生なのに……。

どうかお願いです、と私が割って入った。いい先生などと言わないでください。私がここでこの子の喉を診なきゃならないのは、もしかしたらこの子がジフテリアに罹っていて、それで死ぬかもしれないからなんです。でも、そんなことはこの子はどうでもいいと思ってる。さあ、と今度は子供に向かって言った。君の喉を見せてもらいますよ。もういい年頃なんだから、私の言うことが聞けるね。自分でちゃんと口を開けてみようか？　じゃなかったら、私とお父さんとでこじ開けることになるぞ。

何の反応もない。表情一つ変わらない。それでも、彼女の呼吸は益々荒くなってきた。戦いを再開しなければ。どうしてもやらねばならない。この子の命を守るために喉の組織を採取しなければならない。だが、まず両親に、すべてはあなた方次第です、危険はあります、でも、あなた方が責任を持つというなら喉の検査は無理にやるつもりはありません、と言った。

ほら、と母親が強い調子で娘をたしなめた。先生の言う通りにしなかったら、あなた病院に行くことになるんですよ。

　そうしますか？　私はひとり苦笑いを浮かべた。なにしろ、私はこの獰猛で小生意気な女の子のことは好きになっているのに、両親の方は軽蔑しているのだから。子供との争いがすぐに続き、彼らは益々途方にくれ、打ちひしがれ、へとへとになったが、女の子は狂気じみた憤怒――私のことを恐れるあまり生じたもの――に駆られ、梃《てこ》でも動かないつもりなのだ。

　父親は最善を尽くそうとした。彼は大柄の男だが、相手が自分の娘であり、彼女の我が儘ぶりが恥ずかしく、彼女を傷つけるんじゃないかと不安がって、私が彼女の喉を開けようとするとすんでの所で彼女を離してしまうのだ。それが何回も続き、父親を殺したい気分になる。だが、彼は娘がジフテリアに罹っているかもしれないと不安がっているので、私に諦めないで続けるように、卒倒しそうになりながら言うのだ。母親は手を上や下にやりながら、不安で仕方がないとばかりに、私達の後ろを行ったり来たりしている。

　膝の上にその子を乗せて、手首をしっかり押さえるんです、と父親に指示した。

　だが、父親に押さえられた瞬間、子供は悲鳴をあげた。やめて、痛いじゃない。手を離して。手を離してって言ってるの！　そう叫ぶと、恐怖に駆られヒステリックな金切声をあげた。やめてったら！　やめてよ！　殺すつもり！

　娘が耐えられるとお思いですか、先生！　と母親。

　邪魔するんじゃない、と夫が妻に言う。この子をジフテリアで死なせたいのか？

さあ、もう一度押さえつけるんだ、と私。

それから、私は左手で子供の頭をぐっと摑み、舌を押さえる木製のへらを歯の間に入れようとした。娘は歯を食いしばって抵抗する。必死のあがきだ！　だが、私の怒りも今や凄まじい。しかも、この怒りは一人の子供に向けられているのだ。私は気を落ち着かせようとしたがうまくいかなかった。検査のために喉をこじ開ける方法を私は知っている。だから、最善を尽くしてそれをやるのだ。やっとの思いで、木製の舌押し器《スパーテル》を奥歯の後ろに差し込み、その先端を口の奥に入れ込む。彼女は一瞬口をぱっと開けるが、すぐに閉ざすので中を見ることができない。しかも、奥歯で木の刃《やいば》をぐっと嚙み砕き、私がそれを取り出す前に、木っ端みじんにしてしまったのだ。

そんなことして恥ずかしくないの、と母親が娘に怒鳴り散らす。先生の前でそんなまねして、あなたったら、恥を知りなさい！

取っ手が滑らかなスプーンか何か持ってきてください、と私は母親にお願いする。それでなんとかやってみましょう。女の子の口は既に出血していた。舌は切れ、ヒステリックな金切声で、ぎゃーぎゃー泣いている。私はここで一旦撤退し、一時間かそこらしてから戻ってくるべきだったのかもしれない。いや、その方がよっぽど良かった。だが、蔑《ないがし》ろにされたせいでベッドで死に絶えた子供を少なくとも二人は知っている。今回と似たようなケースだ。そんなことがあったので、今ここで診断しなければ、もうやり直しはきかないだろう。だが、最悪なことに、私自身が理性を失っていた。怒りに任せてこの子を八つ裂きにして、それを楽しむくらいのことはできそうだ。いや、彼女を襲うのは快感なのだ。そう思うと、私の顔はかっと熱くなった。

この小生意気なおてんば娘は自分では何もわかっちゃいないのだから、誰かが守ってやらねばならない。こんな時、人は自分にそう言い聞かせる。他の誰かが彼女のことを守ってあげなければならない。それは社会にとって必要なことだ。こうした言い分は何も間違っていない。だが、幼い子に散々恥をかかされた大人は、その屈辱感をなんとしても力で解消したいと願う。そうして盲目的な憤怒が生まれ、それに駆られた人間は行きつく所まで行ってしまうのだ。

最後の理不尽な襲撃が開始され、私は少女の首と顎を力任せに押さえつけた。太い銀のスプーンを彼女の歯の裏に無理やり入れ、喉に押し込んだ。少女はげえげえと吐き出しそうになる。さあこれで、偽膜で覆われた左右の扁桃腺がようやく見えた。彼女は秘密を悟られまいと勇ましく戦った。少なくとも三日間はこの喉の炎症をひた隠し、両親を欺いていた。が、結局はこんな惨めな思いをするはめになった。

この時になって初めて少女は本気で怒りだした。それまで守勢にまわっていた彼女が今度は攻撃をしかけてきたのだ。父親の膝から離れて私めがけて飛びかかってきた。その目は敗北の涙で何も見えないというのに。

人でなし

リチャード・セルツァー／石塚久郎

もう二度とあんな怒りを患者にぶつけてはだめだよ。へとへとだったからだって君は言うけど。弁解はここまでにして、後は私の話を聞くんだね。

胸が痛くなって医者に診てもらいに行くとしよう。心臓が悪いんじゃないかと君は気をもむ。胸の痛みが君の「主訴」だ。医者はちょうどその時、ひどい出血をした胃潰瘍の患者を徹夜で診ている。医者はへとへとだ。これが君の医者の「主訴」だ。胸が痛いんです、と君は訴える。私は疲れてるんだと医者から返される。

それでも本音を言えば、いくらかは君に同情できる。どんなに大変かわかっているからね。まあ聞きたまえ。あれは二十五年も前の救急室でのこと。午前の二時。その日は朝から晩まで、刺傷者、心臓発作の患者、自動車事故の怪我人が次々と運ばれてきた。入口が騒々しい。見ると、どでかい黒人の男が四人の警官に連れられて救急室に運ばれてくる。男は手錠をはめられ、入口のところで体をのけぞらせる。男の両腕をしっかり摑み、中に押し込もうとしている警官たちを振り払うかのように。額には端から端までぱっくりと開いた、骨に達するくらいの深い傷。黒い肌から見える傷口は斧で切った木の幹の白い裂け目のよう。いちいち測らなくとも、どれくらい深いかはわかる。男は何度も何度も頭と肩を前や後ろに激しく揺さぶり、わめき散らしてはあばれる。警官たちは寄生体よろしくぴたりと男に覆いかぶさる。男に角があったら、警官たちは危ういところだ。手首を縛り上げられ、滴り落ちた血で目が塞がれたせいか、男は警官たちを振り回し、動揺させる。が、一人の警官の手が離れても、別の警官の手は吸いつくように離れない。男は泥酔している。怒り狂い、人を殺しかねない危険人物——神話でしかお目にかかれない、町に放たれた巨大な獣だ。だが、棍棒とリボルバーで武装した組織的軍団兵に夜討ちをかけられ呆気にとられている。

一体どんな風に殴られればこんな傷がつくのだろう。そもそも殴られたのか？　ひとりでに破裂したのではないのか？　抑えきれない憤怒の念を放出しようとして、自ら血を流すことで気を静めようとしたのかもしれない。ひょっとすると、嫉妬深い恋人にやられたのかもしれない。賭けで負けた十ドルを払おうとしないケチな男にやられたのかもしれない。あるいは、聞くに堪えない罵声を浴びせた男に仕返しされたのかもしれない。警官がやった可能性だってある。安穏とした私の小さな書斎で昔話風にこう想像してみる。

兜を被った軍団が通りの角を曲がってやってくる。「いたぞ！」と雄たけびをあげ、騒々しく男に迫る。男は突然のことで怯み、一瞬立ちすくむ。それまでしゃぶりついていた餌があんぐりと開いた口からこぼれ落ちる。警官たちとご対面だ。なにも今回が初めての対戦ではない。これまでの戦《いくさ》でズールー族の戦士のような傷を負うている。ずっと体が動き戦闘態勢へ。殻竿のような武器をぶんぶん振り回しては警官を一人二人となぎ倒す。やっとのことで警官の警棒がぶるんと唸る。遥か彼方から落下した西瓜が割れるような音がし、白い楔形の傷口が黒人の汗たぎる額のうえに現れる。男の目と頬に血が波のようにどっと流れ出す。

流血で視界を遮られ、男は肝をつぶす。それでも敵に食いさがり、もう一杯食わそうとまっしぐら。すると、背中と胸にもう何発か食らい、顔面にもう一撃もらう。強風にあおられたかのように血飛沫が頭から飛び散る。おかげで警官たちは血まみれだ。返り血を浴びた武装軍団は、言い知れぬ恐怖と憎悪にかられ、止めの一撃を加える。黒人の男は盲目にされた怪力サムソンのごとくゆらゆらと揺れ、不格好な円を描きながらぐるぐる回る。が、倒れはしない。それならと、警官は男にのしかかり、押さえつけ、手錠をかけ、膝でワゴン車の方へ蹴りやる。ワゴン車の後ろの窓から見える男の姿は網にかかった豹のよう。

男は救急室の処置エリアへ運ばれ私のもとにいる。堂々たる威厳がこの男には漂っている。

胸に何か秘めたものがあるのか。一体何を考えているのだろう？　警官たちは処置台にあがれと男を急かし、彼を押さえつけ両腕をバンドで拘束する。傷の様子を診て私は気が滅入る。思った通り、十二センチにも及ぶ不ぞろいでジグザグの、骨に達するほどの傷だ。どうみても手術に二時間はかかる。

実は私の方も疲れている。骨の髄までへとへとだ。こんな時に手術なんてやりたくない。が、これは例外だ。嘘じゃない。この男が私を魅了するのだ。そこにあるのは、治療を待っているむき出しの肉体、人間というより美しくも偉大な動物を暗示する、この世のものとは思われぬ野生の姿だ。傷が加わったせいなのか、彼の肉体は傷ができる前の肉体以上に肉体らしく見える。傷を洗浄し異物を取り除いて創傷をきれいにする。触れるたびに男は体をビクンとさせ呻く。「じっとして」と言うが、今度は頭をごろごろ左右に転がすのでうまく処置ができない。男は何度も何度も処置台から骨盤を浮かし、拘束バンドをこれでもかと引っ張っては、ドスンと腰を落とす。何か喚いているが人間《ヒト》の言葉にはなっていない。「動かないで。じっとしないと額の傷を縫ってあげられないんだ」と私は言う。

ひょっとして、分が悪いにも拘わらずこの男が自由になろうとまたあばれ出したのは私の言い方に棘があったせいかもしれない。もしかしたら、この男はわかっているのかもしれない。俺の面子を潰しやがったのは、六人の警官が振り下ろす警棒なんかじゃなく、あんたのような人間が口にする杓子定規で冷たい言い様なんだと。だからこいつはあばれ喚くのだ。でも、私がうんざりしているということも察してくれてもいいのに。唾を吐き悪態をつき、額に触れようとすると嫌がって頭をぐるぐる動かす。あと十五分で夜中の三時になろうとしている。なのに縫い始めてもいない。かがみ込んで男の体に顔を近づけると、鼻の中にむっと湯気が立ち込める。「じっとして」と私。

「お前の方こそじっとしてな、このクソ野郎」と敵意まるだしにやつははっきりと言い返す。途端に、彼に対する怒りがこみ上げる。こいつは私をひっつかみ、なんとしてでも自分の檻に引きずりこもうという腹だ。こうなったら、二人は威嚇しぶつかりあう二匹の獣だ。だが、こちらは正々堂々とやり合う気などない。

手術器具の戸棚から網状の太めのシルクの縫糸を二束と湾曲した大きな縫合針を一本取り出す。針の目に太めのシルクの縫糸を通し、把針器のあご状のはさみ口に縫合針をかませ、男の右の耳たぶの真ん中に針を通す。それから、ストレッチャーのマットレスに針を通し、そこに糸をしっかりと結びつける。そうすると男の頭が右に引っ張られる。そして左耳にもまったく同じ作業をし、今度は左に引っ張って男の顔が真上に向くようにする。

「ストレッチャーにあんたの耳を縫い付けたからな。動くと耳はちぎれるぜ」そう言って、男にかがみ込み、そうっとこうささやく。「じっとしなきゃならないのはあんたの方だな。このクソ野郎」

　これだけじゃすまない。目からゼリー状の血塊をふき取って目が見えるようにすると、手術台の頭の方から男を覗き込んで、あべこべに向かい合う。そうして、男に向かってにたりと笑う。こんな残酷な笑みを浮かべたのは後にも先にもこれきりだ。拷問好きな人間はきっとこんな顔をするんだろう。首を刎ねる人や拷問台をいじくりまわす人もだ。

　いまや男は借りてきた猫のように大人しくしている。耳たぶが裂けるのが怖いからだけじゃない。そんなことは痛烈に身に染みているはずだ。言う通りにしているのは、もうこっちに勝ち目はないんだと、野生の勘のようなものが働いたから、と言った方がいい。もう引き時だな、草むらにこっそり逃げるなら今しかないな、とやつの勘が知らせたのだ。いやひょっとしたら、やつの野生の脳の中に一瞬、ぱっと常人の思いがよぎり、やつの心が折れたからなのかもしれない。百本の警棒をもってしてもそんなことはできやしない。やつの帰りを待っている女のことが頭に浮かんだのか？　それとも、こいつに子供がいて、この酷い傷跡をあきれ顔で下の方から何度も無言で見上げる子供の姿が目に浮かんだのだろうか？　そんな顔で見つめられたら恥じ入ること間違いないのだから。理由はともあれ、男は身動きひとつしない。

　朝の四時になってようやく男の傷口を縫い始める。五時半、耳たぶのシルクの糸に鋏を入れる。足の拘束を外すと男を起き上がらせる。頭には包帯がぐるぐる巻きになって白いターバンのようだ。左右の耳たぶからこぼれ落ちる血はどれもルビーのよう。彼はインドの大王マハラジャだ。

警官どもが舞い戻る。彼らはその間ずっと、看護師やら病院の用務員やら仲間の警官やら、とにかく誰かをつかまえては一緒にコーヒーをすすっていた。三時間以上もの間私はこの男と二人っきりで傷の治療に専念していたというのに。「もう済みました」と伝える。警官たちはストレッチャーから男をぞんざいに引き下ろし、小突いてドアの方へ向かわせる。私は「あせらず、落ち着いて」と後ろから警官に呼びかける。同じセリフを自分も心の中で繰り返す。同じことが再び起こらないようにと……。

＊

あれから何年もたっているが、今でもこの時感じた原始的な怒りが繰り返し夢に現れて胸が痛む。目を閉じるだけであの男が頭と顎を巧みに動かす光景が瞼に映るし、私の冷たい口調が耳に響く。あんな調子で話したせいであの男は、がんじがらめになっていたにも拘わらず、体丸ごと私に向かって飛びかかろうとしたのだ。どんなに悪いと思っていることか。何とも寝覚めが悪い。あんな血も涙もない笑みを浮かべてしまって。もう取り返しがつかないんだからね。

3 看護

貧者の看護婦

ジョージ・ギッシング／大久保譲

　ミセス・ヒントンは恵まれた婦人だった。夫は従順だし、尊敬の念を寄せてくれる友人もたくさんいる。そんな彼女が、ある朝ショッキングな手紙を受け取った。出だしの一、二行の内容を見て、彼女はすぐさま署名を確認した。「アデリーン」とだけ記されている。ミセス・ヒントンの知り合いにアデリーンはただ一人――少女時代の親友だったが、もう十年ばかり音信不通になっている女性だ。手紙はその彼女からのもので、病気、貧窮、絶望を訴え、たとえ赤の他人であっても無下に断れない助けを求めていた。

　その日のうちに二人は会った。社交界の代表として、ミセス・ヒントンは過去を水に流した。心優しい女性として、彼女はアデリーンの窮状だけに心を傾けた。傷ついたアデリーンは世話と慰めを与えられ、話す機会が与えられたときには、弱った体力が許すかぎり、共感あふれるミセス・ヒントンに惨めな人生の成り行きを説明した。アデリーンの話は、同じセリフで始まり、締めくくられた。それは、彼女が十二カ月以上、田舎の診療所で看護婦として働いていたというものだった。

「そういえば」ミセス・ヒントンは言った。「いつも看護の仕事について話していたわね。やってみたいんだろうと思っていた。でも、あなたの体力にはきつすぎたってこと？」

アデリーンは身震いし、目をそらした。看護婦時代の体験は口にしたくないようだ。けれども、最後にはなんとか話しはじめた。低い、不安定な声で、彼女は答えた。

「体を壊しただけじゃない――その仕事で、わたしは悪魔になった」

繊細な感受性の持ち主であるミセス・ヒントンは、その発言に仰天し、わずかに顔をしかめた。

「ああ、あなたはわかっていないのよ」アデリーンは言った。「絶対にわからないでしょうね。あの仕事をする前、わたしはけっして悪い人間じゃなかったの。信じてくれないかもしれないけど、心の純粋さは守りつづけていた。あなたは昔から、わたしは感受性が強すぎ、同情心が強すぎると思っていたでしょう。それは病院で働きはじめたときも変わらなかった。だけど病院を離れるときには、わたしは粗野で残酷に――本来のわたしが、ずっと毛嫌いしてきた存在に――なっていた。体が弱かったのが主な原因なんでしょう――せめてそう考えたい。だけどわたしは、女性が、もともとは悪くなくても、次第に魂を堕落させるということを知ってしまった。道徳的な毒というのが、どういうものかを知ってしまった」

アデリーンは今三十五歳くらいだろうか。その声は、かつてミセス・ヒントンが庭や客間で聴いていたものとさほど変わったようには思えない。けれども顔立ちは——目は、口は——記憶の中のアデリーンと重ね合わせるのが難しいくらいだ。

「ええ、確かに病院で働きだしたときには、単に糊口をしのぐためじゃないと思っていた。むしろ特別なチャンスだと——自尊心を取り戻させてくれるばかりか、それ以上の何かを得られるチャンスだと考えた。はじめのうちは、あらゆることを——どう表現すればいいのかしら——無理にでも耐えなければならない苦役を、むしろ歓迎していた。看護婦の経験はなかったけれど、誰もわたしにそんなことを期待していなかった。仕事に向いていないんじゃないかと疑われていたようだけど、それはわたしが丈夫そうに見えなかったからだし、それに、あとからわかったことだけど、粗野にも見えなかったからなのよ。看護を引き受ける気がある人間なら誰でも、貧民たちの世話なんてできる——知識も訓練もいらない。少なくとも、あの救貧院ではそうだった。

看護婦は私を含め二人だけ。たった二人よ。四十人もの患者の世話を、続けて十二時間やらなければならないなんてことも珍しくなかった。いいえ、十二時間以上なんてこともしょっちゅう。死にそうな患者のそばで倒れて眠ってしまうなんてこともあったわ。

でも、最悪なのは激務じゃない。それはわたしの体を蝕んだだけだもの」

「わからないわ」ミセス・ヒントンが言った。「あなたはそんなおぞましい人たちのお世話をしていたってこと？」

「おぞましい人たちも多かった。とても想像できないほど。人間というよりは獣のようだったわ。でも、わたしが言っているのはそのことじゃない。まず、何よりつらかったのはプライバシーがまったくないこと。一人で寝られる部屋もなかった。夜寝るときは二人の小間使いと相部屋だったし、昼間に休憩しているときも、もう一人の看護婦が、部屋にあるものを取るために出たり入ったりするの。そのうち、彼女は単に嫌がらせのためにそういうことをするようになった。お互いに憎みあっていたから。他人を憎んだのは初めてよ――思いやりのかけらもない、さもしい心根の女だったわ。彼女のほうでも、いろいろな理由でわたしをねたみ、婦長にあることないことを吹きこんだけど、それでもわたしを馘首《くび》にさせられないので怒り狂っていた。最後のころになると、寝ている彼女を見るたびに殺してやりたくなったぐらい。一種の狂気ね。この女を殺すのは正義の善行なんだと、自分にたえず言い聞かせるようになっていた。

　彼女はその病院に長くいたから、あらゆる種類の病気に――働きすぎの看護婦につきものの病気に――苦しんでいたわ。扁平足、おぞましい静脈瘤、そして――ああ、あなたにはとても言えない。彼女の前任者は肺病で死んだのよ――死ぬ当日まで働きづめだった。

恐ろしい考えや感情を抑え込む力を与えてくださいと、神に祈るようになった。歩きまわりながら、心の中で祈った。おまけに、良心的に看護をしていたせいで、どんどん消耗していった。細心の注意を払った看護こそキリスト教徒にふさわしく、心を清らかに保ってくれるものだと信じていたから。もう一人の看護婦はと言えば、仕事では最大限に手抜きをしていた。哀れにも苦しむ人々が、何時間も何時間も彼女に向かって叫んでいるのに、見向きもしない――患者たちに面倒をかけられるのを嫌っていたのもあるし、寒くて暖炉のそばでぬくぬくしていたかったせいもあるでしょう。

最悪なのは、わたし自身、患者に対して冷淡になっているのに気づいたことよ。最初のうちこそ、患者たちを憐れんで、ベッドの横で涙を流したりもした。だけどそんなの長続きしない。だいいち、患者を適切に看護するなんて不可能だったの。そんなこと誰にも無理だったでしょうね。お医者さまはそんなこと百も承知で、相談しても、肩をすくめてみせるだけ。そしていつも詩の一節を――なんの引用かはわからないけど――ひとりごちていた。「砂利道で骨をカタカタ鳴らせ、こいつは誰も引き取らない、ただの貧乏人なんだから」〔馬車で教会まで運ばれる貧しい死者を歌ったトーマス・ノエル「貧者の馬車旅」より〕。やがてわたしも同じような態度をとるようになった。そのせいで自分に嫌気がさしたけれど」

ミセス・ヒントンが口をはさんだ。「まあ！　だけど、そんなことがこのわたしたちの時代にあるものかしら？」

「どこにでもってわけじゃないわ、もちろんよ。だけど、人里離れたところでは、すごくたくさん。わたしのいたところよりもひどい病院の話だって耳にしたことがある。ときには救貧院の患者たちが看護婦の手で――あからさまに暴力的なやりかたじゃなくても、無視されたり虐待されたりして、殺されることだってあるのは確かよ。怖いのは、それも仕方ないんだって思えてしまうことよ」

アデリーンの声は震えた。ぞっとするような光がその目の中できらめいた。

「ねえ、わたしは食事を楽しむことができなかったの。病棟や、それ以外のおぞましい場所で飲み食いしたものは、自分の血を毒するような気がしたわ。あらゆるものを病んだ目を通して見た。全世界が――ミルトンの詩句を覚えてるかしら？――「癩病院《レイザー・ハウス》」のように思えた〔『失楽園』十一巻四七九行〕。わたしに取りついた言葉のひとつよ――癩病院《レイザー・ハウス》。ぴったりの言葉だわ――病気の乞食ラザロの家〔『ルカによる福音書』一六：一九‐三一〕。全世界がそれ以外のものとは思えなくなった。外の世界がどんなふうだったか、本当に忘れてしまった。そして心は次第に邪悪な感情に充ちあふれていった。わたしは――わたしは――信じられる？――わたしは、とうとう一番面倒な患者たちをいたぶったのよ。もう一人の看護婦と同じように、その人たちの要求をわざと無視した。充分に喉をうるおさないうちに、カップを取り上げた。その人たちの泣き言や罵詈雑言を耳にして、おぞましい喜びを感じた。いいえ、わたしは他の人たちより悪いわけではないわ。あんな状況に置かれたら、同じように堕ちていかない生身の女なんていないはずよ――一人も――一人も！」

ミセス・ヒントンは物思いにふけりながら言った。

「病人を相手にしていらつくというのがどういうことか、わかるわ」

「そう、だからプロとして看護しながら、優しい心を保ち続けるなんて、人間以上のものでなければ、聖人でもなければ無理な話よ。最高の環境にいたとしてもそうにちがいない。ましてやあんな場所は悪魔を育てる学校のようなもの。あそこのことは二度とお話ししません。完全に忘れてしまえるよう、神に祈ります」

「自分の意志で辞めたの？」

「ええ、ありがたいことに！　神から力が与えられたとたんに辞めたわ。飢え死にするほうがましだと思って」

しばらく考えてから、ミセス・ヒントンは静かに言った。

「知り合いに、病院で看護婦をしたいっていうセンチメンタルな情熱に取りつかれている娘さんがいるの。その子の母親と話したほうがよさそうね」

アルコール依存症の患者

F・スコット・フィッツジェラルド／上田麻由子

I

「手を――離し――なさい――ああ、ああ！　さあ、いいから、離して。もうお酒を飲まないで！　ほら――瓶をよこしなさい。私が一晩じゅう起きていて、飲みたくなったら飲ませてあげるって言ったでしょう。ほら、今そんなんじゃ、家に帰ったときにどうなると思いますか。さあ、瓶を渡して。半分残しておきますから。ねえってば。カーター先生も言っていましたよね。私が夜中ずっと起きていて、少しずつ飲ませるって。それがだめなら決まった量を瓶に残しておきますから。さあ、さっきも言ったでしょう。私はもうヘトヘトで、一晩じゅうあなたとやりあう気力なんてないって……もういい、わかりました。好きなだけ飲んで死んでしまえばいい」

「ビールでも飲まない？」彼は尋ねた。

「ビールなんていりません。ああ、あなたが酔っ払っているところをまた見なくちゃいけないなんて、最悪だわ！」

「じゃあコカ・コーラでも飲むよ」

若い女は息を切らしてベッドに腰をおろした。

「あなたは何も信じてないんですか？」と彼女は尋ねた。

「きみが信じているようなものは何も――ねえ気をつけて――酒がこぼれてしまうよ」

私には無理だ。この人を助けようとしても無駄なんだ、と彼女は思った。二人はふたたび摑み合いになったが、今度はそのあと彼が両手で頭を抱えてしばらく座り込んでしまった。それからまた彼女の方を向いた。

「次、私の手から奪おうとしたら、床に叩きつけて割ってしまいますからね」と彼女はすかさず言った。「本気よ――バスルームのタイルのうえに」

「そんなことしたら、僕がガラスの破片を踏んでしまうよ――もしくはきみが踏んで怪我するかも」

「じゃあ手を離しなさい――ねえ、約束したでしょう――」

突然、彼女は瓶を落とした。それは魚雷のように彼女の手をすり抜け、赤と黒のきらめきとなって滑るように床を転がっていった。ラベルには「サー・ギャラハッド・ルイヴィル蒸溜ジン」と書いてある。

瓶は粉々になって、破片が床に散らばった。それからしばらく、静寂があたりを包んだ。彼女は『風と共に去りぬ』を読んで、遥か昔に起こった素晴らしい出来事の数々に思いを馳せた。彼がバスルームに入って破片で足を切ってしまうんじゃないかと心配になってきて、ときどき顔を上げては、彼が立ち上がらないか確かめた。ものすごく眠たかった——さっき見たとき、彼は泣いていた。その姿を見て、かつてカリフォルニアで介護した老いたユダヤ人男性のことを思い出した。あの人はしょっちゅうバスルームに行かなくちゃならなかったっけ。今回の患者には、看ているあいだじゅう暗い気持ちにさせられたものの、そのいっぽうでこうも思った。

「もしこの人のことを気に入っていなかったら、こんな仕事さっさとやめていただろうな」

ふいに良心が蘇ってきて、彼女は立ち上がると、バスルームのドアの前に椅子を置いた。眠りたかったのだ。その日は朝早く彼に起こされて、イエール対ハーヴァードの大学対抗フットボールの試合結果が載っている新聞を買いに行かされ、一日じゅう自分の家に帰れなかった。午後は彼の親戚が会いに来たから、隙間風が吹く廊下で、看護婦の制服のうえに羽織るセーターも持たずに待っていなくてはならなかった。

彼が眠れるよう、できるだけのことはした。チェストのうえに突っ伏している肩にローブをかけ、膝のうえにも一枚かけてやった。揺り椅子に腰かけてはみたものの、眠気はどこかにいってしまっていた。看護記録に書き込まないといけないことがたくさんあったので、部屋を静かに歩き回って鉛筆を一本見つけ、書き込みを始めた。

脈拍　一二〇
呼吸数　二五
体温　三六・七――三六・九――三六・八
所見

――書くことはたくさんあった。

「ジンの瓶を奪い取ろうとした。それを投げて割った」

そのあとで彼女はこう書き直した。

「瓶を取り上げようとして、落として割れた。患者というのは扱いが難しいものだ」

彼女は報告の一部としてこう付け加えようとした。「アルコール依存症患者の世話は二度としたくありません」。しかし、そんなことを書いても仕方がなかった。彼女にはわかっていたのだ。自分が朝七時には目を覚まして、彼の姪が起き出してくる前にすっかり掃除をすませているだろうことが。何もかもゲームの一部にすぎないのだ。それでも椅子に腰をおろして、彼の疲れきった真っ白な顔を眺めながら、もう一度呼吸を数えてみた。どうしてこんなひどいことになってしまったのだろうと思いながら。彼は今日一日ずっと機嫌がよくて、私のために遊びで漫画を一話ぶん描いてプレゼントしてくれた。部屋に帰ったら額に入れて飾るつもりだった。摑み合いになったときに手首に触れた、彼の細い手首の感覚が、あらためて蘇ってきた。彼に言われたひどい言葉も思い出した。それから昨日、医者が彼にこう言っていたことも。

「あなたはもっと自分を大切にできる人のはずですよ」

彼女は疲れていて、バスルームの床に散らばったガラスの破片を片付ける気になれなかった。というのも彼が規則正しい寝息を立て始めたら、すぐにベッドに運んでしまいたかったからだ。でも結局は、先に掃除することにした。床にしゃがみこんで、最後の一欠片《かけら》にまで目を光らせながら、彼女は思った。

——こんなの、私のやるべきことじゃない。あの人だって、こんなことしているべきじゃないんだ。

彼女は憤然として立ち上がると、彼の方をじっと見つめた。横から眺めるとほっそりとした鼻は繊細で、そこから小さないびきが聞こえてくる。ため息が混じった、よそよそしく、やるせない音だ。医者はお手上げだとでもいうように首を振っていたし、もはや彼女の手に負えない症例なのは明らかだった。それに看護婦紹介所の登録カードには、先輩方のアドバイスどおり「アルコール依存症患者はお断りします」と書いてあった。

その日のぶんの仕事は終わった。しかし今になって頭に残っているのは、ジンの瓶を取り上げようとして彼ともみ合っていたときに、一瞬の間《ま》があったことだ。彼女がドアに肘をぶつけたのを見て、大丈夫かい、と彼に尋ねられた。彼女はこう答えた。「ご自分のことをどう思っているか知りませんけど、みんなになんて言われているかわかってますか――」この人はそんなことを考えるのをとうの昔にやめてしまっていると、彼女はそのとき悟ったのだった。

ガラスの破片は全部集め終わった。念のため箒を取ってきたとき、彼女は粉々になったガラスの量があまりにも少ないことに気がついた。それはあの瞬間、お互いのことをとっさに見つめあっていたときにふたりのあいだにあった、あの窓ほどもなかった。彼は私の姉妹のことも知らないし、もう少しで結婚するところだったビル・マーコーのことも知らない。私のほうも、どうしてあの人がこんな惨めな日々に陥ることになったのか知らない。書き物机のうえにある写真には、若い奥さんとふたりの息子、そしてハンサムで健康そのものの彼の姿が映っていた。五年前の彼はこんなふうだったに違いない。それなのに、まったくわけのわからない話だ――ガラスの破片で切った指に包帯を巻きながら、彼女は心に誓った。もう二度とアルコール依存症患者の世話は引き受けまい。

II

ハロウィーンで大騒ぎした誰かのいたずらで、バスの側面の窓ガラスにひびが入っていたので、ガラスが落ちてきて怪我をしないよう彼女は後方の黒人専用席に移ってそこに座った。患者から小切手を受け取っていたものの、もう時間が遅いので現金に替えることもできない。財布には二五セント硬貨と一セント硬貨が一枚ずつ入っているだけだった。

ミセス・ヒクソンの紹介所では、知り合いの看護婦がふたり順番を待っていた。

「今はどんな患者を担当しているの?」

「アルコール症」と彼女は答えた。

「ああ、そうだったね。グレタ・ホークスがそんなこと言ってた。フォレスト・パーク・インに住んでる漫画家の世話をしてるって」

「うん、そう」

「かなり馴れ馴れしい人だって聞いたけど」

「別に嫌なことなんてされてないよ」と彼女は嘘をついた。「みんながみんなそういうことするみたいに言うのって――」

「ごめん、気にしないで――そんな噂をちょっと小耳に挟んだだけだから――だってほら――看護婦にちょっかいかけたがる人って多いから――」

「もうやめて」と言いながら、彼女は心のなかで怒りが湧き上がってくることに自分でもびっくりした。

ほどなくミセス・ヒクソンがあらわれて、他のふたりに待つように言うと、彼女に入りなさいと合図した。

「若い子にこういう患者を任せたくないんだけど」とミセス・ヒクソンは話し始めた。「ホテルからかけてきた電話、聞きましたよ」

「いえ、そんなにひどかったわけではないんです、ヒクソンさん。あの人は自分が何をしているのかわかっていなかったし、どのみち私も怪我していませんから。私のせいであなたにご迷惑をかけてしまうんじゃないかと気がかりだっただけです。あの人、昨日はずっとほんとに機嫌よくしていたんですよ。私のために漫画を描いて――」

「あなたにこの件を担当させたくはなかったの」と、ミセス・ヒクソンは登録カードを指で繰りながら言った。「結核患者を担当していたわよね？　そうそう、そう書いてある。ほら、ちょうどここにひとり――」

電話のベルがせわしなく鳴り響いた。ミセス・ヒクソンがはきはきした声で応対する様子に、彼女は耳を傾けていた。

「こちらもできるだけのことはします――それはもう医者《せんせい》次第ですから……こちらにはそん

な権限がないんです……あら、こんにちは、ハッティー、いいえ、今はだめ。そうだ、アル中患者の扱いが得意な看護婦、誰か知らない？　フォレスト・パーク・インに患者がひとりいてね。あとでまた連絡してくれる？」

ミセス・ヒクソンは受話器を置いた。「ちょっと外で待っていて。ところでどんな男だったの？　変なことされなかった？」

「手を振り払われたので、注射ができませんでした」と彼女は答えた。

「あらあら、男らしい病人だこと」とミセス・ヒクソンはぶつぶつ言った。「そういう人たちは療養所に入れておくべきなんだけどね。あなたには少しは楽できる患者を、もうすぐ紹介できるはずだから。おばあさんの患者でね——」

そこでまた電話が鳴った。「ああ、もしもし、ハッティー……じゃあ、あのスヴェンセンって大柄の子はどう？　あの子ならどんなアル中患者の世話だってできるでしょう……ジョセフィーン・マーカムは？　あの子あなたのアパートに住んでいるんじゃなかった？　電話をかわってちょうだい」。少し間があって「ねえジョー、有名な漫画家だかアーティストだか、なんて呼んだらいいのか知らないけどそういう患者がフォレスト・パーク・インにいてね、お願いできない？　さあ、私にはわからないけど、カーター先生が担当していて、十時ごろにはいらしてくれるから」

長い間《ま》があった。ところどころでミセス・ヒクソンが口を挟んだ。

「なるほど……もちろん、あなたの言うこともわかる……そうだね、でも危ない目に遭うってわけじゃないから──ちょっと難しい人なだけ。若い子をホテルになんてやりたくないのよ、相手がひどい奴だったら大変だから……いい、他の子を探すわ。もうこんな時間だけど。気にしないで、ありがとね。ハッティーにあの帽子、普段着に合うといいんだけど、って伝えておいて……」

ミセス・ヒクソンは受話器を置いて、手元のメモに何か書き込んだ。彼女はきわめて有能な女性だった。自身もかつては看護婦として、どんなに大変な現場でも乗り越えてきた。誇りを持って、理想を胸に、人一倍働く新人看護婦で、生意気な研修医の罵詈雑言にも、偉そうな態度を取る最初の患者たちにも耐えてきた。そういう連中は彼女のことを、老人の世話もろくにできないこんな未熟者はすぐに収容所にでも送るべきだと考えているようだった。彼女は突然、くるりと向き直って机から離れた。

「さて、どんな患者を担当したい？　さっき、感じの良いおばあさんがいるって言ったでしょう──」

看護婦の茶色の眼は、さまざまな思いが混じりあって明るく輝いていた──こないだ観たばかりのパスツールの伝記映画のこと、看護学生だったころ誰もが読まされたフローレンス・ナイチンゲールについて書かれた本のこと。みんな誇りを持っていた。どんなに寒くても、フィラデルフィア総合病院の通りを颯爽と横切って、まるで毛皮を着てホテルの舞踏会に向かう社交界デビュー《デビュタント》を控えた女性みたいに、身にまとった新しいケープを誇らしげに翻したものだった。

「私――もう一度あの患者さんについてみたいです」電話のベルがけたたましく鳴り響くなか、彼女は言った。「代わりが見つからないなら、すぐにでも戻ります」

「でも、さっきアル中患者はもうたくさんだって言っていたでしょう。それなのに、やっぱり戻りたいっていうわけ?」

「ちょっと難しく考えすぎていたみたいです。本当は、私なら力になれそうな気がするんです」

「あなたがいいならいいけど。でも、手首を掴まれそうになったらどうするの」

「彼には無理です」と看護婦は言った。「見てください、この手首。ウェインズボロ高校ではバスケットボールを二年やってたんです。あの人の面倒くらい十分見られます」

ミセス・ヒクソンは彼女を長いことまじまじと見つめていた。「わかった、いいでしょう」と彼女は言った。「でもこれだけは覚えておいて。アル中患者が酔っぱらって言うことは、素面《しらふ》のときに思っていることとはまったく違うのよ――私もそういうのをさんざん見てきたから。いざというときに来てもらえるよう、ホテルの人に頼んでおきなさい。何が起こるかわからないからね——アル中患者のなかには良い人もいるし、そうでないのもいる。でも結局はどうしようもない人たちばかりなんだから」

「覚えておきます」と看護婦は言った。

外に出ると、夜空は奇妙なほど晴れ渡っていた。みぞれの細かい粒が、ブルーブラックの空に白い斜線をいくつも落としている。彼女が乗ったのは、街まで乗ってきたのと同じバスだったが、今ではもっと多くの窓ガラスが割られてしまったらしく、いらいらした運転手は、ガキどもをとっ捕まえたらひどい目に遭わせてやると息巻いていた。ほかにもうんざりすることがいろいろあるんだろうな、と彼女は思った。私がアルコール依存症患者のことを考えてうんざりしているのと同じように。ホテルの続き部屋《スィート》に上がって、またあの人が酔っ払って取り乱しているのを見たら、私だって嫌になるだろうし、それにまたかわいそうだとも思うだろう。

バスを降りると、彼女はホテルまでの長い階段を降りながら、空気の冷たさに気分が少し高揚するのを感じた。他の誰もやらないから、私が彼の面倒を見るんだ。立派な看護婦たちは、他の誰もやりたがらない患者の面倒を進んで引き受けてきたんだから。

彼女は書斎のドアをノックした。何を言うべきかはわかっていた。

返事をしたのは彼自身だった。ディナー用の服を着て、ダービーハットまでかぶっていた

――飾りボタンとタイはまだつけていなかったけれど。

「やあ、こんばんは」と彼は気さくに言った。「よく戻ってきてくれたね。ちょっと前に目が覚めたから、出かけることにしたんだ。夜勤の看護婦は見つかった？」

「私が夜もやることになりました」と彼女は言った。「二十四時間勤務することにしたんです」

彼は愛想はいいが、どうでもよさそうな笑みを浮かべた。

「きみが帰ってしまったのはわかったけど、なんだか戻ってきてくれるんじゃないかって気がしてたよ。飾りボタンを探してくれない？　小さな鼈甲の箱とか、そういうところに入っていると思うんだけど――」

彼は身体をもぞもぞともう少し動かして服を整え、上着の袖からシャツの袖口を引っ張り出した。

「僕の担当から外れたのかと思った」と彼はさりげなく言った。

「私もそう思っていました」

「あそこのテーブルのうえに、きみのために描いた漫画が一話ぶん置いてあるよ」と彼は言った。

「誰と会うんですか？」と彼女は尋ねた。

「社長の秘書だよ」と彼は答えた。「支度するのにものすごく時間がかかってね。行くのをやめようかと思っていたとき、きみが入ってきたんだ。シェリー酒を頼んでくれる?」

「一杯だけですよ」と彼女はしぶしぶ認めた。

やがてバスルームから彼が呼びかけてきた。

「ああ、看護婦よ、看護婦、わが人生の光よ。僕のもうひとつの飾りボタンは何処《いずこ》?」

「いまつけてあげますから」

バスルームに入ってみると、彼の顔は青ざめて熱っぽく、息からはペパーミントとジンの混ざった匂いがした。

「早めに戻ってきますよね?」と彼女は尋ねた。「カーター先生が十時にいらっしゃいますから」

「何言ってるの! きみも一緒に来るんだよ」

「私も?」と彼女は大声を上げた。「セーターにスカートという格好で? 無理ですよ!」

「じゃあ僕も行かない」

「わかりました。ではベッドに戻ってください。そもそもあなたはそこで寝ているべきなんですから。その人たちに会うの、明日にはできないんですか?」

「いや、そりゃだめだよ」

「そりゃだめですね！」

彼女は彼の背後に回り込んで、肩ごしにタイを結んだ――シャツは飾りボタンをつけようと指でいじくりまわしたところがくしゃくしゃになっていた。彼女はこう言ってみた。

「大切な人に会うなら、新しいシャツに着替えたほうがいいんじゃないですか？」

「わかったよ。でも自分で着替えたいな」

「どうして手伝わせてくれないんですか？」彼女はむっとして尋ねた。「どうして着替えを手伝ってはいけないんですか？ なんのための看護婦ですか――いても意味ないじゃないですか。男の人の着替えくらい手伝えますよ？」

彼は唐突に便器のうえに腰かけた。

「わかったよ――やってくれ」

「今度は手首を摑んだりしないでくださいね」とうっかり言ってしまって「すみません」と彼女は謝った。

「気にしないで。そのくらいで傷ついたりしないから。今にわかるよ」

彼女は上着、ベスト、糊のきいたシャツと脱がせていったが、アンダーシャツを頭から脱がせようとすると、彼は煙草を吸って、その作業を遅らせた。

「ほら、よく見て」と彼は言った。「いち――にい――さん」

　彼女がアンダーシャツを引っ張り上げると、彼はそれと同時に灰まじりの真っ赤な煙草の火先を、短剣のように自分の心臓にぎゅっと押しつけた。それは左の肋骨の上にある、一ドル硬貨くらいの大きさの銅板に当たってつぶれて消えた。飛び散った火花が腹に降りかかって「あちっ！」と彼は声をあげた。

　今こそほだされてはいけない、と彼女は思った。彼の宝石箱には、戦争でもらった勲章が三つ入っているのは知っていたけれど、彼女だっていくつもの修羅場をくぐり抜けてきたのだった。そのなかには結核もあったし、もっとひどいことも一度あった。そのときは気づいていなかったけれど、教えておいてくれなかった医者のことがいまだに許せないでいる。

「そんなのがあると大変でしょうね」と彼の身体をスポンジで拭きながら、彼女はなんでもない風を装って言った。「いつかは治るんですか？」

「治らない。銅板だからね」

「でも、だからって今みたいなことしていいわけじゃないですよ」

　彼は大きな茶色い眼を彼女に向けた――鋭いが、よそよそしく、困惑した視線だった。その一秒ほどのあいだに彼が知らせたのは、死への意志だった。そして、彼女はこれまで重ねてきた訓練や経験があるにもかかわらず、自分にはこの人を少しでも前向きにさせるようなことは何ひとつできないのだとわかった。彼は立ち上がって、洗面台にもたれかかって身体を支え、前方にあるひとつの場所をじっと見つめた。

「いいですか、もし私がずっとここにいることになったら、あのお酒は飲めませんよ」と彼女は言った。

突然、彼が見ているのは酒ではないことに彼女は気がついた。彼が見ていたのは、その日の午後に彼女が酒瓶を落としたあの片隅だった。彼のハンサムだが、弱々しく、何かに抗うような顔をじっと見つめた――彼女は怖くて顔の向きをほんの少し動かすことすらできなかった。なぜなら、その片隅には彼の求めている死があることがわかっていたからだ。彼女は死を知っていた――それについての話を耳にしたこともあったし、まぎれもないその匂いをかいだこともあった。でも、誰かの身体のなかに入り込む前の死はこれまで見たことがなかった。彼は、バスルームの片隅にその姿を捉えているのだ。死はそこに立って、彼を見つめている。しかし彼が弱々しい咳をひとつして、吐いたものをズボンの脇にある側章にこすりつけているところを。それは彼が最後にとった動きのしるしでもあるかのように、しばらくそこにとどまって光っていた。

次の日、彼女はミセス・ヒクソンにそのことをなんとか伝えようとした。

「それは誰にも打ち勝つことができないものなんです――どんなにがんばったって無理なんです。あの患者は私の両手首をひねって捻挫させたかもしれませんけど、私はそんなこと別にどうでもいいんです。ただどうやったってあの人を助けてあげられないことが問題なんです。それがやるせないんです。何をやっても無駄なんだってわかることが」

一口の水

T・K・ブラウン三世／石塚久郎

フレッド・マッキャンは精力みなぎる血色のよい三十一になる男。新鮮な空気と肉欲の愉悦をこよなく愛していた。ゴルフや山登りも、皿一杯のステーキにポテトも、猥談やポーカーも大好きだ。筋肉を動かし胸が汗ばみ、肩越しに風が吹き抜けるあの感触、ベッドのなかの女と体と体が触れ合うあの感触がたまらない。欲望が満たされ、いつしか眠りに落ちるのもいい。

何よりも女に目がなく、女をものにすることが彼の道楽と言ってよかった。ウエイトレスや仕事仲間の秘書、ショーガールや亭主とはご無沙汰の妻たち、ホテルのロビーですれ違った行きずりの女まで、週に一度は優しい物腰でねんごろな言葉をかけては、さかんに口説くのだった。春になると他の季節にも増して女という必需品を追い求めるのに躍起になった。これまで知り合った女の容姿や振る舞いを隅から隅まで記録した一覧表が頭に入っていたのだ。

フレッド・マッキャンは女を一人連れ、海で休暇を楽しんだ。夜明けとともに起きると女をゆすって起こしベッドから女を引っ張り出した。

「ほら、今から太陽が昇るぞ。一緒に行こう！」と彼は叫んだ。

二人は波打ち際までかけっこし、もう無理だと思えるところまで泳いで、海と陸とが朝焼けで明るくなるのを、ひょいと海面から頭を出しながら目に入れた。水中で二人っきりで抱き合い、振り返っては、浜辺に打ち寄せる白いレースの波やこぢんまりとした自分の別荘を眺めることもあった。泳いで戻り、砂浜まで這いあがると、ごわごわしたタオルでお互いの体をふいて乾かし、笑いながら体をぶるぶる震わせるのだった。その後、ベーコンエッグを食べながらその日何をするかを考えた。テニスもできるな、釣りにも行ける、ひょっとしたら古い灯台のあたりにムラサキイガイを採りに行けるかも。夕方には隣のカップルがブリッジ目当てに訪ねてくるかもしれない……。充実した人生だ。望むものすべてが心底満たされていた。

軍隊に召集され、喜んでという訳でも渋々ながらという訳でもなく、他の男と同じようにそれに従った。自分らの世代が背負わなければならない運命なのだと観念したせいもあったが、「自由と正義」というスローガンにうっとりとしたからでもあった。とりわけ「自由」というスローガンに。自由のためならどんな男も戦わなければならないのだから。

フレッド・マッキャンはそうして戦争に行った。

入隊して二年と八か月は前線から三十マイル離れたイタリアのパレルモ付近の村に滞在した。

戦闘の轟きは彼の耳には入ってこなかった。実際、戦闘の気配すらなかった。撃たれもしなければ爆撃にあったりもしなかったし、敵を目撃したことさえなかった。

大人になってからというもの、フレッド・マッキャンは恐怖を感じたことがなかった。もちろん、不安なら知っていた。出たとこ勝負や陸軍での演習でなら恐怖に似た興奮めいたものは感じたが、腸《はら》にぐっと食い込むような本物の恐怖を感じたことはまったくなかった。といっても、彼が特別勇敢だとか抜きんでて鈍感だとかという訳ではない。単に、恐怖を感じる機会がなかっただけの話だ。

確かに何も恐れてはいなかった。パレルモ近くの閑散とした小さな村で、一口水を飲もうと揚水機まで行き取っ手をひねった瞬間、仕掛け爆弾が爆発し四肢がふっ飛び盲目になるまでは……。

そのとき初めて恐怖が彼を襲った。アルジェリアの軍病院から合衆国の軍病院に移され暗澹たる回復期を過ごしたが、その数か月間、恐怖の回廊をただひたすら怯えながら彷徨っていた。盲目になり体の自由もきかず、いつ明けるとも知らぬ夜の深みのなかで、人間が感じることのできるあらゆる恐怖を知ったのだ。

苦痛のため精神力は粉々になった。人間というのは迷路に迷い込むと集中力を失くすものなのだ。ワシントンの病院にいるフレッド・マッキャンは今や包帯だらけの体。苦痛と恐怖がぐるりと旋回し精神を蝕み、何週間というもの、揚水機から水を飲もうとしても飲めないのではというたった一つの不安に悩まされた。

「水だ！　水をくれ！」

医療スタッフはフレッドの傷を治療する手立ては何もないということを知りながら、窒息しそうになるまで喉に水を流しこんだ。だが、彼はあの水が欲しい、あの水さえ飲めれば満足できるという素朴な欲求をどうしても諦められなかった。

「水！」

フレッドの心のなかを察して司祭が呼ばれた。

「息子よ、水を求めてはいけない。前をしっかり見る勇気を持ちなさい。つらいことだが、あなたの前には未来しかないのだから目を背けてはいけない」と司祭は言うのだった。

それからしばらくして、フレッド・マッキャンは自己欺瞞の殻からようやく抜け出し、目が見えないのだという事実に向き合った。顔に鎮座している二つの石炭は彼の死んだ目だ。痛みはなくなるだろうが、もう二度と見ることはできない。

彼には耐えがたかった。俺には見る権利があるんだと子供のようにせがんだ。

「包帯を取ってくれ」と怒鳴りつけた。「この目で見たいんだ！　お願いだから、この目隠しを取っ払ってくれ！」

でっかいガキどもが俺を縛り上げ、目隠しをする。そうして石ころを投げつけようとしている。こいつらは俺の目ん玉をくり抜こうって腹だ。

「解いてくれ。自由にしてくれ！」

だが、目は使い物にならないということは百も承知だった。彼の目ん玉をくり抜こうなんてやつはもういやしないのだ。

無茶な抵抗をして弱りはてたとき、二つ目の恐怖に直面した。四肢の一つを切断しなければならないかもしれないという恐怖だ。勇気ある希望の兆しが彼の心に芽生えたのは回復期のちょうどこの頃だったが、両手両足が切断され、今やかつての体の惨めな残骸に過ぎないということをフレッドは知らなかった。ベッドのなかで手足はきつく縛られているようだったが、辛抱強く耐えれば新しい希望が見えてくる、時間はかかるが骨と肉が癒着し元通りになるだろうと期待していた。つま先と指とをぴくぴくと動かすことも、ふくらはぎと二の腕の筋肉を伸縮させることもできる。痛みは伴うものの、力強くしなやかだ。

ある日医師におずおずと訊いてみた。「いつになったら拘束を解いてくれんだい？　ちょっとばかし運動でもやろうかと思ってね」

長い沈黙が続いた後、医師はこう切り出した。「今君に必要なのは安静だ……。そう、安静なんだが……」と唐突に、思いもよらぬ憐れみの声で「あなたのためにできることは何でもやってるんです」と言うのだった。

「いいかい、お医者さんよ」とフレッド・マッキャンは強い調子で言った。盲目になってから、というもの、暗闇をまっすぐ見据えてしゃべるようになっていた。「同情する必要なんてないぜ。とんだ休暇になっちまったのはわかってる。なんせ目が見えなくなって、おまけに手足の一つや二つ失くすかもしれないんだからね。でも前にもひどい休暇があった。今度もなんとかなるさ。落ち込んでる暇なんかないんだ」ただならぬ希望を彼は抱いていた。

医師が無言でいるのでこう尋ねた。「一つ訊いてもいいかい。どの程度切るつもりなんだい？」

医師はまだ黙っていた。やっとのことで口を開いたが、安静が必要だの手は尽くしているだのといったことを繰り返すだけだった。

フレッド・マッキャンは医師が早足で病室から出ていくのを耳にした。その後二日間、あの医者はなんとおセンチな馬鹿野郎なんだと罵った（なんとも、フレッドのような男にかかっちゃ、どんな苦難も耐えられること間違いない）。だが、そんな考えが彼の頭のなかを巡って三日目、体がベッドから持ち上げられ運ばれた。手足の拘束は解かれていなかったはずだ。なのに今、急に手足が信じられないくらい軽く感じた。まるで空気のなかに浮いているようだ。ベッドにいたときとまったく変わりない安定感。

これで手足はすべて切断されていたのだとようやく悟った。彼に残されているのは残片、盲目でも生きていくうえで必要最低限な基部だ。これ以上切除されたら生きていくことはできまい。

あの頑強な希望は胸の奥深くに根を下ろしていた。希望の花は萎れてしまったが、その根は魂を生きる力に堅く結びついていた。だから、次に直面する恐怖はいかに生き残るかではなく、死ぬのではないかということだった。俺の半分が切除されたのだ。体半分が血液もろとも失われたのだ。今度は残りの半分に違いない。

「俺は死んじまうのか？　死んじまうのか？」と彼は叫んだ。

なだめるような手が彼の体に触れた。男なのか女なのかはわからない。ベビーベッドのようなところに寝かされていることだけはわかった。

「死よ、死よ、汝の棘はどこにあるのか？〔聖書、コリント第一一五・五五〕」と何を言っているのかもわからずにわめいた。

徐々に徐々に、今の状態が本当はどんな意味を持つのか身に染みてわかり始めた。すると、恐怖の芽が皮疹のように絶望の蔓をつたって全身に吹き出し、一つ一つの蕾《つぼみ》から毒々しい匂いを放って花開いたのだった。

蔓の群葉から彼に語りかける声がした。

「何もできない。これがお前のこれからのモットーだ」その声は狂ったようにこう繰り返す。「お前がこれから何をやろうと何もできない。ほら、連中にこう言ってやりな。どうも、こんな男がいたらしい。そいつはもう二度とできない、

泳ぐことも　働くことも
走ることも　遊ぶこともな。
こいつの足はもぎとられ、そんでもってできなくなった。
塀を跳んだり　馬に乗ったり　山に登ったりもな。
こいつの両手はちょんぎられ、そんでもってできなくなった。
カード遊びも　テニス遊びも　女遊びもな。

いやそれどころか、女ときちゃあお手上げさ。女を見ることだってできやしない。だって、この男、たまたまなんだが――まあ、聞いてびっくり――盲目になって、女の服をのぞくことさえできやしない。ああ、こいつはどうしようもないゴミだ。しけもくのような、役立たずの用なし野郎」

恐怖を包んだ水泡状のちいさな芽が次から次へとぱちんと弾け、分厚い葉っぱの陰から秘密の歌が何度も何度も流れる。身の毛もよだつミンストレルショー〔黒人に扮した白人の滑稽な寄席演劇・バラエティ〕だ。

「やめてくれ」とフレッドは呻いた。「どうかお願いだから、よしてくれ。やめてくれ。俺に

かまうな。死なせてくれ」

「この男は、まあ聞きな、おとぎの国に住んでました」と声がし、彼の物語を再開するのだった。

フレッド・マッキャンはこうした苦悩に押しつぶされて子供に返っていった。

「目が見えない」と言いながらめそめそと泣くのだ。「俺は体を動かすこともできない。自分で自分の身を守ることも、自分の面倒を見ることも、ひとりで食べることもできないんだ」

自分の無力さをいやというほど思い知らされ、四肢の残片をひどく興奮して宙に振り回した。

「前は馬に乗って溝をぴょんと跳び越えてた」と泣きながら叫んだ。「潮の流れに逆らいながら負けじと泳いでいたんだ」

「興奮しないで」女のよく通る声がし、逞しい手が体に触れた。「もう落ち着くんですよ」

「死んだ方がましだ」とフレッドはつぶやいた。

死ねないということが彼の次なる恐怖となった。なされるがままに食べさせられるが、まるで喉を通らない。口元にやられたスプーンをいやいやする。

「もういらない」

さっきと同じ女のよく通る声がこう促した。

「もっと食べなきゃだめよ。できるだけ力をつけなきゃ」

女の逞しい手が彼の頭をつかんで持ち上げると、彼の言うことなどかまわず粥をひと匙口に流し込んだ。

「死にたい。死んでしまいたいんだよ」と呻く。

「そんなこと言うもんじゃありません」と女の声。「生きたいと思わなきゃいけません。ほら、あーんして」ともうひと匙流し込まれる。

「あんた誰だ？　名前は？」

「アリスよ」と女は答えた。

偶然にもそれは彼が最後の夏を過ごした女の名前だった。その名前を思い出すと、かつてものにした女たちの記憶がまざまざと蘇り、どういう生活のなかでこの女たちをものにしたのか思い当たった。すると今度は新たな恐怖が彼を襲った。あの生活に戻ったら、バドミントンで負かした男どもに憐れみの目を向けられ、遊んだ女どもに恐ろしいものを見るような目つきをされるぞ。

「アリス」とだみ声で怒鳴った。「アリス、俺を家に戻さないでくれ」フレッドは彼女の体をぐいとつかまんばかりに腕の根っこを動かした。そこにはない指がまだあるかのように思え、彼女に触れようとする指が空中で丸まる気がしたのだ。アリスは彼の額と胸になだめすかすように手を置いた。フレッドは自分の腕が彼女の体をすり抜けてしまったに違いないと感じた。

家に戻されるという考えは彼の頭から離れなかった。数日かけてようやくフレッドは、家に帰されることは絶対にありませんよという医師の言葉に納得した。あなたが今いるワシントンの軍病院の個室にいて構いませんよ、ここでは誰も邪魔しませんからね、と医師は言うのだった。病院側の言い分があっさりと受け入れられ、医師は内心ほくそ笑んだ。

次から次へとこうした恐怖が出ては消え、フレッドの頭のなかを駆け巡った。もっと心が繊細だったら、きっと頭がおかしくなっているに違いない。実際、何か月も、終わりのない困惑に蝕まれていた。なすすべもないコルクの断片となった俺は破局へ向かってまっしぐら。黒い雨水が流れ落ちる樋《とい》にはまり込み、永劫の恐怖におののきながら下へ下へと転がっていく。水車を回す導水路が俺をどこへ連れて行くかなどわからずに。

フレッド・マッキャンはもっと子供に返った。子供のように自分では何もできない。ものを食べるにも入浴するにも誰かの手が必要だし、肌と肌とが密に触れあう毎日の必要不可欠な行為にも他人の手助けが必要となる。他の人の手を借りてこんな行為をするなんて、大人になってからは考えもしなかった。

「あの茂みに隠れてやりなさい。誰も見ちゃいないから」と母が言う。二人は公園のなかにいた。フレッドは茂みの陰におしっこをし、ベンチで待っている母のところに戻ると、開きっぱなしのズボンのボタンをはめてもらうのだった。その様子を側で見ていたあるご婦人に母がすまなそうに微笑むのを彼はまだ憶えていた。

「なんてやんちゃなおぼっちゃまなの」

「一番上の子なんですが……」

今やあの頃に戻ったようだった。おまるを誰かに持ってきてもらい、介助されながらその上にしゃがんで用を足した後、下半身をきれいに拭いてもらって、排泄物を片付けてもらう。ママがいないとパンツがはけない小さな子供になったのだ。耳が赤くなるほど恥ずかしいのだが、アリスがしてくれる介助はただただただありがたかった。

アリスはこうした仕事に少しもためらいを見せなかったが、かといって誰がやっても同じという訳でもなかった。ぱりっとした白い制服に身を包んでいるなんて思ってもみなかった。彼が知っている彼女はその声であり手——温和な声とひんやりとした手——だった。

「お風呂の時間ですよ」と彼女は言う。「一緒に入るんですよ」とか「小さなお風呂にね」とかは言わない。ああ、ありがたい。アリスが優しくて裏表のない女でよかった。情けの無いどこそのあほ野郎の手に落ちずにすんだなんて、ほんとにありがたい。

手足の患部と目から包帯が外された。医者は彼のことをなれなれしくも「やあ君」と呼びかけるが、親切なのは職業柄そうした癖が身についているからだ。実に忌むべき男だ。

「やあ君、なかなか順調だな」と医者は言う。「なあ、生き返ったようだろ？　二、三週間もすれば誰もが満足することになるだろうね。さあ、包帯をとろうじゃないか」

そうとも！　そうとも！　と連呼し、医者は会話らしきものをこしらえる。腕と脚の端っこをつついては空洞の目のくぼみに薬剤を流し込む。薬は彼の頭、生命のない二つのくぼみに留まって殺菌効果を発揮する。フレッド・マッキャンにとってこいつは「下劣なでくの坊」でしかなかった。

「わたしも大っ嫌いよ」と彼の寝具を整えながらアリスは言った。彼女には口では言い表せないほど感謝している。

包帯が体から外された後、手足が切断されていることで恐ろしいほどの恥辱に見舞われた。俺の体を見ている連中は俺のことを化け物だと思うに違いない。想像するに、やつらは俺のことを、ひっくり返った台車とでも思うはずだ。この台車についている赤い四つの車は切断された両手両足の端っこが裏返ったものだ。そんなことを考えると、恥辱は一層強まり、唸り声をあげたり卑屈さで縮こまったりあお向けの体をなんとかしてひっくり返そうとしたりするのだった。

フレッドがこの発作を起こしたある日の午後、アリスが部屋にやってきた。フレッドはひっくり返した体を卑屈になって丸めていた。手足の端っこを体の下に押し込んでいたせいでひどく痛かったが、それでもこっちの姿勢の方が楽だった。

「フレッド、何をしているの?」とアリスは驚いて声を上げた。急いで近づく彼女の足音が聞こえた。すると肩に手が触れた。

「フレッド、なんてことするのよ。傷口を広げるだけよ」

アリスが口にしたのはこれだけだったが、彼の背中を優しくさするその手は彼に向かって何かを語っていた。その直後、ふいに寝返りをうって元に戻った。アリスに対する特別な思いがそうさせたのだ。

フレッドは次第に子供が母親に抱くような信頼感をアリスに抱くようになった。彼のリハビリはこうした関係性のなかで行われた。アリスは彼の命を支えるのになくてはならない存在となっていった。複雑で見慣れない世界を前にした子供が頼る母親のようなものだ。母親の慈愛あふれる保護がなければ、ちょっとした不注意で子供は損なわれてしまいかねないのだ。フレッドの傷は回復過程にあった。心の底では、切断後の手足は、その先にあるはずの手足の起点ではもはやなく——そうした手足は想像でしか感じられなくなっていた——事故にあう前の手や足の指と同じ四肢の先端でしかなかった。フレッドは頭のなかで以前の自分の体を本来の大きさに縮小させたのだ。彼の手となり目となったのはまさしくアリスだ。彼女は彼の一部となったのだ。

「あんたは俺の目、俺の手だ」ある日、アリスに体をスポンジで拭いてもらっている最中に

そう言った（彼女に自分の裸を見られているからといって恥ずかしくもなんともなくなってい
た）。

「それだけじゃないわよ」と彼女は誇らしげに答えた。「それ以上、もっとよ。フレッド・マッキャンさん」

「もちろん、その通り」とやや間があって彼は言った。想像上の指で彼女が彼の代わりになっているものを数えてみた。手、目、腕、上腿と下腿、（まだまだある）……。

「さあやりましょう」と言って、アリスは彼の体を上手に転がして腹ばいにし、背中の筋肉をマッサージし始めた。

決意、判断、意志もだ……。

「あんたは俺の意志だ」

「わたしはあなたの意志ね」と彼女は繰り返し、笑いながら「あなたはわたしの赤ちゃんよ」と言う。

イェール大学とフットボールの大試合があった当時、ボールを赤ん坊と呼んでいたことがあった。ハーフタイムの時点でスコアはイーヴン。監督は「赤ん坊を家のパパのところに返してあげな」と選手を鼓舞した。トレーナーは、今アリスがやってくれているのと同じ力加減でフレッドの背中の筋肉をもんでくれた。チーム全体が一丸となり、意気揚々となって、仲間と共に同じ目標を断固目指していた。チームメイトの実力はいかばかりのものか、腹の底では何を考えているのか、とふと思った当時の記憶が蘇る。

「どんな姿をしてるんだい、アリス？　何に似てる？」とフレッドは訊いた。

「わたしに似てるにきまってるじゃない」

「そんなこと言わないで」

「なんでもかんでも中っくらいよ。背の高さや見た目もそうだし、褐色の髪の毛も、年だって中っくらいよ」

フレッドは頭のなかで彼女の姿を思い描いた。四十二歳くらいで肩幅が広くがっしりとしている。髪の毛には白髪が見え隠れし、顔には若いときの肌つやはもう見られない。たいそう温和な目をしている彼女は、白い制服に身を包んでいるのに、どこか気のおけない安らぎを感じさせる。彼女には言わなかったが、こうして彼女のことを考えると、暗澹たる牢獄にいる彼の心は癒された。


包帯が傷口から外されて数週間たつと、フレッドの日課はお決まりのものになった。生涯この養生生活を続けることになるだろう。朝になるとアリスが彼を起こしにやってきて、シーツと毛布をベッドから剝ぎ、半ズボンとシャツに着替えさせる。顔と脇の下をきれいにし、髭をそってから、おまるに連れてゆき、身体介助をやる。それから彼を座らせて朝食を食べさせる。このルーティーンをこなしている間、二人は少し雑談を交わす。

朝食が済むと一時間は読み聞かせの時間となる。たいていは新聞だが、時には探偵小説やミステリーやらも取り上げる。それが終わると彼女はいなくなり、数時間はひとりっきりになる。この間に運動することが彼の日課だ。切断部分があまり痛くなってきたので、手足の先端に体重をのせ「歩い」たり這ったりできるようになった。狭いベッドのなかで「歩く」練習をした。背中の筋肉を柔軟にするための初歩的な屈伸運動もできるようになった。こうした運動をやっていると、昔レスリングやボクシングをやっていた頃感じた、背中の大きな筋骨が曲がったり緊張したりするときのあの感覚を思い出す。

単に運動するだけでなく、自分の運動に誇りを持っていた。新しい体で筋肉がどう引き締まるのか、操る腕や脚がないのに肩や腰のところで筋力がどう収斂するのか感じることができた。そして、この筋力を残りの胴体にどう分配したらいいのか熱心に研究した。頭でする逆立ちや前転のやり方も学んだ。アリスが部屋にやってくると、こう声を上げた。

「ほら、頭で逆立ちできんだぜ！」「この肩の筋肉を見なよ。こいつが背中にどんな風に伸びてってるかわかるかい？」

「ええわかるわ」

ある日のこと、「フレッド、あなたを本当に誇りに思うわ」とアリスは言った。その声が彼の耳に響き渡ると感謝の気持ちで言葉に詰まった。

これが朝の日課のクライマックスとなる。

昼になるとアリスが戻ってきて昼食を食べさせる。それが済むと半ズボンとシャツを脱がせて、アルコールで体を消毒する。天気がよければ車いすに乗せ、病院の回廊をゴロゴロ音を立てながら渡る。他の患者の前を通ると彼の姿が目に入ったのだろう、彼らは声をひそめる。外に出て庭に入り小さな池の縁のところでとまる。人形のようにかしこまって車いすに座る彼は、降りそそぐ太陽の恵みを神に感謝した。

「ありゃ、とんでもなくかわいそうなやつだ。見てみろ、あいつの体に何が残ってるっていうんだ」

「俺は片足なくしてお手上げだと思ったけどな」

「何、お前がお手上げだって？　俺は両手もぎ取られて手も上げられやしない、まったくのお手上げだよ。でも、あのみじめなクソ野郎に比べたらな！」

四肢を失くしてからフレッドの聴覚は鋭敏になっていた。

「アリス」と彼は訊いた。「向こうにいる二人組の男は何をやってるんだ。両腕がない男と片足を失くした男だ」

「ベンチに座ってタバコを吸ってるだけよ」と答えた後、驚いてアリスは続けた。「フレッド、どうしてわかったの？　つまり腕や足がないってことが？」

「やつらの話し声が聞こえなかったのか？」

「ちっとも。だってずいぶん遠くにいるじゃない。なのにどうやって……」

「俺の耳には聞こえるんだ」彼は謙遜して言った。「やつらの声がはっきりとね」それからちょっと間があってこう切り出した。「目が見えなくなって、タバコを吸いたくなくなるなんておかしいよな」

「かもね……」とはぐらかすように彼女は言った。

フレッドは彼女に悪いことしたなと思った。

「池の向こうで誰かパイプをくゆらせているな」と彼は陽気に言った。「だろ？　池のなかには魚とコケとあとはなんだ？　匂いでわかるんだ。夕飯何がでるか知ってるかい？」

「いいえ、知らないわ」

「豚肉さ」と勝ち誇ったように言う。「豚肉に人参。鼻の真下にあるみたいに、ぷんぷん匂うよ」

アリスに車いすを押してもらい砂利道をゆっくり上り下りすると、草とゼラニウムと池の匂いがした。声も聞こえてきた。数えきれないくらいのツバメが喧嘩するように鳴いていた。焦げつくような太陽の光を小さな体に浴びせた。太陽のありがたさは神に何度感謝しても足りないくらいだ。

夕方になると、二人は一緒になって話をした。すぐにアリスが知的な女性でないことがわかったが、同時に彼の精神状態や感情をびっくりするくらい気遣ってくれているのもわかった。だからこそ、傷つけられるという心配もなく、彼女の手に安心してこの身を預けることができるのだ。

夕食を終え寝る準備が整うと、医者が傷口の状態を診るため少しの間回診にやってきて「やあ、君」と声をかけた。この医者が大っ嫌いだったアリスとフレッドは、同じ腹のもの同士すっかり意気投合していた。医者がいなくなると、アリスはフレッドに布団をかけ窓を開ける。立ち去る前に彼の額にしばらく手で触れるのが日課となっていた。

フレッド・マッキャンはこんな風に日々を過ごしていた。生活の拠り所を自分の外、自分の代わりになっていつでも動いてくれるこの女に求めた。彼女がいなくなると押し黙って横になり、この女のことを考えた。すると彼女に対する切々たる愛情で胸があふれんばかりになるのだが、手も足もなく目も見えないせいで、この感情をどうもうまく表現することができなかった。

ところが、ある日、それを言葉にして彼女に伝えてみた。

「アリス、あんたが俺にとってどんなに大事かわかるかい?」

ちょうど彼女は日課のマッサージの最中で、肩の筋肉をもみほぐしているところだった。一瞬、手の動きがとまったが、返事をしないままマッサージを続けた。

「今まで黙ってたけど」と彼は続けた。ゆっくりと考えながら話す癖がついていた。「言っておきたいんだ。あんたは俺の人生のなかで誰よりも大事だってね」

「誰よりもですって?」と彼女は真顔で訊いた。

「もちろん、他の誰よりもさ。なんてったってあんたは俺の一部なんだから。俺の目となり手となって見たり触ったりしてくれる。前にも言ったことがあったけど……。とにかく、あんたは俺がひとりじゃできないことをやってくれる俺の一部なんだ。だからあんたの前でこんな風に裸になっても恥ずかしくもなんともない」

脇腹をマッサージしていた彼女の手が再びとまった。

「あなたとわたしは別人よ。そうよね。わたしはアリス」と言ってこう付け加えた。「それにわたしは女よ」

「もちろん、わかってる。けど、あんたは……」

あんたは俺の母親みたいな存在で、誰もが母親のことを愛するように愛してるんだと、やっと口にしようとしたのだが、何かがそうするのを妨げた。アリスが遮ったのだ。彼女は彼に理解できない言葉をそっとつぶやいた。すると、それまで単に機械的な道具として彼の体に触れていた手が急に生気にあふれ、その手が胸や腹や太腿をそっとなで始めた。彼女の声は徐々にささやき声になり、その間彼女は彼の短い体を上から下へと手でさすり続けた。とりとめのない言葉をずっとささやいていたが、そのリズムは不思議なことに子守唄のようだった。

フレッド・マッキャンは自分の世界——アリスが彼の母親代わりとなっていた世界——から見捨てられる気がした。アリスは一体何をしようとしているのか？　俺はからかわれているんじゃないかと判然としない思いにとらわれ、腕の切断部分を持ち上げて、哀れを誘うこれみよがしの仕草で顔を隠そうとした。

「アリス」とフレッドはつぶやいた。「何してるんだ？」

「言ったでしょ、あなたとわたしは別なのよって」あえぎながらアリスは言った。「ひとりの女として。あなたを愛してるのよ、わたしの手を使ってね」

こんな風に愛してくれる女がいるなんて思ってもみなかった。だが、彼女の言葉を聞くや、失われた希望が信じられないくらい激しく燃え上がった。その激しさたるや、もしこの希望が叶わなかったらもう二度と生きることはあるまいと彼に思わせるほどだった。しかし、そんな気持ちを一言たりとも口に出そうとはしなかった。

彼に触れるアリスの手は優しく彼にこう語りかけるのだった。「あなたはわたしのもの。わたしの男よ」

「フレッド・マッキャン、あなたはわたしに何をしてくれるの?」と彼女はささやいた。

彼女のためなら何だってできると思うと嬉しくて笑みがこぼれたが、次の瞬間、俺はベッドから飛びはねてこの女を自分の手に抱きよせることもできないんだ、という恐ろしい挫折感にさいなまれた。

この日を境にフレッドの生活が新しくなった訳ではなかったが、精神に新しい一面が加わった。自信だ。あらゆる力のなかで彼が一番評価していたもの、それは女を支配する力であったが、その力を取り戻したのだ。そうすることでフレッド・マッキャンは生きる原動力を再び見出した。事故で散り散りになったエネルギーが再結集したようだった。生活の拠り所が再び自身の体のなかに呼び戻された。残りの人生はゆっくり朽ちていく無為な時間を過ごすだけなのだと考えていたのは間違っていたのだ。

歓喜して、この力は奪われていなかったのだ、いや本当は何のダメージも受けていなかったのだとまで信じそうになった。

「俺をしとめたと思ったろ?」と彼は小声で口にした。彼をこんなひどい目に遭わせた残忍な人物を想像してこう話しかけた。「このマッキャンをしとめたと思ったんだろ。この卑劣なげす野郎！　でも、あんたはひとつだけ見逃したって訳だ。しかもそいつは、絶対見逃しちゃいけなかったもんだったんだ」

フレッドは高笑いをしながら体をごろつかせ、えいやとばかりに切断された手足をばたばたさせた。あまりの興奮に彼は小さなベッドの上で前や後ろにできるだけ素早く転がるあり様だった。

「このくそったれ！」と金切り声をあげた。「何度でも言ってやる、このくそったれ野郎！　俺のあんよをちょん切ってチビ野郎って呼びやがった！　よくも地獄に落としてくれたな！」彼はげらげらと笑いながら、頭で逆立ちし自分から転げ回った。「くそったれ！」と咆哮し、枕を噛んでむんずとつかみ、それを口にくわえながらぶるんと回した。「このくそったれ！　俺を地獄に落としやがって。もうまっぴらごめんだ。ごめんといったらごめんなんだよ、このくそったれ！」

このことがあって以来、フレッドの頭のなかのアリスは大変身を遂げた。彼女はもはや中年の母親のような存在ではなく、活気に満ちあふれた若々しい女になった。モントリオールで知り合った受付嬢と同じ燃えるような赤毛で、ご機嫌斜めといわんばかりに目をぎらつかせ、制服の下に隠された体の線は最高にそそるものだった。彼女のこのイメージを心底大切にしていたので現実に照らし合わせて確かめることなどもってのほか、二度とアリスに容姿を尋ねることはなかった。

しかしながら、アリスに対する態度は変化した。アリスは俺の女なんだ。男である自分こそが男女の関係を支配するボスなのだ。昔から女と付き合うときはそう決めていた。男が女を扱うときによく見せる恩着せがましい慇懃な態度でアリスを扱うようになった。フレッドはアリスを「ベイビー」と呼び、こんな経験は俺の人生では目新しくもなんともないんだと、これみよがしにあれやこれやとしゃべった。

彼女が部屋に入ってくる気配を感じるや、「ベイビー！　ベイビー、こっちにおいで。パパにぶちゅっと思いっきりキスして！」と叫んだ。

アリスはトレイを置き、ベッドのそばまで来ると跪いて彼にキスした。

フレッドは彼女の腕をじゃれるように噛み、切断された両腕で胸を挟み込んだ。

「キスが上手だね」と彼が言うと、アリスはすっと身を離した。

「上手なんかじゃないわ。フレッド、そんなこと言うもんじゃないわ」

「間違いなく、上手いよ」と彼は言い張った。

彼女の腕がこわばり、彼女のことを傷つけているのだとわかっても、どういう訳かそれが彼に満足を与えるのだった。

だが、アリスに対する愛で胸が張り裂けんばかりの彼はすぐに後悔した。

「ああ、ごめんよ。傷つける気なんかなかったんだ。俺はなんてみっともない、哀れな馬鹿野郎なんだ。あんたがいてくれてほんとに嬉しい。だから訳もわからず変なこと言っちまって……」

アリスはなだめるような手で優しく彼に触れ、何か耳元にささやいたが、彼には「大丈夫」と言っているように聞こえた。

これがアリスの今のやり方だった。フレッドに寄り添い、なだめ、ひんやりとした手で彼に触れ、落ち着いた声で彼を愛撫する。

二人は日々計画を練って、アリスが病室の外のドアに「入室禁止」という札をさげ、ドアをロックすることができるようになるのを待った。

「休んでなさい」とフレッドにそっとささやいた。「眠っている間は誰も入ってこられないわ。わたしが見ててあげる。目が覚めて何か欲しくなったら言ってちょうだい」

「欲しいものはある」とフレッドは言った。「あんたが欲しい」

アリスは喉でくっくっと小さく笑った。彼女から愛されているという事実は、五体満足であった頃に経験したどんな経験よりも彼を魅了した。

　それからのアリスはフレッドをまるで貴重な植物を扱うように世話をした。フレッドは物思いに耽ることもほとんどなく、心穏やかに過ごした。アリスとの親密な関係を通じて精神的にも成長した。そのため、出征して手足をもぎ取られたのはまさにこのためなのではないかと思うことさえあった。

「アリス、俺を愛してるかい？」

「フレッドったら、知ってるくせに。知らないふりなの？」

「何人の男とつき合ったんだい？」

「それほどでもないわ、二人か三人ってとこね。あなたとは全然違うし」

「違うって、どう違うんだ？」

「違うのよ、なんて言うか……ほんとにそうなの」

「ほんとに？」

「ほんとよ。あいつら大嫌いだった。ええ、愛してるときだって。あなたに会うまで男なんてほんとに愛したことなんてなかったのよ」

「でも、なんで俺なんだ？　御覧の通り生きる屍だぜ」

「そんなことないわ」と彼女は声を荒げた。「そんなことない。生きる屍なんかじゃないわ！　こんな風に傷を負ったからこそ、そんじょそこらの男に負けない男になったのよ。男そのものよ。それ以外不要なものは全部なくなったのよ」

彼女からは麝香《じゃこう》に似た性欲をそそる匂いがした。鼻から肺へ大きく空気を吸い込んでいる彼女の息遣いがした。

「そんじょそこらの男に負けないって、どういう意味だ？」

「そんなのわからないわ！」と彼女は叫んだ。「わからないのよ、わたしには！　わかってるのは、あなたを愛してるってことだけ」

するとまた手を彼の体に置き、畏敬の念でもこめるかのように、体のあちらこちらをそっと手で触れるのだった。

しばらくしてフレッドはアリスが俺のことを男らしいって言うのはどういうことだろうと頭を悩ませた。両手両足もなく盲目になったがゆえに男らしくなったって？　どういうことなのかアリスに訊いてみた。

「アリス、教えてくれないか？」と恐る恐る言った。「切られた手足はどうなってる？　赤いのか？」

「ピンクよ」彼女は落ち着いて答えた。「赤ん坊のようなピンク色。生まれたてのつるつるの肌よ」

「丸いのかい？　軽トラックのホイールみたいに」遠い記憶が蘇ってくる。かつて抱いた恐怖の感情も。

「軽トラのホイールですって？　まるで違うわ。あなたのは先が細くなってるの……。フレッド、一体どうしたの？　気分でも悪いの」

「いやなんでもないんだ。ただ言ってみただけ」

フレッドはまだ頭を悩ませていた。男そのもの？　それ以外不要なものはなくなった？

「フレッド、具合が悪いの？」とアリスはもう一度訊いた。が、その声は今まで聞いたことのない感じのものだった。「先生を呼びましょうか？」驚いたことに、彼女は彼の側に跪き彼の顔を手のひらにのせこう言った。「具合悪くないのよね。ほんとになんともないのよね？」

その声には苦悶の表情が読みとれた。フレッドは彼女の持つ直感的で奇妙な観察力に再び驚かされた。というのも、まさにその瞬間、居心地の悪さを感じ始めていたからだ。気分が悪い訳でも体の具合が悪い訳でもない。動揺の火種が心に生じ、次第に小さな懐疑へと成長したのだ。

「もちろん、なんともないさ」とすねるように言った。「気にしないで」

アリスの不思議なくらい熱心な気遣いにフレッドは思わず彼女から身を引いた。「アリス、一体全体、どうしたっていうんだ？」

すると突然、アリスはわなわなと身を震わせ泣きだした。手をそうっと伸ばし彼の腹の肉をもみながらこう叫んだ。「フレッド、フレッド、病気になんかならないで！　わたしを一人にしないで！　あなたの面倒はわたしがみるわ、ちゃんと看病するから……。あなたはわたしの男なの。病気になってわたしを一人になんかしないのよ！」

彼女はこう言っているのだ、「死なないで」と。これほど死を間近に感じたことはなかった。説明のつかない彼女の不安を前にしてフレッドはひどく動揺した。入院して最初の数週間以来、感じることのなかった動揺だ。ぎょっとしたことに、失った腕が再び勢いよく肩からするりと生えだしたような気がした。そうして彼は彼女の手を自分の手に取るかのような動きをみせた。

「アリス、ほんとにどうしたんだ？」

数分して彼女はようやく冷静な状態に戻った。

その日の夕方、アリスにベッドに横にしてもらった後、再び廊下を小走りで病室にやってくる彼女の足音が聞こえた。何かが起きたのだととっさに悟った。彼女は部屋の灯りもつけずに側までやってくると、緊急なのよと言わんばかりの声でこう切り出した。

「異動になったの。別の病棟、精神病患者がいる病棟へ移されるの。さっき通知を受け取ったところ。フレッド、わたしたちのことは勘づかれているわ」

「逆らえないのか？」フレッドの心臓は激しく脈打った。

「ウッドロー先生にはもう相談したわ。看護師の人手が足りなくて、わたしの番だっていうの」

「俺はあんたがいなきゃだめだって言ってくれよ。お願いだよ、俺の扱い方をわかってるのはあんただけだ。そんなのあいつらだって知ってるはずだ！」

「でも、わたしたちのことが知られちゃってるのよ。フレッド、無理よ」

「ふざけるな！」

フレッドは殺気立った。彼はこの瞬間、あたかも自分に手足が戻り、その手足を拘束されているような気がした。かっとすることもできないまま押さえつけられ、残忍な命令にいわれもなく服従しているかのように感じた。彼の怒りはアリスに向かった。

「ふざけるな。俺たちの関係をやつらが勘づいたって？　これっぽちも知られちゃいやしない。どっかの馬鹿が目立とうとしただけさ。いいか、ウッドロー先生のところに行って、嗅ぎまわるんじゃないって言ってやりな。ここに呼んでやつに言ってやる。あんた、とんでもない間違いをしでかすところだってね。俺を殺すつもりかいって」

アリスの制服がすれる音がした。彼女のすすり泣く声が聞こえたが、その随分前から彼女が顔を手で覆っているのはわかっていた。この件に関しては彼女も自分と同じように苦しみに打ちひしがれ、手も足もでないのだということもわかった。あんまりだ。フレッドは手足をばたつかせて切断された手足で立ち上がろうとした。暗闇のなかやっと立ち上がったがふらふらとしていた。それほど彼は動揺していたのだ。三十センチしか彼の腕は残されていない。しかも盲目なのだ。

「ああ、フレッド」とアリスは呻いた。「フレッド、フレッド、お願いフレッド」

「部屋に戻りな」とフレッドはつぶやいた。「明日の朝まで様子を見ようじゃないか。今、何をやっても無駄だ」

フレッドはその夜、出口の見えないトンネルを彷徨い、廃墟と化した塔の螺旋階段を恐る恐る登っていった。もうすぐ夜明けというときにピカリと閃光が煌めき、階段のぼろぼろになった最後のステップとその向こうにある真っ暗な奈落が目に入った。一歩進めばこの奈落の淵に落ちていたに違いない。この夢は、二十年間忘れていた、スティーヴンソンの『誘拐されて』〔十九世紀スコットランドの小説家ロバート・ルイス・スティーヴンソンの歴史冒険小説（一八八六年）。十八世紀ジャコバイトの乱を題材にしている〕のなかのある場面を思い起こさせた。

次の朝、男の声がして目が覚めた。

「おはよう、マック」という声だ。「アリスは新しいところへ配置換え。これからは僕がお世話をするからね。ソルと呼んで」

裏切りやがったな、アリス。

「アリスはどこ?」とフレッドは間がぬけたような声を出した。

ソルはすこぶる上機嫌で看護師然としていた。

「精神科の患者さんのところ。ロケットのぎらぎらとした赤い炎や空中で爆発する爆弾なんかを見てるやつら。いかれた連中さ。そら、よいしょ」

フレッドは無造作に抱き上げられ、腹ばいにされると肛門に体温計を突っ込まれた。

「何するんだ」とだみ声で怒鳴った。腕がないのを忘れて体温計を取ろうとして空を切った。

「体温をはからなきゃ、マック。毎日の体温が大事だからね」

「こいつを取りやがれ！」

今すぐにと、フレッド・マッキャンはやるせない怒りにまかせて訴えたが、ソルは相変わらずあっけらかんとしていた。

「かっかするなよ、マック、落ち着いて。毎朝、体温をはからなきゃならないんだ。言うこと聞いて」

ソルの明るさにはサディスティックな棘があった。フレッド・マッキャンにはそれがすぐわかった。というのもソルにはフレッドを手厚く介助する気などまったくなく、彼をまるで感覚を持たない物体、物であるかのように扱ったからだ。消毒用アルコールが目の空洞に押しこまれ、焼けつくようにヒリヒリした。食べさせ方もおざなり。まるで袋を投げるかのように車いすに放り込む。さらに悪いことに、ソルがこの胸くそ悪い業務にいかがわしい快楽を見出しているのが手に取るようにわかった。

「マック、僕がこの仕事をどんなに楽しんでるかわからないだろう。まあ、あんたにはわかりっこないか」三日目の朝、使ったおまるをきれいにしながらソルはそう言った。

これはフレッド・マッキャンが予想だにしなかった恐ろしい執念だ。今まで味わったことのない苦しみが彼を襲った。ウッドロー先生と話をさせてくれないかとソルに頼んだ。

「できるかわからないな。先生、つかまえにくいからね。マック、どうしたっていうんだ、どこか悪いのかい?」

「ウッドロー先生に会わせろ!」

「言う通りにするから。ちょっと待ってな」

ソルはそう言うと部屋を出て行き、数分後に戻ってきた。

「だめ。先生、忙しいって」

無言のままフレッド・マッキャンは小ベッドでやっとこ起き上がると、下の手すりを手探りでつかむようにして進み、身をかがめてベッドの端から下に降り出した。が、つかみ損ね転げ落ち、したたか床に頭をぶつけた。

「おい、何やってんだ」ソルはフレッドの腰のあたりをつかんだ。

「手を離しやがれ!」

その猛烈な怒号にソルは思わず手を離した。フレッド・マッキャンはあざらしのように彼の四つのヒレを使ってドアに向かって進んでいった。

「マック、勘弁してくれよ」ソルは肩に彼を抱え、元いた場所へ連れ戻した。こんな時どう対処すればいいのか彼にはわかっていた。

すると突然、フレッド・マッキャンは腸を抜かれた馬のような悲鳴をあげた。己の尊厳など顧みず、ただただ絶望のなか自暴自棄になって、かん高く叫んだのだ。

「ウッドロー先生！　先生！　お願いだ、助けてくれ！」

何人かが走って部屋に出入りする音がした。興奮状態のなか質問され、それに答えた。ソルの怯えた声が廊下に消えていった。それから、長い長い虚ろな時間が過ぎ、よく通る太い声がすると、ざわざわした声も静まった。

「みんなここから出て行きなさい」

こそこそと部屋から出て行く足音がした。

「医師のウッドローです」とその声は言った。

床に転がっている手足のない盲目の男は威厳を取り戻した。わめき声もおさまり、怒りも鎮まった。

「先生お願いだ、俺をベッドに戻してくれ」

手で抱えられベッドに戻された。だが、医師は何もしゃべらない。

「先生」とフレッドは首を絞められているかのように苦しそうに言った。「アリスを俺のところに戻してくれ」

医者は無言のままだ。

「先生」と切羽詰まって言った。「あの忌々しいサディストをこっから追い出して、アリスに来てもらわなきゃ、俺は気が狂っちまう」

「まあ、まあ」とウッドロー医師は口を開いた。

「くだらないことをお願いしてるんじゃない」フレッド・マッキャンは力任せに言った。「今の状態にやっと慣れたんだ。よくも気が狂わなかったよ。けど、その一歩手前までは行ってた。俺をしゃんとさせてくれたのはアリスだ。先生よ。俺にはアリスが必要なんだ。息を吸ったり飯を食ったりするのと同じようにね」

「ソルじゃだめなんだね？」ウッドロー医師は尋ねた。

「だめってもんじゃない」フレッド・マッキャンは興奮して自分で起き上がり、腕の端を使って身振りを交えて言った。「あの薄汚いくず野郎にかかっちゃ、俺は死んじまうぞ！　あいつは俺を物扱いしやがる。俺はあいつの慰み物じゃないんだ。あいつがどんなに危ないやつかいくら言っても言い足りないな。でも確実に言えるのは俺にはアリスが必要ってことだ。絶対に」

ウッドロー医師は無言のままだった。フレッドの激しい息遣いだけがながらく部屋に響き渡った。それから医師が口を開いた。

「明日、彼女を戻すよ」

その夜フレッド・マッキャンは満足して深い眠りに落ちた。

次の日、夕食が済むと病院の庭でソルが言った。「手を焼かせんじゃないよ、マック。あんたがこんな卑劣なやつだったとはね」とそのとき、愛おしい女の声がフレッドの耳に入ってきた。

「ここに戻されたのよ」と彼女は言った。「ソル、ウッドロー先生がオフィスで待ってるって」

「アリス！」フレッド・マッキャンは小声でつぶやいた。

「オフィスだって！」ソルは急に短小で醜い姿になったようだった。「このしけたたれこみ屋のマッキャンさんよ、あんたは、あんたを可愛がっているやつをうまくだまして、よくしてもらったんだな。あんたの役立たずの足の残りも腐ってって臍のところまでなくなるといいな。この二枚舌のポンコツ不具野郎」

「アリス！」フレッド・マッキャンはもう一度ささやくとソルは消えていった。

「わたしよ、フレッド。戻ってきたの」

「ああ、ありがたい。アリス、部屋まで連れて行ってくれ」

「いつもいつもあなたのことを考えてたわ。フレッド、どうしてあなたのこと忘れるもんですか」

「運がよかったんだ。アリス、部屋へ連れてってくれ」

アリスはすぐに中庭から車いすを押して部屋に戻った。部屋に入ると意気揚々とフレッドを持ち上げ、ベッドに運んだ。

「フレッド、あなたにプレゼントがあるの」急ぎ足で遠ざかりまた戻ってくる足音が聞こえた。「お口を開けてちょうだい！」

彼の頭を自分の腕に寄りかからせて口に何かをあてた。ウイスキーのボトルだった。フレッドが事故に遭って以来、初めて口にしたウイスキーだ。ぐっと一息で飲み込むと、腸《はらわた》がかっと熱くなり、背徳行為をしたような豪快な気分になった。

「アリス」と彼は喘ぎながら言った。「なんてやつだ、あんたは！　何でもお見通しだ！」

「もう一口どう？　そう、もう一口？　まだ飲むの？　これで五杯目よ、フレッド。二人の分、まだまだあるわ。ドアに「入室禁止」の札をさげて二人でお祝いするのよ。酔っぱらって、本物の乱痴気騒ぎよ！」

彼女の声には血が沸き立つような感じがあった。アルコールを自分の喉に流し込み、飲んだあと続けざまに小さなおくびが出るのが聞こえた。

「さあ、飲みましょう！　これであなたを洗ってあげるわ。本物の火酒風呂よ」彼女はウイスキーを手にたらし、その手でフレッドの体をこすった。この尋常ならざる洗体は獣が貪り食うような獰猛な愛撫と化した。

ウイスキーのボトルが彼の口元に再び押しつけられ、フレッドはそれを飲み、アリスもまたボトルを口にした。彼は嬉々として身を起こして座った姿勢になると、切断された手足をぐっと突き出した。

「アリス、こっちにおいで！　抱きしめてあげるから！」と彼は叫んだ。

これが悲劇的な破局の始まりとなった。彼女はものすごい力で彼を押しのけ、そのせいで、フレッドの頭をベッドの手すりにぶつけてしまったのだが、恍惚としてこう言うのだ。

「違うわ！　わたしがあなたを抱くのよ！　ありのままのあなたって素敵なモノなの、ぎゅっと抱きしめてあげるわ！」

モノだって！　雷鳴が頭をつんざき、頭が真っ二つになったような気がした。

「あなたはわたしのモノよ！」とアリスは喘ぎながら言うと、力強い腕でフレッドをつかみ持ち上げ膝の上に乗せた。彼女に捕らえられた彼はまるで畸形児の残骸のように彼女の膝に横たわった。「あなたはわたしのモノ！」とアリスは繰り返した。「わたしの素敵な男、モノなの！」

フレッド・マッキャンは突然、とてつもない恐怖に襲われた。あまりの衝撃にそれがどんな恐怖なのか言うことさえできなかった。あの恐ろしい無力感がまた舞い戻ってきた。今度のは前よりひどい。アリスが彼を抱きしめかわいがっている間、フレッドは黙ってじっとしていた。毒草が彼の胸に芽生え始めた。アダムとイブが林檎をかじった後、二人の魂に芽生えた毒草と同じものだ。そうフレッドは羞恥心というものを意識した。彼の無垢は失われてしまったのだ。

「ああ、フレッド！　フレッド！」とアリスは喘ぎ、彼を小包のように鷲づかみにした。ウイスキーのボトルに手を伸ばし、フレッドの口にウイスキーを流し込んだが、未だ異常な興奮状態にいる彼女は、彼がウイスキーを受けつけないのに気づかず、自分の口にウイスキーを持っていくのだった。

アリスは彼の頭を両手にとって空洞の目に口づけした。

「どんなに愛してるかわかる？」とささやいた。「フレッド、わたしの秘密を教えてあげる」彼を愛しているがゆえに彼を求め信じて疑わない声だった。それは愛している男と秘められた生活を共にしている女の声だ。

彼女は俺に死刑宣告をしているのだ。そう思い、乱暴にはならない程度に激しく体を動かし彼女の抱擁から逃れ、小さなベッドの隅に陣取った。彼女に向けられた彼の顔はまるで残りの体と同じくらいに異常なほど大きく見えた。

「フレッド、わたしが男を嫌いだとでも思ってる?」とアリスは意味ありげに言った。酒に酔った声だった。彼が答えるのを待ったが、返事が戻ってこないので彼のすぐ側まで近寄って行った。

「いいえ、あなたはそんなこと思ってないわ」とささやいた。「でもわたしはそうなの。男なんて嫌いよ! 男はみんな嫌い。背の高い男も低い男も、男と名のつく男はどれも大嫌いよ!」

この言葉を耳にして紛れもない戦慄が彼の背筋を駆け抜けた。

「訳を教えてあげるわ」と彼女は続けた。その声は憎悪で文字通り震えていた。「通りにいるわたしを男どもは飢えた獣のようにじっと見るの。わたしの体を見て、どうやったらこいつをものにしてやれるか想像してるのよ。これが男どもがやりたがってること――わたしをひっつかまえて、わたしとやるのをね。フレッド、あなたにはわからないでしょうね。男につかまれたとき、わたしがどんなに嫌がってるか!」

彼女はまたウイスキーを口に入れた。

「これがわたしの秘密よ、フレッド」と言うと、酔っぱらった勢いでこう続けた。「だから自分で自分がわからないの。なんであなたを愛してるのかって。わたしが愛した男はあなただけよ。あなたが好きだなんて訳がわからないわ」

だが、フレッド・マッキャンにはわかった。彼の頭のなかには、彼女を抱くことができない、切断されたピンク色の四肢と、通りを歩いている彼女の姿を見ることができない、顔にある二つのしなびた空洞が浮かんだ。小さなベッドの隅にそんな彼を彷彿させるグロテスクなものが彼の代わりに鎮座していた。男根だ。それを中心にして生命を維持するのに必要なだけの胴体――頭も手足も必要のない胴体――があるのだ。肉体というこの小さな台座の上の男根。この場所にしか植えつけられず、いかなる意味においても神聖なものとはいえず、いつ何時も侵されえるもの。女なら誰でも奪って使うことができるもの。モノだ。モノである以外に他の何かになりえるだろうか。

「アリス」とフレッドはだみ声で言った。「もう十分だろ。いっぺんに飲み過ぎだ。ここらでお開きにしないか?」

フレッドに自分の愛のあり様を告げたことでアリスはまた活気づいた。以前の関係に戻ろうと懇願するかのように彼の体を手で触れた。フレッドはあまりの嫌悪感で吐きそうになった。

「アリス」と必死になってささやいた。「本気だ! 俺に触るんじゃない。気分が悪くなりそうだ。もう行ってくれ。今すぐに!」

その声の調子にはっとし、アリスは動きをとめた。

「フレッド、本当に気分が悪いの? 重曹か何か、胃を落ち着ける薬でも持ってきましょうか？　ちょっと待ってて」再び看護師となってアリスは部屋をせわしく動きまわり始めた。もう一分たりとも彼女が目の前にいるのが耐えられなかったが、どうする力も彼には残っていなかった。彼女が持ってきた薬を飲み、手を額に触れさせ、おやすみなさいの口づけを受け、髪を指で撫でられるがままにした。

「酒瓶にまだ残ってるわよ、フレッド」とアリスがささやいた。「明日に取っておきましょうね。また明日来るわ、フレッド、明日ね。明日まで待てる？　ねえ、待てる？」

「ああ、待てるよ」と彼は答えた。

彼女がいなくなると、これがいかに急展開の出来事だったのかを物語るかのように彼は茫然自失の体となった。つい二十分前までは事故に遭う前と同じくらい幸せだったが、これで年貢の納め時だと思った。

衝撃は次第に引いていき、ぼんやりとした困惑も消えていった。が、その後、吐き気を催すぞっとするような羞恥心に襲われ、ひどい目まいを起こし気が遠くなった。ついに彼は死を望んだ。

フレッド・マッキャンの心は、夢のなかにいるかのように、ゆっくりと一心不乱に池に向かった。

「そうだ」と声に出して言った。

体も心に共鳴し、夢のなかで起こっているかのようにゆっくりと身を起こした。昨日の苦い経験が教訓となった。今度はベッドの手すりを右腕と顎の間に挟み込み、しっかりとつかまえた。ベッドから体を落とすときは、上手く床に落ちるように左腕で体の揺れを抑えた。両足で直立した姿勢で着地し、肩を交互に前に突き出しながら、ぎこちなく窓に向かってよろよろと歩いて行った。

部屋の窓は低いところにあって開いていたが、窓に行きつくまでつかめるところが何もなかったので、何分ももがきながら窓の下枠まで行った。椅子を探し、ベッドの側にある椅子を見つけると、それを窓まで押しやり、自分の前に据えた。それから椅子によじ登り、そこから窓枠へと移った。

窓の下には何があるんだろう？　舗道か芝生か？　ひょっとしたら建物の一番下にある光庭かもしれない。どれくらい離れているんだろう？　おや、足の骨を折るかもな、と笑えないネタを独りごちた。

窓に背中合わせになり、そこからできるだけ体を下に持っていき、それから下に落ちた。地面に届く半分くらいの地点で壁の出っ張りにぶつかったせいであお向けになり、藪のなかにドスンと大きな音をたてて落ちた。ひどく驚いたが怪我はなかった。地面にぶち当たったときは、ゴルフクラブで打たれたヤマアラシのようにウウーッとうなり声をあげた。

たちまち待ったなしの状態となった。時間をかけずにやり終えなければならない。ようやく藪のなかから出ると、あちこちにぶつかり転びながら、あらんかぎりの力で池を目指した。濃密な夜の気配——夜露に濡れた芝生やあちこちに咲いている花の匂い——があたりに漂っている。夜の気配を感じさせる音——せわしないコオロギの鳴き声、遠くで鳴る列車の汽笛——も聞こえる。前方にある池の噴水のかすかな水しぶきが彼を誘うかのように音を立てていた。薔薇の匂いがしたので棘に絡まぬようにと二度向きを変えた。一度は芝生にある熊手の股に無残にも身をえぐられた。

低い鉄柵につまずき、燃え殻を敷き詰めた小道に転んで顔をぶつけた。その小道の横、芝生のなかをよたよたと歩いて行った。切断された手足が痛かったし死の恐ろしいほどの重みに圧倒されていたので、動きはのろくなった。遊歩道のひんやりとした敷石を真下に感じると、噴水のさざめきはごうごうたる滝の轟きのように耳に響き、池からは腐った臭い——溺水したときに鼻につんとくる海の臭い——が鼻孔に漂ってきた。

こんな風にしてフレッド・マッキャンはおのれの十字架の道行〔キリストの受難を描いた十四の画像の前で留まり瞑想し祈禱する行為〕を行ったのだ。このとき彼はモノではなく人格を持った人間だった。決断能力があり、人間として欠けるものがないということに自覚的な人間だ。

ああこれだ、とゆっくりとつぶやいた。シシリアで仕掛け爆弾がやり遂げられなかったことがこれだ。これが俺が欲しかった一口の水だ。まさにこれだ。

それから、鋭い悲鳴をあっと一声あげると、池の縁から水のなかへと落ちていった。水の冷たさに驚き、思わず肺から空気を一気に吐き出した。そうして、自分の意志――生きて死にゆく人間が持っている意志――に従って、無理やり口をこじ開け意識して水を飲み込んだ。というのも、この瞬間、誰かが走ってやってくる音が聞こえたからだ。彼が歩んだ人生という長い上り坂の回廊へ急いでやってくる足音だ。彼に呼びかける声もした。待つんだ、もう一度よく考えろという声だ。その声はこうも言っている。あんたの人生そんなに悪くはないぞ、あんたは少しも使われてはいやしない、あんたはまっとうな人間でモノなんかじゃない、あんたの前には豊かな人生が待ってる、国会議事堂へ通勤圏内の、ワシントン郊外にある近代的で上等な病院のなかで、その個室の小さなベッドのなかで、誰にも邪魔されずに過ごせるんだ、と。

4 患者

利己主義、あるいは胸中の蛇*
——未発表の「心の寓話」より

ナサニエル・ホーソーン／馬上紗矢香

「あいつが来た！」通りの男の子たちが叫んだ。——「胸に蛇がいる男だ！」

エリストン邸の鉄門に入ろうとしていたハーキマーの耳にこの叫び声が聞こえ、彼は立ち止まった。青春真っ盛りの頃に知りあった古い友人に会うのかと思うと、ぶるっと体が震えた。五年ぶりに会うこの友人が今や病的な妄想の犠牲に、あるいは身体に降りかかった恐ろしい災難の犠牲となっているのを知ることになるからだ。

「胸に蛇が！」若い彫刻家は繰り返し呟いた。「彼に違いない。胸にそんな心の友がいる人間なんてこの世に二人としていない！　ああ、かわいそうなロジーナ。天よ、私が任務をしっかり果たせるよう知恵を与えたまえ！　彼女が夫への信頼をまだ失っていないのだから、女性の信頼というのはきっと強いものに違いない」

そんなふうに思いを巡らしながら、門の入り口に立って、その奇妙な人物が姿を現すのを待った。その直後、いかにも病的な顔と、ぎらぎらした目つきをした、長い黒髪の痩せこけた男の姿が見えた。彼は蛇の動きを真似しているようだった。というのも、胸を張ってまっすぐ前に歩いて来るのではなく、舗道をくねくねと蛇行して来たからだ。彼の精神的あるいは肉体的な何かがこう言っているように思うのは考え過ぎだろうか。奇跡によって蛇が人間に変わってしまったが、完全にはなり切れなくて、蛇の本性がうわべの人間性のもとに隠れている、いやもうほとんど隠れてなどいないのだと。ハーキマーは彼の病人のような顔色が緑っぽくなっているのに気づき、昔自分が彫った大理石の色を思い出した。髪の毛が蛇になっている嫉妬の女神の頭部に使ったものだ。

その惨めな生き物は門に近づいてきたが、中には入らずに急に立ち止まり、同情心に満ちながらも毅然とした顔つきの彫刻家をぎらぎらした目でじっと見つめた。

「そいつが私を咬むんだ！　私を咬むんだよ！」と彼は叫んだ。

その時、シューッという音が聞こえてきた。しかし、それが狂人にしか見えない男の口から出た音なのか、本物の蛇が威嚇するために出した音なのかはまだ決められない。いずれにせよ、ハーキマーは心の底まで震え上がった。

「私のことを知っているかい、ジョージ・ハーキマー？」蛇に取り憑かれた男が尋ねた。

ハーキマーはもちろん彼を知っていた。しかし、彫刻家がたった今凝視している顔がロデリック・エリストンのものだと認識するには、顔に関する詳細で実践的な知識——実際にモデルそっくりの彫像を粘土で作り出すことによって得られる知識——が必要であった。とはいえ、そこにいるのはまさに彼だった。ハーキマーがフィレンツェに滞在して五年しか経っていないというのに、あの立派な若者が、こんなにも不快でぞっとする男に変化したのかとよくよく考えても、驚きに変わりはなかった。こんなにも人は変われるものだということを認めてしまえば、長い年月をかけて変わるのも、一瞬にして変わるのも、同じようなものだ。その衝撃と驚きはとても言葉では言い表せないが、従姉妹のロジーナのことを思うと、ハーキマーの胸は締めつけられた。女性らしい優しさの象徴のようなロジーナの運命が、神に人間性を奪われた男の運命と分かちがたく絡み合っているのだから。

「エリストン！　ロデリック！」ハーキマーは叫んだ。「このことは聞いていた。でも、真実は私の想像をはるかに超えている。君に何が起こったんだい？　どうしてこんなことになったんだ？」

「ああ、大したことじゃないさ！　蛇だよ！　蛇！　この世にありきたりなやつさ。胸の中の蛇だよ——それだけだ」とロデリック・エリストンは答えた。「でも、君の胸はどうなんだい？」と彼は続けた。彫刻家を見つめる眼差しには今まで出会ったことのないようなすべてを見透かす鋭さがあった。「君の胸はまっさらで健全なのかい？　蛇などいないというのかい？

神と良心に誓って、そして私の中の悪魔に誓って言うが、こいつは驚きだ！　胸中に蛇がいない人間だなんて！」

「落ち着くんだ、エリストン」ジョージ・ハーキマーは蛇に取り憑かれた男の肩に手を置いて囁いた。「君に会うために海を渡って来たんだ。聞いてくれ！――二人だけで話そう――ロジーナから伝言を預かっている！――君の妻からの！」

「そいつが私を咬むんだ！　私を咬むんだよ！」ロデリックは呟いた。

この嘆きを何度も口にしては、その不幸な男は胸の上で両手をしっかりと握った。毒牙の一刺しが耐えられない程の激痛となって彼を襲い、たとえ自分の命を落とすことになったとしても、胸をこじ開け、その中にいる生きた災いを何とか引きずり出そうとしているかのようであった。するりとハーキマーの手から逃れると、門をすっと通り抜け、老朽化した先祖代々の屋敷へと逃げ込んだ。彫刻家は追いかけなかった。こんな時に交流など望めないと判断したからだ。次に会うまでに、ロデリックの病気の正体と、こんなにも惨めな状態に彼を追いやった事情を詳しく調べておきたいと思った。すると、高名な医師から必要な情報を聞くことができた。

エリストンが妻と別居して間もなく――もう四年も前のことだが――冷たい灰色の靄が夏の朝から時々太陽の光を奪うように、得体の知れない憂鬱が彼の日常を覆っていることに仲間たちは気づいた。その症状を見た仲間たちはほとほと途方に暮れた。肉体の病が原因で彼の明るい精神が失われたのか、あるいは、心の癌がだんだんと侵食し、この手の癌にありがちなように、精神組織を超えて肉体まで食い荒らした結果、肉体が精神の影に過ぎなくなったのか、そのどちらなのかわからなかった。仲間たちは家庭の幸せが粉々になってしまったことが——もっとも、彼自身がわざと壊したのだが——この災いの原因なのではないかと考えてもみたが、それが原因だとはどうしても思えなかった。かつては聡明であったエリストンは初期の精神病なのではないか、彼が衝動的に怒っていたのはその前兆だったのではないか、と思う友人たちもいた。これは全身を萎縮させる病で、彼はだんだんと衰えていくのだと予言する者もいた。ロデリック自身の口からは何一つ聞くことができなかった。確かに何回か、発作的に胸の上で両手を強く握り、こう言っているのを聞いた者もいる——「そいつが私を咬むんだ！　私を咬むんだよ！」——だがこの不気味な言葉には聞く人聞く人が実に様々な疑問を投げかけることになった。ロデリック・エリストンの胸を咬んだのは一体何なのか？　悲しみなのか？　単なる肉体の病気なのか？　あるいは、向こう見ずな生活を放蕩ぎりぎりのところまでやっているうちに、たとえ深みにはまらなかったとしても、何か罪を犯してしまったのだろうか？　その罪のせいで彼の胸は良心の呵責という致命的な毒牙の餌食にされてしまったのだろうか？　これらの推測にはそれぞれもっともらしい根拠があったが、大食漢で無精癖の老紳士たちが、すべての秘密は消化不良にあると高らかに断言したことは、隠されてはなるまい！

一方ロデリックは、自分が世間から好奇の目で見られ、下衆の勘繰りを受けていることに気づいていたようだが、こんな風に注目される、というか、注目を浴びること自体、病的に嫌っていたので、仲間との付き合いも一切断っていた。人の目が恐ろしかっただけでなく、また友人の顔に浮かぶ明るさが恐ろしかっただけではない。喜ばしい太陽の光までもが恐ろしかったのだ。太陽の光は、自ら創造したすべてのものに分け隔てなく愛を与えてくださる創造主の顔の輝きを象徴しているというのに。黄昏時の薄明かりでさえロデリック・エリストンには明る過ぎた。漆黒の真夜中に彼は好んでこっそり外出しようとしたのだった。彼の姿を見ることがあるとしても、それは夜警のランプがぼんやりと彼を照らした時だ。胸の上で両手を固く握り、通りをするすると滑るように進みながらこう呟いていた――「そいつが私を咬むんだ！　私を咬むんだよ！」彼を咬んだのは一体何なのだろうか？

しばらくして知れ渡ったのだが、エリストンは、この町に寄生している悪名高い藪医者か、金のにおいを嗅ぎつけて遠くからわざわざやって来る藪医者どもの世話になっているという。治療が上手くいったと思い込んだ藪医者の一人は、粗末な紙でできたチラシや小冊子を配って、勝ち誇ったように「名高い紳士ロデリック・エリストン殿の胃の中からあの蛇が取り除かれた！」と方々に宣伝した。こうしてこのおぞましい秘密は、一番いやな知られ方で、隠れ家から公衆の面前に放たれたのだ。秘密は外へと出ていったが、胸中の蛇はというとそうはいかなかった。蛇は、それが錯覚でなければの話だが、生きている巣のなかにとぐろを巻いて居座っていた。藪医者が治療したというのはでっちあげで、治ったように見えたのは麻酔薬のせいだった。この麻酔薬は、体に巣くう忌むべき蛇ではなく患者の方を殺すところだった。ロデリック・エリストンがすっかり意識を取り戻すと、自分の不幸が町の噂になっていて、しかも驚きと恐怖とともにずっと語られ続けていることがわかった。一方、彼の胸では生き物が吐き気を催すほど動き回り、その牙を絶えず彼の体に食い込ませ、食欲と残酷な悪意をいっぺんに満たそうとするのだった。

彼は老いた黒人の召使を呼んだ。彼の父の家で育ち、ロデリックが揺りかごに入っている頃はすでに中年になっていた召使だ。

「スキピオ!」と話しかけ、一息つくと心臓のあたりで腕を組みながら「町の連中は私のことを何て言ってる、スキピオ」と尋ねた。

「旦那様、かわいそうな旦那様! 胸に蛇がいるんだって言っています」召使はためらいながら答えた。

「そして他には?」恐ろしい眼差しでロデリックが尋ねた。

「他には何も、旦那様」スキピオは答えた。「お医者様が粉薬を旦那様に飲ませて、蛇が床に飛び出てきたということだけです」

「違う、そうじゃない！」ロデリックは首を振り、手をいつもより強く胸に押しつけながら呟いた――「まだ感じるんだ。そいつが私を咬むんだ！　私を咬むんだよ！」

　この時以来、この哀れな病人は世間を避けるのを止め、むしろ知人や他人の目を引こうと躍起になった。自分の胸の空洞は、忌まわしい悪魔にとっては居心地のいい要塞であっても、秘密を隠したままにしておけるほど深くも暗くもないとわかって、自暴自棄になったからでもあろう。しかしそれ以上に、悪名を轟かせたいという彼の欲望が、今や彼の本性に根付いたこの恐るべき病気の症状そのものとなったからだ。慢性的な病に侵された人は――心の病であれ、肉体の病であれ――誰もが利己主義者になる。病の原因が罪や悲しみであっても、絶えず体のどこかが痛いといった耐えやすい苦難や人間関係のもつれであっても。そういう人たちは病の苦悩で激しく自己を意識させられるのだ。そうなると、自己が肥大化するあまり、偶然通りかかった人一人一人に自分を見せたくて仕方なくなる。潰瘍まみれの痩せ細った手足や乳癌を他人にさらけ出すのは喜びだ。それはおそらく苦しむ人が感じることのできる最大の喜びなのだ。自分を見せびらかすという行為がひどいものであればあるほど、蛇のような首を突き出して世間を怖がらせるのを止めさせるのはさらに難しい。なぜなら、個人を個人たらしめているのは、癌や自己顕示そのものなのだから。ロデリック・エリストンは、少し前までは人間に共通した運命というものを軽蔑して見ていたのに、今となっては不面目ながらもその運命にすっかり屈してしまった。胸中の蛇は恐ろしい利己主義の象徴のようであった。彼の生活はすべてこの利己主義に支配され、昼も夜も絶え間なく悪魔崇拝のいけにえを捧げては蛇を満足させたのだった。

間もなく、明らかにこれは狂気に違いないと皆が認める兆候をロデリックは示すようになった。奇妙なことだが、気分が乗ってくると、彼は二つの本性を持っている、つまり生命の中に別の生命を持っているのだから、普通の人間とは違う特別な存在なのだと言って、自慢げに自己を美化するようになった。彼はどうやら蛇は神なのだと思っているようだ——もちろん、天の神ではなく暗い地獄の神のことだ。その神から、実に恐ろしいけれど、どんな野心家よりも位の高い神聖さを自分は与えられたのだと考えているようだった。したがって、彼は自分の不幸を王のマントのように身にまとい、怪物を養っていない人々を勝ち誇ったように見下した。しかしながら、彼の人間らしい本質が打ち勝って、人とのつながりを切望することの方が多かった。これといった目的もなく通りを一日中うろついて過ごすのが彼の習慣となっていた。この場合、世間とある種の同胞関係を結ぶのが彼の目的だと言っていいかもしれない。彼は、病的な能力を発揮して、ありとあらゆる人の胸に自分と同じ病を見つけ出した。彼が正気かどうかはともかく、人々の持つ弱さや過ちや悪徳を素早く見抜いた。ロデリックは蛇だけでなく本物の悪霊に取り憑かれている、人の心に潜む最も醜悪なものを見抜く邪悪な能力を悪霊が彼に与えたのだと多くの人が考えたのも無理あるまい。

例えば、三十年もの間、兄に対して憎しみを抱き続けた男の話だ。ロデリックは、通りの人ごみの中でこの男に会うと、男の胸に手を当てて、いかめしい顔をしっかりと覗き込んだ。

「今日の蛇はいかがお過ごしかな?」彼は偽りの同情を見せて尋ねた。

「蛇だって!」兄を憎む男は叫んだ。「何を言っているんだ?」

「蛇だよ! 蛇! あいつは君を咬むかい?」ロデリックはしつこく言った。「君は今朝の祈りの時にあいつに相談したのかい? 君の兄さんの健康、財産、名声のことを思った時、あいつは君を咬んだかい? 兄さんの一人息子の放蕩を思い出した時、あいつは喜んで跳ね回ったかい? あいつが咬もうが騒ごうが、どっちみちあいつの毒が君の体と魂に染み渡って、なんでもかんでも酸っぱくて苦くなっていくんじゃないのかい? それが蛇たちのやり方だ。私は自分の蛇からあいつらの習性をすっかり学んだのさ!」

「警官はどこだ?」ロデリックにしつこくされた男は喚くと同時に、自分の胸を本能的に摑んだ。「どうしてこの狂人が捕まらず野放しにされているんだ?」

「ハッ、ハッ!」ロデリックは男を摑んでいた手を放して含み笑いをした。――「つまり胸の蛇が咬んだということだな!」

不幸な若者ロデリックは、軽い皮肉を言って人々を困らせて喜ぶこともあった。軽いと言っても、その皮肉は多分に蛇の毒に侵されているものだった。ある日、彼は野心満々の政治家に出会い、その男の持つ大蛇の具合を尋ねた。ロデリックは、この紳士の蛇の食欲は国土や政治すべてを食い尽くすほど旺盛だから、その種の大蛇に違いないと断言した。別な日には、街中をこそこそと歩いては小銭を掻き集めたり、錆びた釘を拾い上げたりしているけちな老人を呼び止めた。この老人は莫大な財産を持っているのに、継ぎはぎだらけの青い外套に茶色い帽子、カビの生えたブーツといったみすぼらしい身なりをして歩いていた。ロデリックはこの立派な人物の胃の辺りを注視するふりをして、この男の蛇は銅色マムシ《カッパーヘッド》で、毎日指を汚して拾っている大量の卑しい銅貨《カッパー》から生じたものだと断言した。また、彼は赤ら顔の男に向かって、数ある胸の蛇の中でも、蒸留所の大樽で繁殖する蛇ほど邪悪な蛇はいないと非難した。次にロデリックが敬意を持って注目したのは、ちょうどその頃神学論争の真っただ中にいた著名な聖職者であった。論争の最中見てとれたのは、神の霊感というより人間の怒りだった。

「あなたは聖餐用の葡萄酒のコップに入った蛇をお飲みになられたな」とロデリックは言った。

「不敬なやつめ!」と聖職者は怒鳴ったが、それでも手は胸のところにそっと置かれていた。

ロデリックは病的な感受性を持つ男に会った。かつて味わった失望感から、人との交わりを断って隠遁生活を送り、それ以来、むすっとしたりかっとなったりしながら、取り戻せない過去のことを考え込んでいた。ロデリックの言っていることを信じるなら、この男の心臓はすっかり蛇に変わってしまっていて、男も蛇自身も苦しみながら最後は死に追いやられてしまうだろう。仲が悪いことで有名な夫婦を見かけると、お二人は胸にイエヘビを抱えておられる、なんてかわいそうにとお悔やみを述べた。嫉妬深い作家がどう努力してもかなわない他人の作品をけなしていると、あなたの蛇は蛇類の中で最も汚らわしく醜悪なものだが、幸運なことに毒牙は持っていないなと言った。淫らな暮らしをしている恥知らずの男が、自分の胸に蛇がいるかどうか尋ねると、ロデリックは、いるよ、その昔ゴート人のドン・ロドリゴ〔西ゴート王国最後の王、ロデリック。フリアン総督の娘フロリンダを誘惑して凌辱したという伝承が文学的に有名〕を苦しめたのと同じ種類の蛇がいる、と答えた。若くて美しい少女の手を取り、彼女の瞳を悲しそうに見つめ、あなたの優しい胸には死をもたらす最も恐ろしい種類の蛇がいますよと警告した。数か月後、この哀れな少女が愛に倒れて不面目のうちに死ぬと、世間はこの不吉な言葉が本当だったと知ることになった。お互いに流行を競い合っていた二人のご婦人は、女特有の悪意という何千もの小さな針で傷つけ合っていたが、心には小さい蛇がうじゃうじゃ棲まい、それらの蛇は一匹の大蛇と同じ災いをもたらすのだと教えられた。

しかし、ロデリックを何よりも喜ばせたのは、嫉妬に侵された人間を捕えることのようだった。彼によると、嫉妬は巨大な緑の蛇で、氷のように冷たく、一つの例外を除いてどの蛇よりも鋭い毒牙を持っている。

「それで、その例外とは何だい?」彼の言葉をふと耳にした通りすがりの男が尋ねた。

質問をしたのは陰気な顔をした男で、目を合わせようとしなかった。十年以上も人の顔をまともに見たことがなかったのだ。この男の性格には怪しいところがあり、悪い噂もあった。町の噂好きの男も女もひどく恐ろしいことを推測して囁いていたのに、それが何なのか誰もはっきりとわからなかった。この男は最近まで船乗りをしていて、ジョージ・ハーキマーが実に特殊な成り行きからエーゲ海で出会った船長その人だった。

「一番鋭い毒牙を持っているのはどんな胸の蛇かね?」この男はもう一度尋ねたが、いやいやながらもどうしてもしなければならない質問をしているかのようだった。言葉を口にしながら、彼の顔は真っ青になった。

「聞く必要なんてあるのかい?」ロデリックは、邪悪な事実を知っているような目つきで答えた。「自分の胸の内を覗いてごらんなさい。聞きなさい! 私の蛇が興奮している! 魔王がいることに気がついたんだ!」

二人を目撃した人たちが後に断言したのだが、ロデリック・エリストンの胸の中からシューッという音がはっきりと聞こえ、それとともに、船長の内臓から返事のシューッという音が聞こえてきたそうだ。内臓に潜んでいた蛇が、仲間の蛇の呼びかけで目覚めたかのように。本当にそんな音が聞こえたとしても、それはロデリックが悪意を持って腹話術を使ったせいかもしれない。

　こうやって、自分の本物の蛇を使って——本当に彼の胸に蛇がいればの話だが——それぞれの人の致命的な過ち、胸に秘めた罪、やましき良心を類型化し、一番痛いところに無情にも毒牙を突き刺したのだから、ロデリックが町の厄介者だと思われるのも無理はない。誰も彼を避けられず、誰も彼に逆らえなかった。彼は見つけることができる最も醜悪な真実と面と向かい、敵にも同じことをさせた。それは不思議な光景であった。人生の中で人というものは本能的に、こうした悲惨な現実から目を背け、あたりさわりのない話題だけで人と交わり、あえて悲惨な現実には触れようとしないものなのに！　世間は悪を捨てることなく平穏を保とうとなんとかやっているのに、この暗黙のルールをロデリック・エリストンが破るなんて許されることではなかった。彼の悪意ある言葉の犠牲となった者は大勢いたので、町の人々が面子を失わずに済んだのは確かだ。というのも、ロデリックの説によれば、どんな人の胸にも小さな蛇の子供か、他の蛇を食べて肥大化した怪物の蛇が棲んでいるのだから。それでも、町の人々はこの新しい使徒に我慢がならなかった。地位のある住民たちを筆頭にほとんどの人は、皆がよしとする礼節を乱すのはこれ以上許されるべきではない、ロデリックが自分の胸の蛇を公衆の面前にさらけ出すことで、品位ある人たちの胸から隠れている蛇を引きずり出すのは許されない、と強く主張した。

そういうわけで、彼の親類が介入して、ロデリックを私立の精神病院に入れることになった。このニュースがあちこちで言いふらされると、多くの人はずっと気楽な顔をして通りを歩き、以前のようによくよく注意して両手で胸を隠すこともなくなった。

彼の監禁は町の平和には少なからず貢献したものの、ロデリックにはかえって逆効果となった。孤独の中で彼の憂鬱はますます暗く陰気なものになっていったのだ。彼は一日中——実際、これが彼のたった一つの仕事だったのだが——蛇と親しく交流して過ごした。目に見えない怪物を相手に会話はずっと続いているように思われたが、聞いている者には何を言っているかわからなかったし、シューッという音以外は聞こえてこなかった。不思議に見えるかもしれないが、苦しむ者は今では自分を苦しめる者にある種の愛情を抱くようになっていた。しかしながら、その愛情は猛烈な嫌悪と恐怖とないまぜになっていた。そのような相反する感情と感情は折り合いが悪いわけではなく、むしろその逆で、それぞれが相手に力と毒を分け与えていた。恐ろしい愛——恐ろしい嫌悪——が胸の中でお互いを抱きしめ合い一つになり、彼の内臓に這い込んできたか、そこで生み出されたかした生き物に結集した。その生き物は彼の食べたもので栄養を得て、彼の命で生き、心臓だけでなく彼自身とも親密になったが、あらゆる創造物の中で最も汚らしいものであった！　けれどもそれは病的な本性というものを見事に映し出していた。

蛇と自分自身に激しい怒りや憎悪を感じると、ロデリックは自分の命を犠牲にしてまでも、蛇を殺してやろうと決意したこともあった。一度、絶食することでそれを実行してみた。しかし、この不幸な男が餓死しかかっていても、怪物はまるで彼の心臓こそが最もおいしく、ちょうど良い食べ物であるかのように、その心臓を食い物にしてよく育ち、次第に陽気になっているようだった。それならばと、彼は即効性の毒をこっそり服用してみた。この毒を飲めば自分か、自分に取り憑いている悪魔か、あるいはその両方を確実に殺せるだろうと思ったからだ。これもまた違った。というのも、もしロデリックが未だに自分の毒された心臓にやられていないなら、あるいはその心臓を咬んだ蛇が死んでいないなら、両者とも砒素や昇汞《しょうこう》〔猛毒の塩化水銀〕を恐れる必要はほとんどないからだ。確かに、その猛毒生物は他のすべての毒に対する解毒剤となっているようだった。医者たちはその悪霊を煙草の煙で窒息させようと試みた。ロデリックは煙草の煙をいつも吸っている空気のように胸いっぱい吸い込んでみた。その次は、医者たちは患者に阿片を飲ませたり、アルコール漬けにして酩酊状態にさせてみたりした。そうすれば蛇が麻痺状態になり、胃から出てくるのではないかと期待したのだ。ロデリックの意識を失わせるのは上手くいったが、医者たちが彼の胸に手を置いてみると、恐怖で言葉を失った。彼の狭い体の中で怪物がのたうちまわり、曲がりくねり、あちこち突進するのを感じたからだ。怪物は明らかに阿片やアルコールで元気になって、普段やらないような動きへと駆り立てられていたのだった。それ以来、医者たちは治療だとか緩和だとかいった試みをすべて諦めてしまった。不運な患者は、自分の運命に従い、心の悪霊に対して以前抱いていた忌まわしい愛情を再び持ち始めた。鏡の前で口を大きく開き、喉の遥か奥で蛇の頭がちょっとでも見えやしないかと、期待と恐怖の入り混じった気持ちで覗き込む惨めな毎日を過ごした。蛇を見るのはどうやら上手くいったようだ。というのも、ぎゃっという叫び声を聞いて看護人が部屋に飛んで来ると、ロデリックが気絶して床に倒れていたからだ。

監禁はそれほど長く続かなかった。施設の医療監督者たちは、彼を詳しく検査した後、彼の精神疾患は狂気に達しておらず、監禁するには及ばないと結論づけた。とりわけ、監禁は彼の精神に悪影響を及ぼし、治そうとしている病気をかえって昂じさせてしまうかもしれないからだ。彼の奇行は目に余るくらいひどく、社会の慣習や先入観を破ってばかりだったが、より確かな証拠がなければ、世間が彼を狂人とみなす権利はない。有能な専門家が下したこの決定によってロデリックは解放され、ジョージ・ハーキマーに会う前日、生まれ故郷の町へ戻って来たのだった。

こういった細かい事情を知るとすぐに、彫刻家は悲しみで震えている連れ人と一緒に、エリストンの屋敷まで訪ねて行った。屋敷は付け柱とバルコニーのある大きくて陰鬱な木造の建物だった。大通りからは三段になった高台で隔てられていて、連続する石段で上るようになっていた。邸宅の正面は巨大な楡の古木でほとんど隠れていた。この広大で、かつては壮麗であった先祖代々の住居は、十八世紀初めに一族の貴人によって建てられたものだった。当時は、土地の価値は比較的低かったので、庭園や他の場所を含めてかなり広大な地所を所有することができた。相続した財産の一部はすでに譲渡されていたが、邸宅の裏にはまだ鬱蒼とした木々に覆われた土地が残っていた。その場所なら、学生も、夢想家も、心を病んだ人でも、風に揺れる枝のさざめきの中で、一人芝生に一日中横になり、周りがすっかり都会になってしまったことを忘れられるであろう。

彫刻家とその連れは、スキピオによってこの隠れ場所へと案内された。この黒人の老召使は訪問客の一人に恭しく挨拶をし、それが誰かわかると、皺だらけの顔を喜びで輝かせた。

「東屋にいてください」彫刻家は腕にもたれかかっている連れに囁いた。「姿を現した方が良いか、いつ出て行ったら良いか、後でわかりますから」

「神様が教えてくださいます」これが返事だった。「そして、神様が私を支えてくださいますように！」

ロデリックは泉の縁にもたれかかっていた。その泉は木漏れ日に向かって噴き出している。太古の木々がどんどん成長し、泉の水面に影を落としていた頃からずっと変わらず、澄んだきらめきを放ち、空気のように静かに流れていた。泉の命はなんと不思議なものであろうか。絶えず噴き出しているのに、岩と同じ年齢を持ち、神々しい太古の森をもはるかに凌駕しているのだから！

「来たね！　待っていたんだ」彫刻家の存在に気づくと、エリストンは言った。

彼の態度は前日とは打って変わっていた——穏やかで、礼儀正しく、そしてハーキマーが思うには、客にも自分自身にも気配りを忘れなかった。彼らしからぬ神妙さは、どこかおかしいということを物語る唯一と言ってもいい兆しであった。彼はたった今、草の上に本を投げ出したばかりだった。半開きになっていたので、その本は本物そっくりの図版が入った蛇類の博物誌であることがわかった。そのそばには、良心の問題をたくさん扱ったあの分厚い本、ジェレミー・テイラーの『迷える者の指導書』〔*Ductor Dubitantium* (1660)。テイラー（一六一三―六七）はイングランド国教会の主教〕が置いてあった。良心の呵責を覚える者がそれを読めば、自分におあつらえ向きの答えを見つけられるらしい。

「わかるだろう」口元に微笑みをキラリと光らせたエリストンは、蛇の本を指さして言った。「私の心の友のことをもっと知りたくて努力しているんだよ。でも、この本には満足いくものが何も書かれていやしない。もし私が間違っていなければ、あいつは唯一無二のもので、外で見るどの蛇とも似てやしない」

「この奇妙な災難はどこからやって来たんだね？」彫刻家が尋ねた。

「私の黒い友人スキピオが話してくれた」ロデリックが答えた。「最初にここに移り住んできた人々の目に留まって以来ずっと、ここには蛇が潜んでいたという話だ。見た目は純粋で清らかだが、この狡猾な名士は私の曾祖父の内臓に入り込むと、長年そこに棲みついて、死ぬよりつらい苦しみを老紳士に与えた。つまり、これは先祖代々受け継がれた特性なんだよ。でもね、実を言うと、蛇が一族伝来の家宝だというこの考えは信じていない。この蛇は私だけのもの、他の誰のものでもないんだ」

「だけど、そもそもどこから生まれてきたんだい？」ハーキマーは聞いた。

「ああ！　誰の心にだってひとかえりの蛇を生み出すのに十分な毒はあるさ」うつろな笑みでエリストンは答えた。「私が善良な市民たちにした説教を君も聞くべきだったよ。まったく、たった一匹しか蛇を生まなかったことで、自分は幸運だったと思っている。それにしても、君は胸に一匹もいやしないじゃないか。だから君は世間の人たちに同情できないんだ。そいつが私を咬むんだ！　私を咬むんだよ！」

そう叫ぶと、ロデリックは自分を制御できなくなり、草の上に身を投げ出し、くねくねとのたうち回って苦しむ様子を見せた。ハーキマーはそれが蛇の動きに似ていると想像せずにはいられなかった。そのうえ、あの恐ろしいシューッという音が聞こえてきた。その音は苦しむ彼自身の言葉にも流れ込み、単語と音節のつながりを邪魔することなくその中に這い込んできた。

「これは実に恐ろしい！」彫刻家は叫んだ――「恐ろしい苦しみだ、現実のものであれ、想像のものであれ！　教えてくれ、ロデリック・エリストン、この忌まわしい悪疾に治療法はあるのかい？」

「あるさ、でもそんなことは不可能だ」ロデリックは顔を草にうずめてのたうち回りながら呟いた。「ちょっとでも私が自分のことを忘れられたら、蛇は私の中には棲んでいられないのかもしれない。蛇を生み出して育てたのは、私の病的なほどの内省なんだから！」

「では自分を忘れてごらんなさい、あなた」上から優しい声が言った――「他の人のことを考えて自分を忘れてごらんなさい！」

ロジーナが東屋から出てきて、彼の上に屈みこんでいた。彼女の表情には彼の苦悩の影が映し出されていたが、彼女の持つ希望や無私の愛と混ざり合い、あらゆる苦悩はただこの世の影、単なる夢に過ぎなかったのだと思わせた。彼女の手がロデリックに触れた。震えが彼の体じゅうを駆け巡った。その瞬間、もし噂を信じるなら、彫刻家は草がうねるように揺れるのを見て、まるで何かが泉に飛び込んだかのような、ポチャンという音を聞いた。本当かどうかはともかく、ロデリック・エリストンが、まるで復活した人のように起き上がったことは確かだ。彼は正気を取り戻し、己の胸を戦場にして彼を悲惨なまでに痛めつけていた悪霊から救われたようだった。

「ロジーナ！」彼は熱っぽくも途切れ途切れに叫んだが、長いこと彼の声に取り憑いていた狂気の叫び声とはまったく違っていた。「許してくれ！　許してくれ！」

彼女の幸せな涙が彼の顔を濡らした。

「彼が受けた罰は過酷なものだった」彫刻家はそう呟いた。「正義の女神でさえも、もう許してくださるだろう――まして、女の優しさは当然許してくれるだろう！　ロデリック・エリストン、蛇が本物の蛇であろうと、君の病気が生み出した空想上の象徴物だろうと、この一件の教訓は何よりも得難い。強大な利己主義というものは、君の場合は嫉妬の形となって現れたのだが、人の心に忍び込んでくる悪魔の中でも最も恐ろしいものだ。こんなにあいつが長く棲んでいた胸は清めることができるだろうか？」

「ええ、できますとも！」神々しい微笑みを浮かべてロジーナは言った。「蛇は暗い幻想に過ぎなかったのです。あの蛇が象徴していたものは、蛇と同じで幻だったのです。過去は暗く見えるけれど、未来に何ら暗い影を投じてはいません。過去にそれなりの価値を与えるには、私たちの永遠におけるある一つの逸話に過ぎないと思わなければなりません」

＊原注――この作品において道徳的な意味を与えようと試みているこの身体的事実は、これまで現に一度ならず起きていることが知られている。

診断

イーディス・ウォートン／馬上紗矢香

I

「心配することはない——絶対に。まさか……あいつらが言っているだけだ！」ポール・ドランスは書き物机から離れてフラットの高層階にある窓に向かった。南向きの窓はひしめくようにビルがそびえ立つニューヨークを臨み、眼下には彼の仕事の中心で象徴そのものであるウォール街が広がっていた。彼は安堵の息を胸いっぱい吸い込んだ——というのも、疑うそぶりをしつつも、心の中では密かな安心感がゆっくりと広がり始めていたからだ。たった今彼を診察した名うての医師二人はこう伝えた。彼は数か月で回復するだろうし、暗い恐怖の念は錯覚であって、今必要なのは心身のバランスを取り戻すまで仕事を離れることだと。ドランスは黙って微笑みながらわかったふりをして、心の中で呟いた。「ひどいごまかしだ。まるで私が自分のことをわかってないみたいじゃないか！」しかし、十五分もしないうちに医師たちの言葉が魔法のように効いてきて、命が戻ってきたという感覚がじわじわと湧き上がった。「本当に、具合が良くなってきているとは感じる」そう呟き、机に向き直ると、そういえば朝食をまだ食べていなかったことに思い当たった。ここ数か月、そんなことも思い出さないでいた。肘でベルを鳴らし、少し申し訳なさそうに微笑みながら召使に言った。……ああ、そうだ……もっと食べた方が良いと医者に言われたんだ……。卵を一つか二つとコーヒーを頼む……ああ、ベーコンも……。彼は盆が運ばれてくるまでいらいらして待っていた。

朝食が終わり、ドランスは新聞にざっと目を通した。目の前で人間喜劇を何年もかけて観ているかのようにゆっくりと読んだ。「結局、何も急ぐ必要はないんだ」頭の中では半ばわかっていた。最近、脳裏からずっと離れなかったあの「時間という翼を持った戦車」〔詩人アンドリュー・マーヴェル（一六二一―七八）による「はにかむ恋人へ」の「でも、背後からいつも聞こえてくる／時間という翼を持った戦車が急いでやってくるのが」（二一―二二行）〕という言葉が純粋に美しい言葉として戻ってきた。どうやら彼の時間の翼は再び収められることになったから。「年寄りになるまで生きてはいけない理由など少しもないのだ」という言葉は四十九歳の彼にとっては聞こえが良かった。近頃は年老いた男のことを何と呼ぶのだろうか？　彼は年寄りになるまで生きていたくなんてないといつも思っていた。今「老い」という言葉をどう理解しているのかと自問した。どの答えもすべて自分自身にはあてはまらなかった。たとえ彼が魔訶不思議な力で遠い未来の老人に変身したとしても――それからどうなるのか？　まだまだ先の話なので頭に思い描くことができなかったし、想像力にも響かなかった。まあ、老齢というのは七十歳くらいでは始まるまい。毎日のように、新聞には元気な老人が百歳の誕生日を祝う記事が載っている——時には再婚の話も。ドランスは人類の寿命が長くなっていることに思いを巡らして嬉しくなった。彼の祖父母と同年代の人々はどんなだったか。弱々しく、歯もなかったではないか。ところがどうだ、その子孫たちは彼らと同じ年齢になってもまだ肉を食べるし、活動的だ。

新聞を読み終わると、旅行ができそうだなとふと思い、心躍った。忙しない人間というのは、仕事を中断せよと言われたら、とてもニューヨークに留まってなどいられない。有閑とか夏服を連想させるような名前が頭に浮かんでくる。西インド諸島、カナリア諸島、モロッコ——モロッコなんてどうだろう？　まだ行ったことがない場所だ。そこから徐々にスペインまで進むこともできる。彼は起き上がり、旅行本が並んでいる本棚から一冊取り出した——しかし、立ったままページをめくりながら、ぼーっと幸せな気分に浸っていると、急に夢の中から引き戻された。「彼女に伝えなければ——」と彼は口にした。

確かに彼女には伝えなければならない。でも、そう考えるだけで、複雑な事情や義務や説明などいろんな問題が地滑りのように目の前に迫り、息苦しくなった。ドランスは机にもたれかかると、目を瞑《つむ》った。

しかし、もちろん彼女はわかってくれるだろう。医者は良くなると言った——彼女にはそれ

で十分だ。数か月、いやおそらく一年くらいは、ここからいなくなった方が良さそうだという
こともわかってくれるだろう。彼女は一緒には来られない。それは確かだ！　だから何を騒ぐ
ことがあるのだろう？　彼の心には、気づかぬうちにじわじわと——最初は、こんなのはどう
だろうとちょっと思っただけなのだが——ある考えが浮かんできた。永遠に続くものなどない
と——何もないと——今こそ彼女に優しく伝える時なのかもしれない。これから元気になると
わかって改めて思うと、この年の男性というものは、自分の考え、自分の計画を持ってしかる
べきなんだ。そう、結婚もできるだろう、ひょっとすると若い娘と結婚できるかもしれない。
子供ができて、田舎に屋敷を持ってもいいな……彼の心はまるですばらしい旅行をしているか
のように、その夢の中をさまよっていた……。

さて、そうしている間にも、診断の結果を彼女に知らせなくてはならない。彼女は落ち込ま
ないようにと気丈にふるまっていたけれど、ひどく心配しているのは伝わってきた。（健康だ
とわかって自由を取り戻したことだし、よく知られた彼女の「勇敢さ」は時々癪に障ると小声
で告白すべきだろうか？）そう、彼女はつらかった、他の誰よりもつらかった。今すぐにでも、
すべて大丈夫だよと、彼の方は大丈夫だと彼女に伝える義務がある。彼のためならどんな犠牲
も厭わない彼女にとって、これ以上重要な知らせなんてないだろう——特に最初は。ああかわ
いそうに！　ドランスは彼女のこんな幸せな声を聞くことができるだろう！「本当に——本

当に、そうなの？　二人ともそう言ったのね？　確かなの？　ああ、もちろん私はずっとそうだってわかっていたわ……いつもそう言っていなかったかしら？」おやおや、そうだろう。でも、彼女が考えていることなんて、ずっとわかっていたさ……。彼は机の方を向いて、受話器を取った。

その瞬間、足元の敷物の上に落ちていた一枚の紙が目に留まった。目を凝らしてすぐにわかったのだが、レターヘッドには担当医が今朝連れてきた著名な専門医の名前が書かれていた。おそらく医師たちが置いて行った処方箋の一つだ。ドアか窓を突風が通り抜け、一枚だけ偶然落ちてしまったのだろう。彼は屈んでその紙を拾った――。

そう、それが真実だった。床にあったその紙が彼の運命を握っていた。二人の医師は診断を書き、しまい忘れて出て行ってしまった。その紙には二人のサインと日付が記されていた。間違いない……。ポール・ドランスは目の前の机にその紙を置き、しばらく座ったままだった。組んだ手の上に顎を載せ、目を閉じ、果てしない暗闇の中を手探りしようとした……。

外の眺めとか音どころではない！　もし少しでも動く力が残っていたら、飛び上がってカーテンを閉め、真っ暗闇の中で肘掛け椅子に縮こまっているのに。そうすれば、この新事実――彼にとって今後たった一つの現実となるものを受け入れられるようになるかもしれない。天命が下った、死んでしまうのだ、ということ以外、今の彼には何の意味もない。二人の悪党どもは知っていたのに、嘘をついたというのか？　そのくせ、次の診察があるからと言ってあっさりと行ってしまい、死の宣告を持ち帰らずに目の前に放り投げ、見えるように床の上に置いて行ったというのか？

そうだ、眺めとか音とか、人生の提案だとかを全部遮断して真っ暗な部屋で耐える方がずっと楽だ。起き上がってカーテンを引くなんて面倒だ。こぶしを瞼に押し当てて暗闇を作り出し、そこに座り続ける方がずっと楽だ。「そうだな、お前――墓の中はこんな感じだろうな……」

ああ、でももし墓が一揃い、そこに、自分の目の前にあるとわかっていたら、それがどんなガラクタ――それで何年も無駄に費やしてしまった――より計り知れないくらいの重みがあって、本当にあるのだとわかっていたら。もし誰かが彼に伝えてくれていたなら……彼はもっといろいろなことができただろうし、もっと客観的に状況を捉え、判断し、取捨選択し、慎重に吟味していただろう……。あるいは、だめだ！　だめだと言ったらだめだ！　そんなふうに絶望してしまうのか？　墓が掘られる前に自分から歩いて向かうというのか？　彼が愚かだったのは、充実した人生を送ってこなかったことだ。しょっちゅう物事を分類し、識別し、見通しを定め、選び、吟味しっぱなしだった――ああ！　命の入ったカップをひび割れる前に捕まえて、飲み込める喉があるうちにその命を飲み干せる時間がちょっとでもあったなら！

そうだ――過去を振り返ったって何にもならない。してしまったことはしてしまったことで、しなかったことは永遠にそのままだ。永遠――この言葉は何を意味するのだろう？　残り短い数年を墓に向かってやみくもに進んでいるというのに、そのはかない人間がどうやったらその意味をちょっとでも理解できるというのか？　ああ、まったく哀れなやつだ――実に哀れだ！　そんな感情が頭に浮かんできた。彼のようにやみくもに手探りする何百万もの人、かつて彼がそうであったように生きていると思い込んでいるところに不意打ちで死を突き付けられた無数の人々に哀れみを！　みんな死ぬ運命にある哀れな人たちなんだ、みんな死の種を持つ兄弟なんだ――その人たちのことをどんなに助けたいだろう。これまでたくさん傷つけてしまったと今さら気づいてどんなにたじろぐだろう！　自分が元気なのをいいことに知らず知らずのうちに通り過ぎてしまっていた。短い寿命の間に、彼は他人の命をどれだけ使い果たしてきたのだろうか？　もちろん意識はしていなかった――それが一番いけなかった！　まだ子供だった頃、彼のために身を粉にして尽くしてくれた老乳母がいたのだが、いつの間にかいなくなっていた。何年も後になって見つかった彼女は、貧しく、見捨てられ、もう死にそうな状態だった――まあ、彼女にはやれることはやってあげた。そして彼の事務所にいた、癪に障る咳ばかりしていたあのか細い若者は、もっと早くに暇をやっていたらおそらく助かっていたのではないか？　養わなくてはならない家族がいたから、最後までとどまっていたんだ――そうに決まってる！　それからドランスの父から引き継いだ年老いた帳簿係は、耳が不自由で半盲だったけれど、彼だって帰っていいよと親切に伝えてあげるまで帰らなかったではないか？　この人たちすべては、言うならば、ポール・ドランスが気楽で、裕福で、成功した生活を築き上げる礎になった。いや、違う、ばかな！　彼は間違いに気づいたら、いつだってとても公平だったし、優しかった。その人たちを本当にかわいそうだとは思っていなかっただけだ。寄付のために小切手を書いたり、不治の病人のための療養所〔一八六六年に聖公会のワシントン・ロッドマン牧師によってニューヨーク州ブロンクスに設立され、多くの財界人や政治家が寄付を行った〕に電話をかけたのも、負い目を償えるのではないかと考えてのことだ。だが、今は違う。かわいそうに思っている。――ああ、ちくしょう、ロシア小説のような話をしている！　ばかな……ばかな……みんな自分の番が遅かれ早かれやってくるのに。この世界を変える唯一の方法はこの世から死をなくすことだ。が、死はいつもそこにある、今もある、ドアのところにも、部屋の中にも、肘のところにも……その死は彼の死、彼にとって個人的で特別なすべての終わり。さて、さて！彼は顔から手をさっと離した。その手は涙で濡れていた。

ためらいがちにベルを押す音が鳴り、後ろの方でドアが開いた。召使が「ウェルウッド夫人です」と言うのが聞こえた。彼が立ち上がると、無情にも光と生命が急に戻ってきて、その眩しさに瞬きした。「ウェルウッド夫人」すべてがまた動き出した。前と同じように……まるで彼の運が尽きていないかのように人々はふるまい続けている……ドアが閉まった。

「エレノア！」

彼女はすぐにやってきた。人というのはこんなにも身近に感じられ、生き生きとして、うっとうしく思えるのか！　彼女が彼のフラットに来ることなんてめったになかった——今日に限ってどうしてやってきたのだろうと彼はぼんやり考えた。

彼女は口ごもって言った。「どうしたの？　十時に電話をくれると約束したでしょう。ずっと電話し続けていたのよ。応答がありませんと言われたわ……」

ああ、そうだ。今やっと思い出して、受話器を見た。受話器は机の上に置いたままになっていた。あの紙に目が留まった時、そこに落としてしまったのだ。もう一つの人生で起きたことだ——前の人生で……。おや、ここにエレノアがいる。その顔は青白く、目は腫れあがっていた。それでも丈夫で健康的——明らかに病気ではない。妙だ！　彼女もずっと泣いていたのだ！　彼はとっさに向きを変え、彼女と光の間に立った。

「一体何の騒ぎだい、君？」彼は陽気に言った。

彼女の頬は少し赤らみ、まるで彼が誤って彼女を抱きしめてしまったかのようなためらいを見せた。「だって、もう一時になろうとしているのよ。診察は九時だって言っていたでしょう。約束したはずよ……」

ああ、そうだ、もちろん。彼は約束したのだった……。強い昼の光が青白い顔と薄い唇に当たると、彼女は二十歳老けて見えた。何と比べて老けているって？　結局、彼女は四十を優に超えていて、決して美しいわけではなかった。今まで彼女が美しいなんて思ったことがあったか？　かわいそうなエレノア――ああ、かわいそうなエレノア！

「ああ、そうだった。私が間違ってた」と彼は認めた。「誰かに電話してたんだった」（時間稼ぎの小さな嘘だ）「受話器を置き忘れたんだな。そこに置いてあるってことは、私が悪いんだ！」彼は彼女の両手を摑んだ――どんなにその手が震えていたことか！――それから彼女を引き寄せた。

これがエレノア・ウェルウッドだ、この十五年間、彼の良心にとって何よりも重い負担になっていた。そこに立って彼女の手を摑みながら、彼は出会った頃を思い起こそうとした。確かに虜になっていたが、彼女が独り身になって結婚できたならと願うほどではなかった。彼女の夫は実に愛想のいい男だった。ドランスとウェルウッド夫妻は似た者同士の間柄だったので、現状のままで楽しくやっていけた。ドランスには面倒を見なくてはならない年老いた母と同居しているという口実もあった。家庭に変化が起こってドランス老夫人の日々の生活が乱されるようなことがあってはならない。それが暗黙の了解だった。だからエレノアに対する愛は、彼の方で知らないうちに鎮まり（あるいは熟したと言うべきなのか？）、友情という形に落ち着いた。母が死んで自由になっても、まだホレス・ウェルウッドという都合の良い障害があった。ホレス・ウェルウッドは死ぬことはなかった。しかし、ある日、いわゆる離婚の「許可」を妻に申し出た。それを知ったドランスは数日眠れない夜を過ごすことになった。ウェルウッド夫人は冷え切った関係でも和解した形になるように、慎重に離婚の手続きをした。しかし、実を言うと妻をお払い箱にしたのは夫の方だった。ポール・ドランスとの関係を知ってのことだ。ドランスはこのことを知っていたし、それをウェルウッド夫人が知っていることもわかっていた。しかし、彼は冷静でいたし、彼女も心の内を明かさなかった。彼女が離婚して会いやすくなったことと、好きな時にいつでも電話ができること以外は、今までと同じような生活が続いていた。数ある友達の中でもお互いのことが一番大切だと思っていた。

ドランスは度々心の中で二人の成り行きを思い返していた。思い返せば返すほど、自分の抜け目のなさに満足した。自由を保ちながらも、昔からの恋人の愛情も確保できた――しかも欲しい分だけ――そして扱い方がしっかりわかっていれば、人生はそんなに悪くないものだと証明してみせた。これまではそう考えていた――それなのに、突然二、三時間前に、考えがまったく変わった。抜け目がないと思っていたものが、今となってはただの冷たい利己主義だったとわかった。

彼はウェルウッド夫人の顔を、そこに探すべきものがあるかのようにじっと見つめ続けた。

彼女の唇が震え始めるのがわかった。睫毛はまだ涙で濡れていて、不安と疑いの気持ちをぼんやりと抱えた表情になった。「ああ——彼女は受け止めきれないんだ！　今「気丈」になんてなれやしないんだ」嬉しい気持ちを抑えきれずに彼はそう思った。まさに今、私以外の誰かがこの驚くべき私の運命を、自分が感じているのと同じように感じる必要がある——私と一緒に死ぬ必要があるのだ、せめて心だけでも。だって私は死ぬ運命にあるのだから。不思議な悟りがやってきて——この奇妙な「あの世」に突然気づいて——もう彼はわかってしまった。知り合いのほとんどは、どんなに彼のことを気の毒に思ってくれるとしても、彼が死ぬ運命だということに少しも影響なんて受けないし、心を動かされることはないのだと。だって彼がとても元気だった頃は、彼自身がそうだったのだから。「ああ、かわいそうな誰それ——君は知らなかったの？　彼はもう駄目だと医者は言っているそうだよ」と誰かから聞いても。

でもエレノアは違った。腕の中の彼女は、どんどん青ざめ、力を失っていった。その顔を見ていると、彼自身の苦しみを辿れそうだった。彼女がもし未亡人になったら、こんな姿を見せるのだろう。——未亡人だって！　かわいそうに。彼女がせめて自分の愛と苦しみの気持ちを表に出せたなら、彼の墓の前で人目を憚らず悲しみに身を任せられたなら。おそらくそれがまだ彼が彼女に与えられる……あるいは彼女が彼に与えられる唯一の慰めだった。彼女の温かい涙で濡れたら、墓はそれほど冷たくならずに済むかもしれないから。そう考えると、彼は幸せな気分になり、彼女をぎゅっと抱きしめた。その瞬間、もし彼女が本当に幸せなら、どんな顔を見せるのだろうとどうしても知りたくなった。彼の友——唯一の友！　昔彼女に冷たくしたことをどうやったら償えるのだろうか！

「エレノア——」

「ねえ、私に教えてくれないの？」と彼女は懇願した。

「教えるよ。もちろん。ただし、まず約束してほしいんだ——」

「ええ……」

「私がしてほしいことをしてくれるって——してほしいことは何でもしてくれるって」

ぎゅっと抱きしめていたにもかかわらず、彼女は手の震えを鎮めることができなかった。彼女はかろうじて言葉にすることができた。「そうしてこなかった？　いつだって——」

ゆっくりと彼は求婚の言葉を口にした。「私と結婚してほしいんだ」

彼女の震えはさらに激しくなって、それから治まった。重苦しい不安の影が彼女の顔からすっと消えたようだった。まるで命の影が死んだばかりの人間から消えるように。その顔は若く、透き通って見えた。唇や頬に血が巡ってくるのがわかった。

「ああ、ポール、ポール——では知らせは良いものなのね？」

その鈍感さに彼はちょっとばかり引いてしまった。結局、彼女は生きている（それは彼女の落ち度ではない)、ただ生きている、他のみんなのように……。彼は寛大に答えた。「その知らせについて今は気にしないでくれ」だが、心の中ではこう呟いていた。「神聖なる単純さよ!」彼女は良い知らせだから求婚されたと思っていたのだ!

II

二人はほとんどすぐに結婚した。できるだけ形式ばらずに。ドランスの体調が悪いことは、すでに親しい友人たちには遠回しに伝えられていたので、結婚式は急いで簡単に済ませることができた。次の日にはもう夫婦はフランスへと出航した。

ドランスの悲運を宣告した二人の医師に二度と会うことはなかった。ウェルウッド夫人には診断について話さないようにと命じた、彼にも、他の誰にも。「お願いだから、ことを大げさにするのはよそう」彼女は黙ってこの命令に従った。

彼女が結婚すると約束してくれてすぐに、彼は例の書類を見せた。彼女がそれを読んでいる時、もちろん約束を絶対守らせようというつもりはないのだと急いで告げた。「ただ君が「はい」と言うのを聞きたかっただけなんだ」と説明した。彼の言葉には真摯な感情がこもっていたので、彼女だけでなく彼自身も騙されそうだった。君の好きにしていいよと言ったって、彼女がうんと言わないことはわかりきっていた。そうでないなら、思い切ったりなんてしなかっただろう。彼女とどうしても結婚しなくてはならない。残りの数か月を一人きりで生きるなんてできっこないじゃないか。しばらくの間は、結婚するのは昔の行いを償うためで、取り返しがつかなくなる前に彼女を幸せにするためなのだという感傷的な考えに浸っていた。だが、隠していたはずの恐怖が急に襲ってきて、そんな幻想はすぐになくなった。今までになく我がままになったドランスは、荒っぽく堪え性がなくなり、彼の言葉やしぐさの一つ一つにもその様が見てとれた。――彼だってわかっていた。彼が結婚したのは、ただ単に自分自身と自分のどこかに潜んでいる存在の間に見張りを立てるためだ――それは、昔の人々が持っていた盲目的な自己防衛本能と同じで、惜しみなく命を捧げることで死をてなずけようとしたのだ。彼は自信満々であったが、実際に指輪が彼女の指にはめられるまでは、彼女に見捨てられるのではないかとぼんやりと恐怖を感じていた。だからうっとりとした彼女と腕を組んで通りを歩いていると、彼は安堵と感謝の気持ちで有頂天になった。二人一緒なら最後は死の裏をかくなんてこともあるかもしれない。

二人はジェノヴァに上陸し、オーストリアのアルプス山脈に向かってゆっくりと旅した。旅行はドランスに良い影響を及ぼしたようだ。予想していたよりも疲れに耐えられた。慎重な連れはそんなことをわざわざ指摘しないようにしていたが、ちゃんと気づいているということも彼はわかっていた。彼が悲運を告白した日に、「あんまり明るく振る舞うのはよそう」と、ちょっと微笑んで彼女に警告していたからだ。「こんな状況でも君が耐えられるなら結婚してくれ、でも病気が治るだなんて私に思わせないようにしておくれ」

　彼女はその言葉に従い、表面では明るくしつつも注意しながら、彼の安らぎを見守り、いらぬ疲れや動揺を与えないように気遣い、慎重に彼に尽くした。華やかな旅行が二人の悩みを吹き飛ばした。彼女を完璧な女主人たらしめている素質――控え目で、時宜をわきまえ、必要とされた時だけ現れ、気づかれるようにする術――を持つ彼女は（彼は認めなければならない）、自分の終わりを黙って考えることしかできない男にとって完璧な妻だった。

　二人はウィーンを目指していた。というのも、新しい治療法を発見した高名な専門医がドランスのような病気の痛みを緩和できると聞いたからだ――その医師の治療によって、時には（ドランスと妻はお互いこのことを話に出さないよう気をつけていたが）病気の進行を食い止め、何年もの間小康状態を保つことさえできるという話だった。「この子がかわいそうで、まあ試してみようという気になったんだ」病人は、その偉大な男に治療してもらいたくてたまらない気持ちを隠して、もっともらしく言った。「死んだような男とだらだらと人生を共にしたいと彼女が望んでいるなら、どうして邪魔ができようか？」と彼は思いながら、新しい専門医が回復の見込みがあると判断しそうな自分の健康状態をひとつひとつ数え上げていた……。

「確かに」ドランスは思った。「最近はあまり痛みがないな……」

専門医の元へは一人で行くということで一致し、妻はホテルで待つことになった。「終わったらそのまま帰ってくるのよね？　タクシーに乗ったらいいわ——まさか歩かないでしょう？」彼女はそう嘆願した。こんな落ち着きのなさを彼女が見せたのは初めてだ。「余命いくばくもないことを知っているから、一時間も失いたくないんだ」と彼は思いつつも、息苦しさを感じた。彼女にキスをしようと屈むと、これから目にするであろう光景が目に浮かんだ。診察の後、わかりきった診断をもらい、誰も待っていないホテルに歩いて戻って、誰もいない部屋に上がり、自分一人で悲運に打ちひしがれて座る光景だ。「やれやれ、もちろんタクシーに乗るさ……」

たった今診察が終わった。彼は専門医の部屋から出て、通りに灯ったランプの向こうにある暗い木々を眺めながら、夏のたそがれの中を一人立っていた。夏の夕暮れはなんて神々しいのだろう、人の多い街の通りですらそう感じる！　これまでその独特の美しさを感じることなんてなかった。星が出てくるにつれ、木々の隙間から見える空はパールグレーから青へと深まっていった。彼は時を忘れて立ち尽くし、舗道の上をあちこち急ぐ人や、絶え間なく進む車の往来、街の生活のとめどない満ち引きをじっくり眺めていた。三十分前は永遠に停止しているように見えたのに……。

「ああ、美し過ぎる。歩いて行こう」彼はそう言って気持ちを奮い立たせ、ホテルとは逆の方へと向かった。「結局、急ぐ必要なんてない……。ウィーンはなんて魅力的な街なんだ――ここに住むのも良さそうだ」木々の下をぶらつきながら彼は思いにふけった。

やっとホテルに到着すると、入り口で急に立ち止まり自問した。「どうやって彼女に伝えよう？」医師のところを出発してから二時間も歩き回っていたというのに、何も考えず、何も計画せず、未来について想像することすらしなかった。旅の終わりに温かい湯舟に浸かって旅の疲れを取る旅人のように、やさしく鼓動する自分の生命にただただうっとりしていた。今やっと、階段の下で、目の前にある未来が見えた。戻ってきた生命を前にどうしたら良いのかわからない気持ちは、以前消え行く生命を前にどうしたら良いのかわからなかった感覚と同じだ……。「せめて彼女が静かに受け止めてくれたら良いのだが――あまり騒ぎ過ぎずに」と彼は思った。動かない静かな水に身を沈めるのがあまりに幸せなのに、その静けさをかき乱すのが嫌だった。

「あのニューヨークの診断は間違いだった――まったくの間違いだった」ドランスは一気に

語り始めたと思ったら、考え直し、気持ちを抑え、口をつぐんだ。彼の激しい口調に、妻の顔は目に見えない抵抗を示しているように思えたからだ。彼女が感情的になり過ぎないといいなとは願っていた――でも、今のは何なんだ？　長時間待っている間、彼女が表面の冷静さを保とうともがいていたのは確かだ。なのに、彼はそれを面白くないと思っている。彼は立ったまま彼女を見つめた。「信じてないだろ？」いらいらしながらうすら寒い笑いを見せ、彼は急に話を止めた。

　彼女は彼の元へやってきて熱心にこう言った。「もちろん信じるわ、もちろん！」彼女はちょっとためらっているようだったが、「私が信じられなかったのは」と間髪を容れず続けた。「もう一つの方だわ――ニューヨークの診断の方」

　彼はまじまじと妻を見つめた。彼女の新たな態度は彼をどこか批判している気がして少しムッとした。彼女の瞳の中に映る自分が急に小さくなったように感じた。まるで過去に遡って彼の特権が彼女に剝ぎ取られたかのようだ。彼女がニューヨークの診断を信じていなかったのなら、陰で彼のことをどんな風に考えていたというのだろう？「ああ、君は信じていなかったんだね？　その理由を聞いても良いかな？」自分の声が嫌味ったらしく聞こえた。

　彼女は少しだけ笑った。その笑い声は彼の笑い声と同じくらいうすら寒く聞こえた。「私――わからないわ。耐えられなかっただけなの。ただ単に。そんな残酷な運命、信じられなかったの」

またしても嫌味っぽく彼は言い返した。「君自身のために信じていなかったなんて嬉しいよ」でも心の中ではこう言っていた。「涙も見せず……感情の爆発もない……」彼の心臓は蘇った命がどっと押し寄せるように膨張し、まるで見えない栓を外したかのように収縮すると、ゆっくりと元に戻った。「とにかく奇妙な出来事だな」と彼は呟いた。

「何が？　あなた」

「こうして生き返ったことだよ。まだどういうことか自分でもわかっているとは思えないよ」

彼女は近寄ると、恥ずかしがりながら彼に腕を回した。「答えを探してみましょうよ、あなた――一緒に」

Ⅲ

命というこの素晴らしい贈り物をウィーンの医師が与えてくれた。ニューヨークの医師が奪い取ったのと同じくらいあっさりと。その命はまるで自分のものではないみたいにポール・ドランスの前に置かれていた。名誉や社会的地位が頼みもしないのに彼に押し付けられたみたいだった。ここにきて、生きることとすべてからすっかり切り離されていたことにやっと気づいた。命はまるで外科医のメスが摘出した腫瘍みたいだった。肉体がないまま生きているかどうかわからないすれすれのところに取り残されているみたいだった。それまでずっと彼は独り言を言い続けていた。「あと数週間したら、私は死ぬ」もうすでに死んでいるということを本当はわかっていなかったのだ。

「でも、それならこれからどうしましょう？　あなた」妻がそう尋ねるのが聞こえた。「あなたはどうしたいの？　すぐに家に帰りたい？　フラットをすぐ使えるように電報で伝えましょうか？」

彼はびっくりして彼女を見た。そんなことを言う妻の勘の悪さに気分を害した。家に帰る——ニューヨークに？　そこでの古い生活に？　それが可能だと、簡単で自然なことだと、本当に彼女は思っているのだろうか？　それはできない。彼が所有するあの小さな部屋はもう閉じてしまっていた。あの暮らしとは完全に手を切り、そこからいなくなって何年も経ってしまったかのように感じている。なのにどうして「家に帰る」なんて言ってるんだ？　遺言書を作成し、仕事をたたみ、クラブや役職を辞め、昔からの召使たちに暇を出し、古くからの恋人と結婚した昔のポール・ドランス——あのドランスは最後の一歩を踏み出して死んだんだ。他のすべてのことは、その一歩のための急場しのぎの準備に過ぎなかったのかもしれない。彼は確かに死んでいた。そしてこの新しい男に医師はこう言った。「癌？　そうじゃない——影も形もない。家に帰って奥さんに伝えなさい。数か月もしたら、普通の五十歳くらい元気になれるって――」新たな健康、新たな余暇、新たな妻を手に入れた新しいドランスが彼の人生にひょっこり入り込んできた。新たな自分のために、人生設計を練り直さなくてはなるまい。新しいポール・ドランスがどんなものかもっとわかるまで、何にせよ決められやしない。

妻が答えを待っているのに気づいて、彼は言った。「ああ、この先生だって間違えているかもしれないよ。とにかく、まずどこかで再検査を受けろとさ――住所はそこにある。その後は、そうだなあ……。君は一年かそこら旅行したいって言ってなかった？　今年の冬に南アフリカとかインドはどうだい？」彼はでまかせに言ってみた。ニューヨークからずっと離れた場所を思い出そうとしながら。

Ⅳ

検査はうまくいき、ウィーンの専門医の診断が正しかったと証明された。ポール・ドランス夫妻は二年海外を旅行してその結果を祝った。しかし、診察室を後にし、ランプが灯った夏の通りを歩いた時感じた、圧倒するような高揚感を二度と味わうことはなかった。ホテルに戻るまさにその瞬間、新たな生活への順応が再び始まった。以来ずっとこの生活が続いている。

各地を転々として倦み疲れた夫婦は、数か月間フィレンツェに落ち着くことにした。イトスギに囲まれた丘の上にあるアーケード付きの屋敷はとても魅惑的だった。新しいポール・ドランスは、中年になったら優雅に自由な時間を過ごそうかなと考えていた。もっとも、妻の方は絶え間なく彼の様子を見たりなだめたりしなくてはならなかったが。ところが、ドランスは程なくこの暮らしに飽きてきた。精力的に旅行していて気づいたのだが、一か所に立ち止まることはできないし、忘れてならないのは、その地に順応できもしなければ、何の感慨も持てないということだ。そして二年もしないうちに、古いポール・ドランスが新しいポール・ドランスを凌駕し、二つの自分は結局一つなのだと気がついた。元々のポール・ドランスはそこにいる。変わらず、変わることができずに。そして古くからの自分の場所に帰りたくてうずうずしている。他のどの場所にも順応するには遅過ぎたのだ。それでまたフラットを使えるようにし、ドランス夫妻はニューヨークに戻った。

家に帰った最初の晩、古いポール・ドランスと新しいポール・ドランスは完全に一致するのだとはっきりわかった。そこに彼はいた、同じ状況だ。二年前、同じ肘掛け椅子に座って、顧問医の診断を足元に見つけた時と同じだった。もう遅い時間で、部屋は静まり返っていた。彼はあの幻覚のような光景を思い出していたので、外の現実が介入する余地などなかった。彼は床の上に紙が見えた気がした。前と同じしぐさで目を覆い、見ないようにした。二年間――こんなにも多くの変化があったのに、あの時と何も変わっていない。ただ、ためらいがちにドアのベルが鳴ることはなかったし、入り口のところに青白く、何か聞きたそうなエレノア・ウェルウッドが立っていることもなかった。エレノア・ウェルウッドはもうドアのベルを鳴らさない。ドアの鍵を持っているから。今ではエレノア・ウェルウッドではなく、エレノア・ドランスだ。かつてドランスのベッドルームだった部屋で今は眠っている。部屋は女性の物であふれていて、彼の私物はフラットの狭苦しいゲストルームにごちゃごちゃになって詰め込まれていた。

そうだ――それが彼の生活のなかで唯一変わったことだ。部屋の変化はどんなにわかりやすいのだろう！　旅行中、ドランスが健康だとわかった後だって、妻は柔らかな音楽の伴奏のように彼の心を楽しませ、美しい絵画のように回復期の暇な時間を彩ってくれた。今彼は前々からよく知る昔の慣習や人間関係に適応しようとしている最中だったので、彼女が早くも自分の陣地を広げて、彼を端に追いやろうとしているように感じた。部屋のことを気にしているのではない――絶対にそんなことはない。冬はゲストルームに太陽の光が入ってこなくて残念で苦痛ではあったが。彼が気にしていたのは、運命がとんでもない悪ふざけを彼に仕掛けたことだった。健康で精力的な中年の男ポール・ドランスは誓って、友情としての優しさ以外は何も感じなくなって久しいこのしおれた女性と結婚するつもりなんてなかった。彼をだまして結婚させ、過去の愚行を償わせたのは、ぎっしりと幕で覆い隠された生活の暖かい襞の部分から飛び出してきた死という悪鬼なのだ。

かわいそうなエレノア！　彼が陰気な気持ちで過去を振り返っていると、今や幸せになった彼女の心に変化が生じ、鷹揚になったのではと思ってしまう。が、それは彼女のせいではない。変化は表面だけであって、素は同じままだ。彼が病気で孤独だった時は文句なしの連れあいだった。結婚する前は自己防衛の本能で長いこと彼女との距離を保っていたけれど、（これも変わらないが）その生活に戻った今となっては、知らず知らずのうちにまた彼女が邪魔になっていた。どうして本能を信用しなかったのだろう？　彼女は感傷に溺れることができる、かりそめの女であって、つらい結婚を続けられるような相手ではないのだと警告してくれていたのに。まったく、彼女の顔を見れば明らかなのに。そう、確かに横顔は美しい。でもどうも正面の顔はいただけない……。

ドランスは突然別な顔を思い出した。去年の冬にカイロで会った娘の顔だ。若々しい美しさに心を鷲摑みにされた。頬に香《かぐわ》しい色つやが見え、どの動きにも動物のような軽やかな力があふれていた。誘うような華やかな笑い声が聞こえたと思ったら、何か聞きたそうに、ちらりと覗いてくる奇妙な瞳と目が合った。誰かがこう言っていた。「女が欲しいと思うものを何でもあげると言われて結婚を申し込まれたのに、あの子は断ってしまった。理由は誰にもわからない……」ドランスにはわかっていた……。その娘は彼に手紙を書いてきたが、彼はどれにも返事をしなかったのだ。今や彼は、古くからの決まりきった、どうしても必要な生活にもう一度腰を落ち着けた。だが、今の生活からは昔のような味わいは消えてしまっていた。「どうしてあんなに死ぬことが怖かったのだろう」と彼は考えていると、突然、本当のことがわかった気がした。「やれやれ、ばかだな、お前はもうずっと死んでたんだ。あの最初の診断が本当だったんだ。あいつらは肉体的な病と間違えたんだということ。精神的なものなのに……」次の日、彼はうんざりしながらもこれまでの生活に適応し始めた。

V

二年ほど経ったある晩、鍵をドアに差し込みながらポール・ドランスは気がすすまなそうに独りごちた。「気分転換に、彼女をどこかに連れて行った方が良さそうだ」

近頃は、変化ほど彼が恐れているものはなかった。予期しない出来事はもうたくさんだったし、変化は彼の性に合っていなかった。昔の生活にまた順応してしまった今となっては、ただそこに留まっていたかった。夏が来ると、ニューヨークの生活から離れて、妻とともに国内のちょっとした場所に行くのでさえやっかいだった。二月の半ばに妻と出かけるかもしれないと考えただけで、もう心がかき乱された。

この十日間、彼女はインフルエンザのせいでひどい気管支炎と戦っている。でも「戦っている」というのは実際には正しい言葉ではない。普段の彼女は屈託がなく、何にも負けない気構えでいるのに、いつものような元気を見せなかったのだ。健康を回復したドランスからすれば、彼女に元気がないのは少し不思議な気がした。気をしっかり持つんだ、と彼は優しく忠告した。「そんなに前の話じゃないが、私の方がうんときつかったんだ――ほら、私を見てごらん。医者の言うことなんか怖がっちゃいけないよ」その日の朝、絶対に怖がらないと彼女が約束したので、彼は医者の訪問を待たずに出かけた。しかし、日中になって、妙に妻のことが気になり始めた。彼女が彼を必要としていて、何か言いたいことがあるのかもしれない。たぶん彼女は南の土地に行った方がいいと思っているのに、伝えることができなかったのだろう、と彼は結論づけた。「かわいそうに――もちろん医者が本当に必要だと言うなら連れていくさ」彼女にしてやれることをあまりできていなかったのだろうか？　彼女とはもう何十年も結婚しているように感じた。その間、夫として申し分ない役目を果たしてきたように彼には思えた。それなのになぜ。あの娘の手紙に返事を出すことすらしなかったのに……。

フラットのドアを開けると、看護婦姿の見慣れない女性が広間を横切った。すぐにドランスは、部屋が異様な雰囲気に包まれていることに気づいた。一つのことに没入し他を寄せ付けない感覚、日常のことから切り離された感覚だ。彼は癌の診断書を床から拾い上げた時、同じ感覚を味わったことがある。不吉なこととしか感じ取れなかった。

看護婦は立ち止まって「肺炎です」と言い、妻の部屋へと廊下を急いだ。医師は九時に戻ってくることになっている。書斎にメモを残していますと執事が言う。ドランスはメモを開く前から何が書かれているのかわかっていた。猛禽が獲物を狙ってまっしぐらに下りてくるように、死がこの家にまた下りてきつつあるのだ。今回は診断に間違いなかった。

医師はすぐにやってきますと看護婦は言った。でもそんなに長くはいられないだろう。彼女は部屋の温度が上がるのを嫌がるから……白い枕の間に、緑色の笠が付いた灯りに照らされる妻の顔が見えた。最初に驚いたのは、数時間、熱にうかされて顔がやせ細ったことだ。彼女はどうにかわかるくらいの笑みを浮かべて彼を迎えた。喜びに震えて明るく彼を迎えるいつもの様子はなかった。その明るさに出くわすと、「レッドカーペットを広げるような盛大な出迎えは勘弁――」と心の中で不平を言っていたものだ。そう思っていたなんて恥ずかしい。彼女が人前で感情的になって彼を困らせたりすることなど決してなかった。彼女のわずかに光る明るさは他の人にはわかるまい。人前にその明るさがあるとわかるだけで彼はやきもきした。「私は誰かの太陽にも月にもなりたくないんだ」というのがドランスの考えだった。でも今や彼女は見たことのない表情、ほとんど危篤の表情で彼を見つめている。彼は最初こう思った。「彼女が私のことをわからないなんてあるだろうか？」しかし、彼女の目は気づいていると言わんばかりにちらりと彼の目を見た。変化したのは単に、彼女が彼からは独立した完全なる自分の世界に閉じ込められているせいだとわかった。

「お願いです、今は――」と看護婦が釘を刺した。彼は素直に従い、部屋からそっと出ていった。

次の日、状況は少し良くなり、医師たちは勢いづいた。その日の看護婦はこう言った。「今の状態が続けばいいのですが――」ドランスは妻の部屋のドアを開けながらこう思った。「彼女がいつもの彼女のようでありさえすれば――!」

だが、そうはいかなかった。彼女はまだ新しい世界に、自分の殻に閉じこもったままだった。彼はすぐにわかった。死ぬ運命にあると思っていた数か月間、自分が閉じこもっていた世界とまったく一緒だと。「結局、私は死ななかった」と彼は思った。しかし、それを思い出したところで何の慰めにもならなかった。彼は妻が今どう感じているのか、手に取るようにわかっていたからだ。彼女を生きることから隔離する壁、破ることのできないその壁の厚さは自分が身をもって証明している。「真実はというと、人は一度死ぬだけじゃない」自分はもう死んだことがあるのだと、彼は物思いにふけっていた。今目の前で再現されている、あの死に至る過程を思い出し、彼の心には悪寒が走った。彼女を助けられたなら、彼女に気づかせることができたなら! でも壁がある。こちら側が全然違う世界に見える透明な壁が。今回こちら側にいるのは彼の方だった。

　すると彼は思い出していた。孤独の中、手に届かないところにいる人たち、生きている側の人たちにどんなに憧れていたかを。そうして妻に哀れみを感じた。自分は死にゆく運命にある、自分が死んだら彼女はどれだけ苦しむか、そう思った時と同じ哀れみを。

　その日は部屋に五分いることが許された。次の日は十分。彼女は回復し続けたものの、心臓が少し悪い兆候を見せていたので、医師たちはまだ満足していなかった。しかし、医療的観点からすれば、心臓は比較的治療しやすいものとされる。おかげで彼女はずいぶん健康になってきたように見えた。

　そのうち、はっきりと回復が見られるようになったので、一、二時間であれば彼女のそばに座っていることに医師は反対しなかった。散歩に連れ出そうと看護婦がやってきたが、ドランスは許可を得て、病人に朝刊を読んであげることにした。しかし、彼が読み始めようとすると、妻は手を伸ばし「やめて――あなたと話したいの」と言った。

　彼が微笑むと、彼女も微笑んだ。まるで壁に裂け目を見つけて、そこから彼に手を伸ばしているかのようだった。「ねえ――でも話したら疲れるんじゃないかな?」

「わからないわ。そうかもね」彼女は様子を窺い、「わかるでしょう、私はずっとあなたに話しかけているわ、ここに横になっている間はずっと……」と言った。

彼はわかっていた――彼はわかっていたのだ！　彼女の苦しみが彼の中を通り抜けた！「でもわかるだろう、声を出したら……」

彼女は訝《いぶか》しげに微笑んだ。壁の向こうで彼女が見せたよそよそしい微笑みは、かつて彼が自分の唇に何度も浮かべたことがある微笑みだ。彼女は彼に手を伸ばすことができたが、境界線はまだそこにあった。彼女はすべてを悟り、疲れきった目つきで彼を見た。

「でも急がなくていいんだよ」と彼は説得した。「一日か二日待ってみないか？　横になって、何も考えない方がいい」

「考えないですって！」彼女は弱った肘をついて身を起こした。「一分でも考えていたいの――一秒だって。今までのことをすべて思い出したいの。一日一日、最後のわずかな時間まで！」

「時間だって？　時間なんて、これからたくさんあるじゃないか！」

彼女は肘に寄りかかったまま、煌《きら》めく目を彼に向けた。どうやら彼の言ったことは聞こえていないようだ。彼女は誰にもわからない幻影を見ることに集中し、目の前にいる彼は単なる透明な仮面に過ぎないようだった。

彼女は急に情熱的になったかと思うと「なるほど、その価値はあったのね！　私はいつもわかっていたわ――」と叫んだ。

　ドランスは彼女の方に屈んで訊いた。「何の価値があったって——？」だが、彼女は目を閉じて後ろに倒れ、枕の間に再び沈み込み、生命のないものに溶け込むと、病人の部屋にあるただの家具の一部と化した。ドランスはしばらくの間待った。彼女の変化にほとんど気づかずに。それから彼は立ち上がり、ベルを鳴らし、大声で人を呼び、すぐに専門医たちがやってきた。部屋の空気はエーテルとカンフルの匂い、電話の呼び鈴、死の混乱でいっぱいになった。彼女が何に価値を見出したのか、ドランスはもう二度と知ることはできなかった。

Ⅵ

　ドランスは書斎で座って待っていた。何を待っていたというのか？　今や彼女が死んでしまって、彼の人生も終わってしまったというのに。葬儀の後までは、見せかけの興奮のようなものがあったので、何とか倒れないでいられた。今は、最後の日々を何度も何度も思い返す以外何もできなかった。生々しい記憶がすっと頭をもたげてくると、耐えられないながらも、いくらか慰めになった。特に記憶に残っていたのは、ドランスのかつての担当医が不意にやってきたことだ——癌の専門医とともにドランスの診断書にサインをした医者、まさにその人だった。ドランスはその日以来、彼に診てもらうことは自然となくなっていたから、彼とはたまたま会うということもなかった。だが、エレノアが最後に心臓発作を起こした時に呼び出された医師が、ドランスの許しをえることもせずに、仲間であるその医師を呼んだのだった。その医師は顧問医として非常に評判が高かった（ドランスはニヤッとせざるをえないが）。まあ、そんなことはどうでも良かった。その時にはみんな――看護婦、医師、そして何よりもドランス自身が――エレノアの最後の痛みを和らげること以外何もできないとわかっていた。昔の医師に会っても、ドランスは憤りを感じなかったし、驚きすら感じなかった。

だが、医師の方はドランスが彼の元患者で古くからの友人なのだということをしっかり覚えていた。葬儀が終わってしばらくたったある日、夕方の遅い時間に、医師は男やもめの家のドアベルを鳴らした。哀悼の意を伝えねばと思ったのだ。ドランスは医師の訪問に驚き、彼の顔を見上げた。最初は彼の来訪に憤りを感じたが、何度も何度も同じことばかり考えてしまう状態から一時解放された気がして内心ほっとした。「この男はばかだ――でもひょっとしたら」ドランスは考えた。「睡眠薬でももらえるかもしれない……」

二人の男が座ると、医師はエレノアについて穏やかに話し始めた。彼は彼女のことを仕事とは関係ないところで何年も前から知っていた。医師は彼女の優しさ、思いやり、かわいそうな患者たちへ施した彼女の慎み深く疲れを知らぬ奉仕の数々について話した。ドランスは誰かが彼女について話すのをひどく嫌っていた。誰よりもこの男に語られるのは嫌でしょうがなかった。それなのに気がつくとこの男の回想をひどく熱心に聞いていた。エレノアの優しさや献身ぶりはわかっているから他人の話など聞く必要もなかった――でも、この時ばかりは、医師が彼女を誉めそやすのを聞いて心地良かった。それからドランスはあの問題について話し始めた。復讐したいと内心思わなくもなかったし、昔お前がやらかした大失敗でひどい目にあわされたんだと言ってやりたい気もしないわけではなかった。「彼女はいつも献身的過ぎたんです――それが問題だったんです。そのことは私が一番よくわかってます。数か月もの間私のことをずっと心配してくれてたんです。それが過ぎると彼女はもう以前の彼女ではなくなりました。医者のせいでそうなったんです」彼はそんなことを言うつもりなんてまったくなかった。でも話しながら、消えていたと思っていた怒りが自分の言葉によって炎のように煽り立てられた。彼はすでに二人の医師を許していたが、それは自分にとってだけであってエレノアのためではないのだと急に気づいて、やつらに思い知らせなければならないと怒りが込み上げた。「あなた方が書いたあの診断が彼女を殺したと言っても良い。私のことは殺さなかったけれど」せせら笑いながら彼は締めくくった。

医師は明らかに困惑した様子でドランスの怒りを目で追っていた。息つく暇もない引っ張りだこの医師が己の誤診をいちいち覚えているものか。医師が忘れている様子を見て、ドランスはさらに苛立ちながら続けた。「あの診断こそが彼女を殺したんだ――今となってわかる」

「診断――どの診断のことかな？」医師はよくわかっていない様子で繰り返した。

「あなたは覚えていないようだ」ドランスは言った。

「ええ、覚えはないなあ。今は思い出せない」

「それでは思い出させてあげましょう。あなたがあの癌の専門医と四、五年前に診察に来た時、あなた方のどちらかが誤って診断書を落として帰ったのです……」

「ああ、あれだね？」突然思い出して医師の顔はぱっと明るくなった。「もちろん！　君のところに行く前に診察したあの哀れな男の診断書だ。すべて思い出したよ。君の奥さん――その時はウェルウッド夫人だったかな？――が数時間後にその診断書を持ってきてくれたんだ――それでうっかり失くしてしまっていたことに気づいたんだ。私たちが帰った後に君がそれを拾って、君はそれを自分の診断書だとてっきり思い込んでしまったんだと彼女は言っていたな」

医師は過去を思い出してくすりと笑った。「幸い彼女をすぐに安心させることができたがね」

彼は心地良さそうに肘掛け椅子に寄りかかり、声を哀悼の調子に転じた。「美しい人生だった、君の奥さんの人生は。その人生を延ばしてやれる力が私たちにあれば良かったんだが。この手の心不全にかかっちゃ……少なくとも幸せな数年間を過ごせたんだと君は自分に言い聞かせなければいけないな。それすら経験することがない人の方が多いのだから」医師は立ち上がり、手を差し出した。

「ちょっと待ってください」ドランスは慌てて言った。「お尋ねしたいことがあります」彼の頭はぐるぐると回っていたので、自分が何を言い出したのか覚えていなかった。「眠れないんです……」

「そうなのかい？」と医師は言った。彼は医者の目つきになったが、ちらりと腕時計を盗み見ていた。

ドランスの喉は渇き、頭は空っぽになった。自分の考えをうまいこと並び替え、理にかなった言葉をそれに当てはめようともがいていた。

「そうなんです――でも私の眠りのことはどうでもいい。私が言いたかったのはこういうことです。あなたが落としていった診断書は、私に宛てられたものではないということなんですね？」

医師は目を丸くした。「ああ、そうさ――もちろん君宛てではないよ。だって君はそんな症状すらなかったじゃないか。あの時、癌じゃないって言ったはずだが」

「ええ、もちろん」ドランスはゆっくりと同意した。

「じゃあ、もし君が私たちの言うことを信じていなかったとしても、君の恐怖はどのみち長くは続かなかったんだろう？」医師は軽くおどけたように続けて、また手を差し出した。

「ああ、待ってください」ドランスは繰り返した。「私が本当に聞きたかったのは、妻があなたに診断書を返しに行ったのはどの日だったかということです。覚えてないかもしれないけど」

医師はよく考えてこう答えた。「ああ、覚えているとも。今すべて思い出した。診察があった日とまさに同じ日だよ。午前に君を訪ねたのではなかったかい?」

「そうです、九時でした」ドランスは言った。喉の渇きが戻ってきた。

「ええと、ウェルウッド夫人はその後、診断書を返しに来たよ」

「本当に同じ日なんですね?」(自分はどうしてこの点をしつこく訊いてるんだろう)

医師はもう一度時計を盗み見た。「確かにその日だった。覚えている。その日は診察日で、最初の午後の患者を診る前、二時に彼女はやってきた。君が大騒ぎしたことを大笑いしたよ」

「なるほど」ドランスは言った。

「君の奥さんは今まで聞いたこともないくらい愉快な笑い声をしていたな」と医師は言うと、故人を偲んで表情を曇らせた。

二人の間に沈黙があった。ドランスは彼の訪問者がこちらをじっと見つめながらますます当惑しているのがわかった。彼も微かに笑った。「もしかしたら、その次の日ではないかと思っていました」と聞き取れないような声で呟いた。「いずれにせよ、ずいぶん怖がらせてくれましたね」

「ああ、すまない」と医師は言った。「でも長くは続かなかっただろう？　君と折り合いをつけておいてくれと君の奥さんに頼んでおいたんだ。わかってると思うが、そういうことは忙しい医者にはよく起きるものなんだ。奥さんの顔を立てて私を許してくれてたらいいんだが」

「ええ許しましたとも」ドランスはそう言って、医師を送り出そうとドアまで付き添った。

「それで、今度はその不眠についての話だが――」医師は玄関のところで立ち止まって尋ねた。

「不眠？」ドランスは目を大きく見開いた。「ああ、今夜はぐっすりと眠れそうです」突然決めたようにそう言って、訪問者が去っていくドアを閉めた。

端から二番目の樹

E・B・ホワイト／上田麻由子

「異様な思いにとらわれたことはありますか?」と医者が尋ねた。

トレクスラーはその言葉を聞き逃して「どのような?」と尋ね返した。

「異様な、ですよ」と、医者は落ち着いた声でくり返し、患者のわずかな表情の変化もたじろぎも見逃すまいとしていた。トレクスラーには、医者が自分をじっと観察しているだけでなく、まるで虫に忍び寄るトカゲのように、じわじわとこちらに這い寄ってくるように思えた。椅子を数センチ後ろにずらし、どう返したものかと頭をひねった。「あります」という言葉が喉まで出かかったものの、もしあると言ってしまったら、次の質問には答えられなくなりそうだった。異様な思い、異様な思いとは? 異様な思いにとらわれたことはあったか? 二歳からこのかた、異様でない思いなんて抱いたことがあっただろうか?

時間はどんどん過ぎていく。とにかく何か答えないと。精神科医というのは仕事に追われていて忙しいのだから、あまり待たせるわけにはいかない。次の患者がもう待合室に来ていて、孤独と不安を抱えながらソファのうえでもぞもぞしていることだろう。頭のなかを、異様な思いや漠然とした恐怖でいっぱいにしながら。哀れなやつ、とトレクスラーは思った。あの不恰好な控え室でたったひとり、書類棚をじっと見つめながら、その日マディソン・アヴェニューを走るバスのなかで起きたことを医者に話したものかと迷っている。

そうそう、異様な思いのことだった。何か見つかるだろうかと、トレクスラーは年月という恐ろしい廊下にひらりと舞い戻ってみた。医者の目が自分のうえに注がれているのを感じ、時間がもうあまり残っていないのがわかった。そんなに生真面目に考えなくていいんだぞ、と彼は自分に言い聞かせた。異様な思いの具体例を示せというのだから、とにかく袋に手を突っ込んで何でもいいからひとつ取り出せばいい。僕みたいに異様な思いをたっぷり抱えているやつにとって、カルテに残すための実例をひとつ挙げるくらい造作もないことだ。トレクスラーは袋に首を突っ込んで、そうした思いのひとつを前にしばらく逡巡した。ハチドリがデルフィニウムの花にくちばしを差し入れて、少しのあいだ宙に浮かんでいるときのように。いや、これじゃない。彼はまた別の思い（アカゲザルについてのやつだ）に首を突っ込み、しばらく手を止めて考えを巡らせた。いや、これでもない。

ぐずぐずしていられないのはわかっていた。質問されてから、すでに四秒ちかく使ってしまっていた。でも、どうしようもない状況だった——彼がいつもはまり込んでしまう、あの惨めでどうしようもない状況にまた陥ったというわけだ。お前はいつになったら、自分を袋小路に追い詰めるような真似をやめるんだ、と彼は自問した。それから、もうひとがんばりしてみた。今度は精神病院の前で足を止めた。窓格子だけが透明なアクリルでできている。縦溝彫りの模様があって、格納式になっているものだ。ここじゃない、と彼は思った。これでもない。

彼は医者をまっすぐ見つめ、「いいえ」と落ち着いた声で言った。「異様な思いにとらわれたことなんて一度もありません」

医者はパイプを吸い込むと、医学書がずらりと並んでいるほうへ煙をふーっと吐き出した。煙が流れていくのをトレクスラーは目で追った。『泌尿生殖器体系』というタイトルがひとつ、どうにか読み取れた。なまなましい恐怖にすっかり呑まれ、腎臓結石のチクチクとした痛みを感じてたじろいだ。子どものころ初めて診察室に入って、そこに置かれた本のタイトルをこっそり盗み見たことを思い出した——あのときも、急に怖くなってシャツの脇の下が汗でじっとり湿った。それは肺結核の本で、自分は肺結核にかかっていて症状がかなり進んでいるんだとはっとひらめいて、たちまち喀血するところが目に浮かんだ。トレクスラーはうんざりしてため息をついた。あれから四十年、いまだに医学書のタイトルを見て振り回されている。四十年経っても、まだ人生というおもちゃの馬さえまともに乗りこなせないのだ。憂いに満ちた午後遅く、このわびしい部屋に腰かけて、異様な思いなんて抱いたことありませんと医者に嘘をついているのも無理はない。そういえば、医者のほうもちょっとうんざりしている様子じゃないか。

診察はだらだらと続いた。二十分ほどして医者は立ち上がると、パイプをとんとんと叩いて灰を落とした。トレクスラーも立ち上がって、頭のなかから灰を叩いて落とし、そのまま待っていた。医者は優しく微笑んで、片手を差し出した。「何も心配いりませんよ。あなたは怯えているだけです。どうして怯えているのがわかったか、お知りになりたいですか？」

「どうしてわかったんですか？」とトレクスラーは尋ねた。

「あなたの座っていた椅子をごらんなさい！　最初とくらべて私の机から離れているでしょう？　こちらが質問しているあいだじゅう、あなたはじりじり後ろに下がっていたんですよ。怯えていた証拠です」

「そうなんですか？」とトレクスラーは作り笑いをしながら言った。「ええ、そうだと思いますよ」

二人は握手をすませた。トレクスラーは医者に背を向け部屋を後にすると、おぼつかない足取りで廊下を進み、待合室にいる次の患者の横を通り過ぎた。ピンストライプの服を着た血色の良い男で、落ち着かない様子で帽子をくるくる回しながら、棚に並んだ書類をまっすぐ見つめている。かわいそうに、怯えているじゃないか、とトレクスラーは思った。きっと『タイムズ』紙で、アメリカ人男性のふたりにひとりが次の木曜の十二時までに心臓病で死ぬだろうという記事を読んだにちがいない。新聞にはほとんど毎朝のようにその手の記事が載っている。それからまた、その日マディソン・アヴェニューでバスに乗っていたときのことも考えているのかもしれない。

一週間後、トレクスラーはふたたび診察室の椅子のうえに戻っている。それから数週間、彼は医者に通い続けた。決まって日暮れ近くのことで、淀んだ心に垂れ込めた憂鬱が、東七十丁目一帯にも暗い影を落としているころだった。時が経っても気分はいっこうに晴れず、もう働くこともできなくなっていた。気づけば医者通いは習慣になりつつあって、心待ちにしていたわけでは決してなかったものの、少なくとも冷めた態度でその習慣を甘受できるようにはなっていた。数年前、二本の死んだ歯をひたすらいじくり回すばかりの歯医者に長々と通うのを受け容れていたときと同じように。おまけに診察は今やある種のパターンを帯びはじめていることが、患者の身にもはっきりわかってきた。

診察はいつも、どんな症状があるかひとつひとつ挙げるところから始まった——通りを歩いているときに眩暈《めまい》がするとか、首筋が凝って痛いとか、漠然とした不安があるとか、頭皮が硬くなっているとか、集中力に欠けるとか、意気消沈したり憂鬱になったりしがちだとか、プレッシャーや緊張感にさいなまれるとか、働けないことに腹が立つとか、仕事が終わらないのではと不安になるとか、胃にガスが溜まるとか。これほど摑みどころのない神経症の症状もないだろうなと思いながらも、医者のためになるならと、従順な彼はそういう症状を抱えながら、とぼとぼと診察室に戻ってくるのだった。そうすると彼の訴えにじっと耳を傾けていた医者は、出し抜けにこんな質問をする。「何か気晴らしになることは見つかりましたか？」そうするとトレクスラーは「ええ、お酒です」と答える。それを聞くと医者は、いかにもわかりますといった感じに頷いてみせるのだった。

パターンに馴れてくるにつれ、いつのまにかトレクスラーはどんどん医者に自分を重ね合わせるようになっていった。自分の身を医者の椅子に据えてみる——ある種の巧妙な現実逃避なのだろうと彼は思った。どのみちトレクスラーにとって、誰かになりきるのは今に始まったことではなかった。タクシーに乗り込めば、たちまち運転手になりきってあらゆるものをその男の目から眺める。右手を伸ばし、メーターのうえに立てた「空車」を示すフラッグにそっと触れ、それを倒し、くるりと回転させてメーターの脇に納める。行き来する車も、料金も、なにもかもをアンソニー・ロッコとか、イジドール・フリードマンとか、マシュー・スコットとかの目を通して見るのだった。床屋に行けばトレクスラーは理髪師になって、指先で櫛をつまみ、手はヘアトニックへ伸びる。そういうわけだから、トレクスラーがいずれ医者の椅子に座り、あれこれ質問しては、その答えを待つようになるのはいたって自然な成りゆきだった。こうして彼は、この医者におおいに興味を持つようになった。彼を気に入っていたし、患者として見てもそれほど難しいタイプではないことがわかってきた。

五度目の診察がちょうど半分終わったあたりで、医者はトレクスラーのほうを向くと、唐突に「あなたは何が欲しいんですか?」と尋ねた。彼は「欲しい」という言葉をとりわけはっきりと発音した。

「さあ」と、トレクスラーは落ち着かない様子で答えた。「そんな質問、誰にも答えられないと思いますけど」

「そんなことありません」と医者は応じた。

「あなたは何が欲しいかわかっているんですか?」とトレクスラーはなんとか切り返した。

「もちろん」と医者は答えた。このとき医者の椅子がすうっと少し後ろに下がって、自分から遠ざかったことにトレクスラーは気がついた。内心、ちょっと笑ってしまいそうになるのをなんとか堪えた。うさぎのように怯えているじゃないか。ほら、ぴょんと逃げたぞ!

「あなたは何が欲しいんですか?」と、トレクスラーは有利な立場にあることを知って追い打ちをかけた。

医者はまた数センチ、尋問する彼からするりと退いた。「ウェストポートに小さな家があるんですが、そこにひとつ翼《よく》を建て増ししたいですね。お金ももっと欲しいし、やりたいことをするための暇も欲しい」

トレクスラーはあやうく「そのやりたいことってなんですか、先生？」と尋ねそうになっている自分に気づいた。あまり深追いしないほうがいい、と彼は思った。せっかく握った主導権をみすみす手放すことはない。それにしても、いったいどうなっているんだ——一回十五ドルも診察料を払っておいて、自分が診察側に回ってあれこれ質問しては、その答えの意味をじっと考えている。なるほど彼は新しい翼《よく》が欲しいのか！　あなたを覆っている紗幕《しゃまく》の正体がわかりましたよ！　新しい翼《よく》なんです。

トレクスラーはふたたび落ち着きを取り戻して、残りの診察時間は患者の役割に徹した。親しみのこもった、なごやかな調子で診察は終わった。医者は不安こそが病気の原因であり、その不安には形がないことをあらためて強調した。ふたりは笑顔で握手を交わした。

トレクスラーはふらふらしながら誰もいない待合室を通り、その後ろを医者がついてきて、入り口のドアを開けた。もう遅い時間で、秘書は仕事を終わらせて家に帰ったあとだった。こうしてまた一日が終わる。「さようなら」とトレクスラーは言った。通りに出て、西に曲がってマディソン街のほうへ向かって歩きながら、彼は仕事を終えてひとりぼっちになった医者が、あのわびしい穴倉にいるところを思った——秘書よりも長い時間働いている男。いつもびくびくしている、働きすぎの哀れなやつ、とトレクスラーは思った。それから、あの新しい翼《よく》のことも！

雲間から光が差し込む夕暮れどき、かなたに見えるマディソン・スクエア・パークの緑が心地よく、沈みかけた太陽は煉瓦やブラウンストーンでできた建物の壁を鮮やかな漆のように艶めかせ、きらめく通りにうっとりするほど美しい眺めが広がっていた。トレクスラーは歩きながら、自分が何を欲しているのか考えを巡らせた。「あなたは何が欲しいんですか？」という声が、また耳元をかすめた。トレクスラーは自分は何が欲しいのかわかっていたし、また一般的にあらゆる人が欲しているものが何かもわかっていた。それは言葉で言い表すことができない、手の届かないものだ。決して翼《よく》などではない。そのことに、彼はある意味で喜びを覚えた。それは深遠で、形を持たず、いつまでも永らえ、満たされることはなく、しかも人の心を蝕むものなのだ――そのことを思い出して、彼は満足した。それに三番街をぶらぶら歩いて薄暗い酒場を入り口から覗き込めば、居並ぶ罪深い連中のなかに、自分の欲しているものを決して忘れず、その姿をいつかまた垣間見られるのではないかとグラスの底をじっと眺めている者たちがいるのが見つかることもあるかもしれない。トレクスラーは自分を取り戻したような気がした。彼の欲しているものは巨大であると同時に、微小でもある。それがたとえ偉大な行為とか、若さゆえの愛とか、古い歌とか、予感めいたものからの借り物だったとしても、本質的にはそのどれとも違っている。それは孤立もしていなければ、縛られてもいない。いくら医者の診察室でひそかにその正体をとらえようとしても、かならずや失敗に終わるだろう。

　トレクスラーは元気が湧いてきた。ふいに自分の病気が健康であるように、眩暈こそが安定であるように思えた。太陽の光と自分とのあいだに、小さな樹が一本、黄昏をいっぱいに吸い込んで立っている。ひとつひとつ金色に縁取られた葉っぱは、自らの繊細な美しさにすっかり酔いしれている。心地よい光景をかき乱す自然に出会って、トレクスラーの背筋はかすかに震えた。「僕はあの端から二番目の樹が欲しい。そこにあるままの姿で」と、想像上の医者から発された想像上の質問に、彼は答えた。誰も授けることのできないものを欲し、誰にも奪えないものを持っているのだと気づいて、だんだん自分が誇らしくなってきた。病気であることに満足し、怯えていることをもう恥ずかしく思わなかった。不安のジャングルのなかで、彼が垣間見たのは（それまでもしょっちゅう垣間見ていたとおり）勇敢な鳥が誇らしげに広げる、華麗なる尾羽だった。

　それからまた、あの医者のことを思った。ひとりぼっちで部屋に取り残され、くたびれ、怯えきっている（びくびくして、哀れなやつだ、とトレクスラーは思った）。「ムーンシャイン・ララバイ」をハミングしはじめると、まるでエセル・マーマン〔ブロードウェイの女王と呼ばれた歌手・女優〕の健やかな声に刺激されるように、たちまち活力が漲ってきた。マディソン・アヴェニューを渡ってダウンタウン行きのバスに乗り込み、五十二丁目まで下る。そこまできてはじめて、トレクスラーはまさに異様と言っていい思いにとらわれたのだった。

5　女性医師

ホイランドの医者たち

アーサー・コナン・ドイル／大久保譲

ドクター・ジェイムズ・リプリーは、医者仲間からとてつもない幸運児だと思われていた。先代の父親もハンプシャー州北部ホイランドの町で開業していたので、医者として正式に処方箋の末尾に署名できるようになった最初の日から、彼のためにすべての準備が整っていたのだ。父親は数年で引退してイングランド南海岸に隠棲し、息子にはその地域一帯が然るべき領土として譲られた。ベイジングストーク付近にドクター・ホートンがいるのを除けば、若き外科医は半径六マイルの土地を完全に独占し、年収一五〇〇ポンドを下らない。とはいえ地方の開業医にありがちなことだが、診療所の稼ぎのかなりの部分は馬小屋に吸い込まれてしまっている。

ドクター・ジェイムズ・リプリーは三十二歳、口数少ない学究肌で、未婚。堅苦しく、厳しいとさえいえる顔立ちに、頭頂が薄くなったとはいえ、年収のうち一〇〇ポンド分はもたらしてくれる黒髪。特にご婦人方の扱いに長けていた。穏やかながら断固たる、決然としつつ礼儀正しい口調は、相手の気分を害することなく支配したのである。しかし、じつはご婦人方のほうは彼の扱いに長けているとはいえなかった。確かに医師としては、彼は彼女たちに奉仕してくれる。しかし社交となると水銀の粒のようなもので、するりと逃げてしまう。地元の母親たちが彼の前にわかりやすく餌を撒いても無駄だった。ダンスもピクニックも医師の興味を惹かず、わずかばかりの余暇には書斎にこもって『フィルヒョウ・アルヒーフ』〔ドイツの医師ルドルフ・フィルヒョウに由来する病理学専門誌〕や諸々の医学誌を好んで読みふけった。

学問こそが彼の情熱であり、田舎医者が往々にして身にまとってしまう錆《さび》とは無縁だった。医師免許の試験会場を出たときと同様、つねに知識を最新の鮮やかな状態に保っておきたいというのが彼の野心である。あまり知られていない動脈の七本の支脈について瞬時にすらすら述べられることや、どんな生理学上の化合物でも正確なパーセンテージを言い当てられることが自慢だった。長い一日の仕事のあと、村の肉屋から提供された羊の眼球を使って、夜遅くまで虹彩切除と摘出をおこない、翌朝になって残骸を捨てる家政婦を怯えさせた。仕事への愛は、医師の冷たく几帳面な性格のなかで唯一の熱情と呼べるものだった。

知識をたえず更新しておくというのは見あげた心がけだった。なにしろ彼を発奮させる競争相手などいないのだ。ホイランドで医者を始めてから七年、その間に三人のライバルが現れた。二人はホイランドで、もう一人は近在のロウアー・ホイランドという小邑で開業した。そのうち一人は病気にかかって衰弱し、結局、たった十八カ月間の田舎暮らしのあいだ、自分が自分の唯一の患者になったなどと言われたものだ。二番目の医者はベイジングストークにある診療所の経営権の四分の一を手に入れて名誉ある撤退を遂げたのだが、三番目は空き家と未払いの薬の請求書を残し、ある九月の夜に忽然と姿を消した。以来、この地域はドクター・リプリーの独占状態であり、このホイランドの医師の赫々たる名声にあえて挑もうとする者は現れなかった。

そんなわけだったから、ある朝、ロウアー・ホイランドを通ったとき、村外れの新しい家に入居者があり、通りに面した門扉に、できたての真鍮製の看板がぴかぴかと掲げられているのに気づいて、ドクター・リプリーはいささか驚き、かなり好奇心をかきたてられた。彼は五〇ギニーの栗毛馬の足を止めてじっくりと観察した。「ヴェリンダー・スミス、医学博士」と、整った小さな文字で記されている。前回この地域で開業した医者は、半フィートほどの長さまで肩書を並べたて、消防署のようなランプ〔医者であることを示すのに赤いランプが使われた〕を下げていたはずだ。ドクター・ジェイムズ・リプリーはこの違いに気づき、新しい医者は商売敵として、前任者よりも恐るべき相手になるかもしれないと判断した。その晩、最新の医学名鑑を調べて、彼はますます確信を強めた。同書によれば、ドクター・ヴェリンダー・スミスは卓越した学位の持ち主で、エディンバラ、パリ、ベルリン、ウィーンの各大学で抜群の成績を収め、脊髄神経前根の働きに関する周到な研究を評価されて、金メダルと、研究のためのリー・ホプキンズ奨学金を授与されていた。ライバルの業績を読みながら、ドクター・リプリーは当惑し、薄くなった髪を指でかきむしった。かくも華やかな経歴をもつ男が、ハンプシャー州の小村に看板を掲げるとは、いったいどういうつもりなのか。

しかしドクター・リプリーはこの疑問に対する答えを見つけた。ドクター・ヴェリンダー・スミスはただ静かに邪魔されない科学研究の場を求めてやってきたに違いない。看板も、患者を集めるためというより、単に住所を示すだけのものだ。そうだ、そうに決まっている。だとすると、優秀な隣人を得たことは、自身の学問にとって好都合だ。同レベルの相手、しっかりした鋼の精神の持ち主に、自分の精神の火打ち石をぶつけてみたいものだと、しばしば待ち望んでいたのである。幸運にもそうした人物が出現して、彼はことのほか喜んだ。

喜びのあまり、彼は普段だったら絶対にやらないような一歩を踏み出した。医者のあいだでは新参者のほうから先輩にあいさつに行くのが習慣であり、守るべきエチケットである。そうした点についてはドクター・リプリーは杓子定規だったが、にもかかわらず翌日、馬車を駆ってドクター・ヴェリンダー・スミスのもとを訪ねた。このようにしきたりを度外視するのは、彼の側から見れば恩恵を与えることであり、新たな隣人と築くつもりの親しい関係にふさわしい幕開けとなるだろうと思った。

家は整理が行き届いて家具調度もそろっていた。垢ぬけた女中が、ドクター・リプリーをこざっぱりした小さな診察室に案内した。途中で婦人用の日傘が二、三本と日よけ帽ひとつが廊下に掛かっているのに気がついた。ドクター・スミスが既婚者なのは残念だ。そのせいで二人の立場は違ってしまい、思い描いていたように高度に科学的な会話をして長い夜を過ごす妨げになるだろう。その一方、診察室には彼を喜ばせるものがたくさんあった。開業医の家よりも大病院にふさわしい精巧な器具の数々がそこかしこに置かれていたのだ。机には脈波計、そして部屋の隅にはドクター・リプリーが見たこともないガス貯蔵器のような機械装置。書棚にフランス語やドイツ語の重厚な書物が並んでいるのが目に留まった。大部分は紙装で、アヒルの卵の殻から黄身のような色までさまざまな色合いのその背表紙に目移りしながら、夢中で書名に目を走らせているところに、突然、背後で扉が開いた。振り向くと、そこに小柄な女性が立っていた。地味で青ざめたその面立ちのなかで、唯一特徴的なのは、賢そうでユーモアを帯びた青い瞳――わずかに緑がかった青い瞳だった。彼女は左手に鼻眼鏡、右手にリプリーの名刺を持っていた。

「はじめまして、ドクター・リプリー」彼女は言った。

「はじめまして、奥さん」彼は答えた。「ひょっとしてご主人はお留守ですか？」

「わたしは結婚していません」彼女はあっさり答えた。

「おや、それは失礼しました。わたしがお会いしたかったのは、先生――ドクター・ヴェリンダー・スミスのことです」

「わたしがドクター・ヴェリンダー・スミスです」

ドクター・リプリーは仰天したあまり帽子を取り落とし、それを拾い上げるのも忘れるくらいだった。

「なんですって！」彼はやっとのことで口に出した。「リー・ホプキンズ賞受賞者！　あなたが！」

彼は女性の医者というものに会ったことがなかったし、まったくもって保守的な彼の心は女医という概念に反発を覚えた。なるほど聖書には男子が医師たるべし、女子は看護婦たるべしなどと書かれてはいないだろうが、それにしても彼にとっては冒瀆に等しいものに感じられた。どうやらそうした彼の気持ちはあからさまに表情に出てしまったらしい。

「がっかりさせたようですね。申し訳ありません」彼女は冷たく言った。

「確かに驚きました」帽子を拾いながら彼は答えた。

「では、女性医師の味方ではないんですね」

「そうした運動に賛同しているとは申しかねます」

「なぜでしょう？」

「それについては議論したくありません」

「でも、きっとレディからの質問にはお答えくださるのでしょう?」

「男性の領分を簒奪《さんだつ》しようとすれば、レディとしての特権を失う危険を冒すものです。両方を主張することはできませんよ」

「女性が自分の頭脳を使って生計を立ててはいけませんか?」

彼女の冷静な反対尋問の口調に、ドクター・リプリーは苛立った。

「これ以上議論したくありません、ミス・スミス」

「ドクター・スミスです」彼女は遮った。

「よろしい、ドクター・スミス! どうしても答えてほしいとおっしゃるなら言いますが、医者が女性にふさわしい職業だとは思いませんし、男性的な女性というものには個人的に異議があるのです」

これは非常に無作法な返答だった。口に出した瞬間、彼はそれを恥じた。しかし彼女のほうはただ眉を上げ、ほほえんだだけだった。

「質問をはぐらかしているようですね」彼女は言った。「もちろん、もし医学が女性を男性的にしてしまうというのが本当なら、それはひどい堕落でしょうけれど」

ささやかだが鮮やかな一撃だった。ドクター・リプリーは突きを受けたフェンシング選手のように一礼した。

「では失礼します」彼は言った。

「もっと友好的な結論に到達できなかったのは残念です。なんと言ってもご近所なんですから」彼女は言った。

彼は再び会釈をし、ドアに向かって歩き出した。

「偶然ってあるものですね」彼女は続けた。「お見えになったとき、ちょうど『ランセット』誌で歩行性運動失調症についてのあなたの論文を読んでいたところでした」

「それはそれは」彼は冷淡に言った。

「とても立派なご研究だと思いました」

「ご丁寧に、どうも」

「ただ、先生がボルドー大学のピトレ教授のものとして示されている見解は、実際には教授によって否定されているものですね」

「わたしは教授の一八九〇年の論文を持っています」ドクター・リプリーはむっとして反論した。

「ここに一八九一年の論文があります」彼女は雑然とした専門誌の山からそれを拾い出した。

「もしこの箇所に目を通すお時間がありましたら――」

ドクター・リプリーは彼女の手からひったくるように当該論文を奪うと、指し示された段落に目を通した。それが彼の業績を根底からひっくりかえすものだということは明らかだった。論文を放り投げ、もう一度冷たくお辞儀をすると、ドアに向かった。馬丁から手綱を受け取るとき、ちらりと家のほうに目を向けると、女性医師《レディ》は窓辺に立っていた。彼には彼女が心から大笑いしているように見えた。

女性医師との会話の記憶が一日中とりついた。自分の立ち去り方がなんとも無様だったように感じられた。彼女は彼の得意とするテーマについて、彼女のほうが優れていることを示した。彼が無作法だったのに彼女は礼儀正しく、彼が腹を立てても彼女は自制心を働かせていた。そして何より、彼女の存在そのものによって、男性の領域への彼女の不埒な侵入によって彼の心はおおいに傷ついた。これまで女性医師なんて代物は抽象概念にすぎなかった。不愉快だが縁遠いものだった。それが今や実際にこの地で開業し、自分と同じような真鍮の看板を掲げて、地域の患者をめぐって争うことになるのだ。競争を恐れているのではない。女性に対して抱いている理想像がこんなふうに貶められることに反感を抱いたのだ。ドクター・ヴェリンダー・スミスは三十そこそこで、明るく、豊かな表情の持ち主でもある。ユーモアを帯びた目と、しっかりした、きれいなカーブを描く顎も思い出された。それだけに彼女の学歴を詳細に思い浮かべると反撥を感じた。もちろん男性であれば、精神の純粋さを保ったまま医学の勉強をやり遂げることができるだろう。だが女性にとっては、羞恥心の欠如を示す行為以外のなにものでもない。

しかし、彼はまもなく、ドクター・スミスは競争相手としても恐るべき存在だと気づかされた。目新しさにひかれて何人かの患者が彼女の診療所を訪れた。そしてひとたび診察を受けると、女性医師の確信にみちた態度や、彼女が叩いたり覗いたり聴診したりするユニークな最新の医療器具に誰もが感心し、そのあと数週間にわたって患者たちの話題の種になるのだった。やがて彼女がこの田舎一帯に及ぼす影響力の、具体的な証拠がでてきた。たとえば農夫アイトン。彼のむこうずねの胼胝《べんち》性潰瘍は、数年来、亜鉛華軟膏という穏やかだが旧態依然たる処方を受けながら密かに広がっていたのだが、女性医師に激しい痛みを伴う薬液を塗りたくられ、思わず神を罵るようなひどい夜が三晩続いたのち、皮膚炎はその刺激で治癒した。またはミセス・クラウダー。次女のイライザの母斑を、妊娠中にラズベリー・タルトを三人前たいらげてしまったことに対する造物主の怒りのしるしだと考えていたのだが、二本の電気針さえあれば、そんな罪の償いもなんとかなってしまうものだということがわかった。ひと月のうちにドクター・ヴェリンダー・スミスは人々に知られるようになり、ふた月もすると名声を博するようになった。

ドクター・リプリーは馬車で往診している途中、ときどきドクター・スミスと鉢合わせすることがあった。彼女は背の高い一頭立て二輪馬車《ドッグカート》を使うようになっていて、みずから手綱をとり、後部座席に馬丁の少年を乗せていた。出会ったときには彼はきまって礼儀作法に則って帽子をとったけれど、顔は険しく陰鬱で、あいさつは単なる儀礼でしかないことが明らかだった。じっさい、彼の嫌悪感は短期間のうちに完全な憎悪にまで高まっていた。いまだに彼に忠実な患者たちの前でだけ、「あの性別を捨てた女」と呼んでいた。とはいえそうした患者の数も急激に減少しており、新たな裏切り者が出たという知らせを日々受けて、プライドがずたずたになっていった。かの女性医師《レディ》は、田舎の人々に彼女の力に対するほとんど迷信的な信仰を植えつけたようで、その診察室には遠近の患者がつめかけた。

しかし何よりもドクター・リプリーを傷つけたのは、彼が実行不可能だと公言していることをドクター・スミスが成し遂げてしまった点だ。その学識にもかかわらず、ドクター・リプリーは手術をするだけの度胸がなく、重篤な患者はロンドンの病院に回すのが常だった。ところが女性医師《レディ》のほうはといえば、そんなひ弱さは持ち合わせていないらしく、来るもの拒まずなんでも引き受けた。小さなアレック・ターナーの内反足を、ドクター・スミスが手術してまっすぐ伸ばそうとしていると聞くのは、苦痛以外の何物でもなかった。その噂とともに、少年の母親である牧師夫人から手紙が来て、手術のさいに麻酔係を務めてもらえまいかと言ってきた。近隣にほかに引き受けられる人がいない以上、断るのは人道に悖《もと》ることだったが、彼の繊細な神経にとって手術に立ち会うのは苦痛のきわみなのだ。しかし、こうした憤懣にもかかわらず、手術の手際については賞賛するほかなかった。女性医師は蠟のような小さな足にやさしく触れ、鉛筆を持った画家のような手つきで腱切除手術用のメスを握った。すっと一筋切れ目を入れ、軽やかに一本の腱を切るとそれで終わり、下に敷いてある白いタオルには一滴の血も垂らさなかった。ドクター・リプリーはこれほど巧みなメスさばきを見たことがなく、裏表のない性格だったので率直に賞賛の辞を述べたのだが、卓越した技術のせいで、いよいよ彼女に対する嫌悪感がつのった。手術は成功し、助手をつとめた彼はだしにされたものの、彼女の名声はますます高まる。ドクター・リプリーが彼女を嫌う根拠の一つとして、自己保存の気持ちが加わった。この憎しみこそが、事態をじつに奇妙なクライマックスへと導いたのである。

冬の一夜、ドクター・リプリーが一人きりの食事を終えたとき、当地随一の素封家である地主フェアカースル氏の屋敷から、馬丁が馬を駆ってやってきた。曰く、お嬢さまが手に火傷をして、ただちに医者の手が必要だという。御者が同時に女性医師のところに向かっているとのこと、地主にしてみればどちらでも早く来られるほうが来てくれればいいのである。ドクター・リプリーはすぐさま診療所を飛び出した。大急ぎで向かって、彼にとって最後の砦である地主の家の敷居を女性医師に跨がせまいと決心していた。馬車にランプをつける間も惜しんで自家用二輪馬車に乗り込むと、全力で馬を走らせた。いくらか地主の近くに住んでいるぶん、彼女よりも先に着けるだろうと踏んでいた。

世の出来事を混乱させ、預言者を呆然とさせる、あの運命の気まぐれというものがなければ、実際にそうなっただろう。ランプをつけていなかったためか、ライバルのことで頭がいっぱいだったためか、彼はほんの半フィートほど読み違えてベイジングストークの道の急カーブを曲がりそこねた。空の馬車と怯えた馬が暗闇のなかにガラガラと走り去る。地主の馬丁が、投げ出された側溝から這い出した。彼はマッチを点け、うめいている医師を見おろした。粗野で屈強な男であっても、見たことのないものを見るとそうなるのだが、馬丁はひどく気分が悪くなった。

マッチの光に照らされながら、医師は肘をついて身を起こした。白く輝くものがわずかに目に留まった。むこうずねの途中でズボンを破って突き出ている。

「複雑骨折か!」彼はうめいた。「全治三カ月」そして気を失った。

意識を取り戻したときには、馬丁はいなくなっていた。地主の屋敷に助けを求めに飛んでいったのだ。かわりにお付きの少年が馬車のランプを一つ外して、彼の怪我した脚の前でかざしている。そして一人の女性がカバンを開いていた。よく磨かれた道具は黄色い光に照らされて輝いていた。彼女は曲がった鋏を使って、彼のズボンを器用に切り裂いた。

「大丈夫ですよ、先生」彼女は宥《なだ》めるように言った。「お気の毒に。明日になればドクター・

ホートンに診ていただけるでしょうけれど、今夜はとりあえずお手伝いさせてくださいますね。先生が道端に倒れているのを見つけたときは、目を疑いました」

「馬丁が助けを呼びに行っています」怪我人はうめいた。

「助けが来たら、先生を馬車に乗せます。もっと照らして、ジョン！　そうよ。ああひどい、動かす前に骨を戻さないと裂傷になってしまうわ。クロロフォルムを使わせてください。そうすれば確実な処置が――」

ドクター・リプリーが最後まで聞くことはなかった。手を挙げて抗議の言葉をつぶやこうとしたのだが、甘い香りが鼻孔に届き、穏やかで気だるい感覚が彼のピリピリした神経をそっと覆った。彼は沈んでいく。冷たく澄んだ水のなかをどんどん沈み、緑の陰の下までゆっくりと、何の苦労もなく沈んでいく。教会の大きな鐘が高く低く、耳元で心地よく鳴り響く。それから再び浮きあがっていく。こめかみに締めつけられるような感覚を味わいながら、どんどんどん浮きあがり、さきほどの緑の陰を飛び出して、再び光のなかに戻っていく。ぼんやり霞む目の前には、きらきら輝く金色の二つの点。その光る点が何かわかるまで、彼はまばたきを繰り返した。なんのことはない、それらはベッドの支柱の先についている真鍮の玉だった。彼は狭い自室で寝ていた。頭は大砲の玉のようだったし、脚は鉄の棒のようだ。目を動かすと、ドクター・ヴェリンダー・スミスが落ち着いた表情で彼を見おろしている。

「やっと目を覚ましましたね！」彼女は言った。「ずっと麻酔をかけたままでお宅まで来たんです。馬車で揺られると痛むことはわかっていましたから。今は丈夫な添え木をあてて正しい位置に固定しています。モルヒネを一回分処方しておきました。朝になったらドクター・ホートンを呼びに行くよう、馬丁に申しつけておきましょうか？」

「あなたに引き続き診ていただくほうがいいんですが」ドクター・リプリーは弱々しく答えた。それから、ほとんどヒステリックともいえる調子で笑いながら付け加えた。「この地域のほかの人々をみんな自分の患者にしてしまったんだ。一人だけ残ったわたしのことも患者にすれば、完璧じゃありませんか」

とうてい上品な発言ではなかったが、女性医師が背を向けるとき、彼女の目に浮かんでいたのは怒りではなく憐れみの色だった。

ドクター・リプリーには、ロンドンの病院で外科助手をしているウィリアムという弟がいた。事故のことを知り、数時間でハンプシャーにやってきた。事故の仔細を聞くと、ウィリアムは非難するように眉を上げた。

「なんだって！　兄さんはあいつらの仲間に悩まされているのか」

「彼女がいなかったら、僕はどうなっていたかわからない」

「きっと立派な看護婦なんだろう」

「彼女はおまえや僕と同じくらい医学のことを知っているよ」

「僕の意見は違うよ、ジェイムズ」ロンドンから来た弟は軽蔑するように鼻を鳴らした。「ともかく、女医なんて原則からして完全にまちがってる」

「反対の立場について弁ずべきことはないのかい？」

「やれやれ、なんてことを言い出すんだ。兄さんはあると思うのか？」

「正直言ってわからない。昨晩ふと、僕たちは少しばかり視野が狭かったんじゃないかと思うようになった」

「馬鹿げてるよ、ジェイムズ。女が大学の講義室で賞をとるのは構わないさ。でも非常事態になったら女が役立たずだってことは、兄さんだって僕と同じくらい知ってるはずじゃないか。その女は、兄さんの手当てをしながらびくびくしてただろう。そうだ、念のため脚の様子を見ておこう」

「ほどかないでくれ」患者は言った。「ちゃんとなっていると、彼女が保証してくれた」

ウィリアムは愕然とした。

「いいとも、女の保証のほうが、ロンドンの病院の外科助手の意見よりも兄さんにとって価値があるっていうなら、もう言うことはない」弟は言った。

「触ってほしくないんだ」患者が断固として言い放ったため、ドクター・ウィリアムはその夜、そそくさとロンドンに戻っていった。

女性医師は、ドクター・ウィリアムが訪ねて来たと聞いていたので、彼がもう帰ってしまったと知ってとても驚いた。

「職業上のエチケットについて、意見を異にする点がありましたから」ドクター・ジェイムズは言った。彼にできる、それが精いっぱいの説明だった。

それから二カ月ものあいだ、彼はライバルである女性医師と毎日顔を合わせることになり、彼女についてそれまで知らなかった多くのことを学んだ。彼女は魅力的な話し相手であり、同時に勤勉な医師だった。長く退屈な一日のなかで、彼女が診察に来てくれる短い時間が、砂漠のなかの一輪の花のようだった。彼の関心事は彼女の関心事と正確に一致していたし、彼女はあらゆる点について彼と対等の立場で同意した。それでいて、学識と意志の強さの背後には女性らしいやさしさがあった。それは会話の端々からうかがえたり、緑がかった瞳にもきらめいたりと、繊細な形だが何度となく姿を見せたので、どんなに鈍い男でもはっきりわかっただろう。そしてドクター・リプリーは、堅物で学究肌ではあったものの、断じて鈍い男ではなかったし、自分がまちがっているときにはそれを認める率直さをそなえていた。

「あなたには謝っても謝りきれない」椅子に脚を乗せて向かい合わせの安楽椅子に座れるくらいにまで回復したある日のこと、彼は恥じ入ったようすで言った。「自分がまちがっていたような気がします」

「なぜですか」

「女性の問題についてですよ。以前は、女性が医学のような勉強をすると、否応なく魅力のいくらかを失うものだと考えていた」

「あら、それでは、女性の医者が性別を捨てた存在だとは思わなくなったんですね？」ドクター・スミスはいたずらっぽい笑みを浮かべて叫んだ。

「後生ですから、以前の愚かな言いぐさを持ち出さないでください」

「先生の考えを変えるお手伝いができたのなら嬉しく思います。今までで一番、自分をほめてあげたいところですわ」

「考えが変わったのは事実です」と彼は言った。それを聞いた彼女の青白い顔がたちまち喜びで上気したのを思い出して、ドクター・リプリーは一晩じゅう幸せにひたっていた。

というのも、実を言えばドクター・リプリーは、ドクター・スミスも他の女性と変わらないと認める、という段階をとっくに過ぎていたのである。それどころか、彼女こそ彼にとっての唯一の女性なのだという思いを、もはや自分でもごまかしきれなくなっていた。彼女の優美な手際、柔らかな触れ方、心地よい存在感、趣味嗜好の共通点などが、以前の彼の意見を絶望的なまでに覆していた。彼が回復してきたため、往診がない日もあったが、そんな日は彼にとって憂鬱そのものだった。そして完治して彼女の訪問が終わる日が近づきつつあることを考えると、いっそう憂鬱だった。だがとうとうその日がやってきた。ドクター・リプリーは、人生の成否がドクター・スミスとの最後の会話にかかっていると感じていた。彼は本来、直情径行型の人間だった。だから、脈を計る彼女の手に自分の手を重ね、妻になってほしいと告げたのだ。

「ええっ、そして二人の診療所を合併するということかしら?」

彼は失望と怒りで身を震わせた。

「そんなさもしい下心があると思うなんて!」彼は叫んだ。「わたしは、今までどんな女性も受けとったことがないほどの無私の愛情を捧げているのに!」

「ごめんなさい、わたしの勘違いね。馬鹿なことを言いました。どうか忘れてください」彼女は言って、椅子を引き、膝に乗せた聴診器を叩いた。「がっかりさせるのは申し訳ないし、そう言ってくださったことは心からありがたく思います。でも、先生のご希望には添えませんん」

他の女性が相手ならもう一押ししただろうが、彼女に対してそんなことをしても無意味だと、彼は本能的に悟った。彼女の口調は決定的なものだった。彼は何も言わず、手負いの男としてぐったり椅子の背にもたれた。

「ごめんなさい」ドクター・スミスは繰り返した。「お気持ちに気づいていたら、わたしは科学に人生を捧げるつもりなのだと、前もってお伝えしたのですが。結婚する資格のある女性は山ほどいるけれど、生物学への関心がある女性はほとんどいません。だからわたしは、おのれの本分に正直に生きるつもりです。この地方に来たのも、パリ生理学研究所に空席ができるのを待つあいだだけの予定でした。さっきちょうど、研究所に欠員が出たので受け入れると知らせが届きました。だからもう、先生の診療のお邪魔になる心配はありません。先生はわたしに対して不当な見方をしていましたが、それはわたしも同じ。先生のことを、偏狭で衒学的で、いいところなしの方だと思っていたんです。でも怪我のあいだに、先生のことをよく理解できるようになりました。わたしたちの友情の思い出は、いつまでも素晴らしいものとして心に残るでしょう」

そんなこんなで、数週間もしないうちに、ホイランドに医者は一人だけということになった。とはいえ地元の人々は、残った医師がこの数カ月のあいだに何十年も年を取ってしまったことに気づいた――医師の青い瞳の奥には気だるい悲しみがひそんでいること、そして偶然によって、あるいは抜け目ない母親たちの手によって目の前に現れる適齢期の若い女性たちに対して、医師が以前よりもさらに興味を失っていることに。

6 最期

ある寓話

リチャード・セルツァー／石塚久郎

とある病院の一室。私は開いたドアの前に立っている。朝の早い時間。ベッドには男が一人横たわっている。瘦せこけた男の皮膚は紫のシミだらけ。組織に漏れ出した血液が固まったせいだ。男は死んだように身動きひとつしない。生きているとわかるのは呼吸をしているからに過ぎない。浅い小刻みな息遣いが繰り返されると、しばらく無呼吸状態が続く。男の体の上に生き物がどっしりとのしかかり、彼の息を止めているかのよう。息が止まり、再度呼吸が始まる——これがチェーンストークス呼吸と呼ばれているものだ。患者がこれをやり出したらもう長くはない。男の目には膿が溜まり、視界は遮られている。喉をゴロゴロ鳴らして痰を切ろうともしない。ただ、時々咳を繰り返すだけだ。明らかにこの男は死の間際にいる。

医者——少なくとも私の目にはそう映る——が部屋にやってくる。私は脇に避《よ》けて彼を中に通す。医者は手術用のゆったりとした青いお仕着せを身にまとっている。青みがかった灰色の髪の毛に青い瞳をした年老いた医者だ。つるりとした白い腕は細長く、先についている手が不釣り合いな程大きく重く見える。その手は、硬いブラシで何年も洗い続けられたせいで赤く光っている。医者はティッシュペーパーを一枚取り出し湿らせて、病人の目から膿を取り除く。こうして男の目が湿った石のような黒っぽい色だとわかる。目が動いて医者に焦点が定まる。私が立っているドアからは医者が口を動かしているのが見えるが、何と言っているかはわからない。医者は身を屈め、男の耳に口を寄せ、何か呟いている。私の耳に聞こえてくるのは静かなハミング音だ。昨夜から男は蓑虫のようにベッドに丸まっている。医者は患者の腰の下に片方の手を滑り込ませ、もう一方の手で肩をつかんで体を持ち上げ、抱きかかえ、腕の中に包み込む。医者の腕は、苦悩にのたうつ人間が大船に乗った気持ちで安らげる、大きな外套か隠れ場であるかのようだ。

ベッドの中の男は今、口を開け何か話そうとするが、血の出る思いで絞り出される声は砕け、詰まり、言葉にならない。彼の口から聞こえてくるのはたどたどしい片言だけ。切り刻まれた音節が、どろどろした訳のわからない溶液《スープ》の中でかろうじて凝結したようなもの。私のところからは病人はとても熱く感じられ、太陽に燦々《さんさん》と照りつけられた石の如き熱気を発している。湯気がベッドからゆらゆらとのぼっているようにも見える。年老いた医者は男の体の上に屈みこみ、その手を温めるためだと言わんばかりに握りしめる。男がもう一度話そうとするので、医者は彼が何を言いたいのか聞こうと患者の口元に耳を近づける。と、鼻柱から髪のはえぎわまで伸びる、眉と眉との間に刻まれた深い深い皺が目に入る。彼の相貌を一段と際立たせる皺。苦悩の皺だ。生まれつきのものなのだろうか？　いや、そうではない。この医者が最初の患者を診たその日に現れたものだ。最初は額の上にぼんやりと映る影に過ぎなかったものが、かすかな刻み目になり、それが歳月をかけて次第にこの暗い裂け目へと変容したのだ。医者となってからずっと目の当たりにした患者の苦しみ一つ一つがこの皺に刻み込まれている。斧で切られた傷口のようだと言われてもおかしくはない。

医者は男の体が発する熱気と湯気の中に手を差し込み、男の着衣をあげ腹の上に手を置く。そっと腹を押して触診している間、医者は患者に話しかける。

「痛くはありませんか？」と彼は尋ねる。というより、尋ねているのは触診するその手なのかもしれない。ベッドの中の男は首を横に振る。医者は少しばかり身を屈め、皺で割れた額を男の手の届くところまでもっていく（思わずそうしてしまったに違いない）。病人は指で深い皺を確かめ、触れ、それから端から端まで皺を指でなぞっていく。まるで深い眠りから突然覚めたかのように、男は驚きの表情を見せる。すると、鋭い光の矢が医者の額から放たれる。暖かい光の矢だ。それは次第に大きさを増し、二人の男をベッドもろとも包み込んでいく。医者は額の皺を触られるのを嫌がらず、サファイアのような瞳で男に笑みを送る。

医者は男の着衣を元に戻すと、シーツを剝ぎ男の足を露わにする。足は青白く、体の熱にもかかわらずひんやりとしている。医者は片方の足を手に取ると優しくマッサージし始める。体を擦《さす》って冷えた部分に血液を送るためだ。男は気持ちよさそうにしているが、その心地よさに専念するためか、じっと目を閉じている。ゆったりとした静かな息遣いが聞こえ、何分もしないうちに男は眠りに落ちる。

ドアからは二人の男とベッドは光を放っているように見える。奇跡を起こす光の中にいるのだ。奇跡？　そうだとも。奇跡が起きてもおかしくない、調和と啓示の瞬間が確かにある。それはしかるべき時にしかるべく起きる。例えば、病人と医者を包み込んでいるように見えるまばゆい光が二人の体も光でできていると思わせる瞬間だ。いや、二人の体にまとわりついているのが奇跡の光でないとすれば、それこそ驚異だ。

私は饗宴を目にしているのかもしれない。テーブルにはリネンのテーブルクロスと皿と銀食器が一揃い用意されている。蠟燭も数本ともっている。なるほど、これが光の出所という訳だ。小さなバスケットの中にはパンが、ゴブレットにはワインが入っている。二人は聖餐を共にしているのだ。互いが互いの滋養物となりながら。

医者は男の足に毛布を掛け、くるりと踵を返すとドアに向かって歩いて行く。私は彼を通すため再び脇に避ける。医者の腰は曲がり、その指は節くれだったリウマチ病みだ。腕はふらずに脇にぶらぶらとさせているだけ。足取りはよろよろとし、ためらいがちだ。ぶつぶつと独りごちているらしいが一体何と言っているのだろう?

次の朝、私はまた例の病室のドアのところに立っている。青い目にお似合いの青い衣服の医者が回診にやってくる。ベッドまで行くと、そこにはぴくりともしないで横たわっている男がいる。医者の指は男の手首を探り脈を診る。そして、毛布を剝ぎ、胸と顔を観察した後、胸に手のひらを当て心臓の音を確かめる。こうして彼は患者の目を閉じるのだ。このささやかな所作で医者は死者をあちらへと送り出す。医者が部屋を去る。私の目には、額の皺は昨日と比べてそれほど深くも暗くもないように見える。

7 災害

家族は風のなか

F・スコット・フィッツジェラルド／上田麻由子

I

二人の男が血のように赤い太陽めがけて、車で丘を登っていた。道の両側に広がる綿花畑はまばらで、枝はぐったりと萎《しお》れ、松林を揺らす風ひとつなかった。

「完全にしらふのときには」と医師は話していた――「つまり、まったくのしらふのときってことだが――私に見えているのは、お前が見ているのと同じ世界ではないんだ。私の友人に片目の視力だけが良くて、もう片方の視力が悪いやつがいて、その目を矯正するための眼鏡を作ったんだが、それと似たようなものだ。結果、やつはしょっちゅう楕円形の太陽を見たり、傾いた歩道の縁石から足を踏み外したりするようになって、とうとうその眼鏡を捨ててしまった。たしかに私も一日の大半を、まるっきり麻酔にかけられたみたいな状態で過ごしているが――まあそんな状態でもこなせるとわかっている仕事だけ、引き受けるようにしているのさ」

「そうか」と弟のジーンは居心地悪そうに相槌を打った。医師はこのとき少し酔っていたし、ジーンは話をどう切り出せばいいかわからなかった。慎ましい階層の南部人がたいていそうであるように、彼は礼儀というものをなにより大切にしていた。それは荒っぽくも情熱的な土地につきものの特徴だ――一瞬の沈黙でも訪れないかぎり、彼には話題を変えることができなかったし、フォレストのほうも決して話をやめようとはしなかった。

「私はすごく幸せなのか」と彼は続けた。「あるいは、すごく惨めなのか。酔っ払ってくすくす笑うか、しくしく泣くかのどちらかだ。そして私が衰えていくにつれ、それに合わせて人生の速度が上がっていく。自分というものがそのなかに入っていなければいないほど、映画というのは私なしで面白くなっていくものなのだ。私は周りの人から向けられる敬意から自分を切り離してきたが、その埋め合わせをするように、感情が肝硬変のような状態になっていることにも気づいている。そして私の感受性が、私の憐れみが行き場を失って、何でもいいから手近なものに向けられるようになったせいで、私はひときわ良き人間になったのだ――私が良き医師だったころよりもずっとな」

次の角を曲がって道路がまっすぐになると、遠くにある我が家がジーンの目に入った。自分に約束をさせたときの、妻の顔の記憶がよみがえってきた。もうこれ以上は待っていられない。

「フォレスト、ちょっと話があるんだけど――」

しかしその瞬間、医師は松林を抜けたところにある小さな家の前に車を急停止した。玄関前の階段で、八歳の女の子が灰色の猫と遊んでいた。

「こんなにかわいい女の子は見たことがないよ」と医師はジーンに言って、それから重々しい声で女の子に声をかけた。「ヘレン、猫ちゃんに薬はいるかい?」

小さな女の子は笑った。

「さあ、どうかな」と彼女は曖昧な返事をした。そしてもう猫と別のゲームで遊んでいた。ちょっと邪魔が入ったとでもいうように。

「今朝、猫ちゃんから電話をもらってね」と医師は続けた。「お母さんに放ったらかしにされているから、モンゴメリーから腕のいい看護婦を連れてきてって頼まれたんだ」

「嘘よ」と女の子は怒って猫を近くに引き寄せた。医師はポケットから五セント硬貨を取り出して、階段のほうに投げた。

「ミルクをたくさん飲ませてあげなさい」と彼は言って、車のギアを入れた。「おやすみ、ヘレン」

「おやすみ、先生」

車が走り始めると、ジーンはもう一度話を切り出そうとした。「なあ、停めてくれないか」と彼は言った。「ちょっと先で停めてくれ……ここでいい」

医師は車を停め、兄弟はお互いの顔を見合った。二人はがっしりした身体つきや、ある種の禁欲的な顔立ちが似ていた。どちらも四十代半ばだった。似ていないのは、医師の眼鏡が隠しきれていない酔っ払い特有の血走った涙目と、都会人ならではの段々になった目元の皺だった。ジーンの皺は畑を区切る境界や、屋根のてっぺんにある棟木や、小屋を支える何本もの柱のような線を描いていた。目は柔らかく澄んだ青色だった。しかしもっとも対照的なのは、ジーン・ジャニーが田舎者なのに対して、フォレスト・ジャニー医師は明らかに高い教育を受けた男であるところだった。

「それで？」と医師は尋ねた。

「ピンキーが家に帰ってきているのは知ってるよな」とジーンは道路の先の方を見ながら言った。

「そう聞いている」と医師は当たり障りのない返事をした。

「バーミングハムで喧嘩に巻き込まれて、頭を銃で撃たれたんだ」と言って、ジーンは少し口ごもった。「だからベーラー先生に来てもらった。あんたに頼んでもたぶん――きっとその――」

「引き受けないね」とジャニー医師は素っ気なく同意した。

「でもなフォレスト、ひとつ問題があって」とジーンは食い下がった。「わかってるだろ、あんたがいつも言っているように、ベーラー先生は何もわかっちゃいない。そうだよな、俺だって大したやつだとは思ってないさ。彼によると弾丸が——弾丸が脳を圧迫していて、出血させずに取り出すことはできないそうなんだ。それにピンキーをバーミングハムかモンゴメリーまで運んでいけるかどうかもわからないって。なにしろ弱っているからな。あの医者はちっとも役に立たなかった。そこで思ったんだけど——」

「いやだ」と彼の兄は首を振って言った。「いやだ」

「ちょっと見てくれるだけでいいんだ。それで、どうすればいいか教えてくれ」とジーンはすがるように言った。「やつは意識がないんだよ、フォレスト。あいつはあんたのことがわからないし、あんたもあいつだってほとんどわからないさ。問題は、あいつの母親がすっかり取り乱しているってことなんだ」

「それはただ動物的な本能のまま行動しているだけだな」医師は尻ポケットから、半分水で割ったアラバマ・コーン・ウィスキーの入った携帯用の酒瓶を取り出して、ぐいっと飲んだ。「お互いわかっているだろう。やつは生まれたその日に水につけて殺しておくべきだったんだよ」

ジーンはたじろいだ。「たしかにできの悪いやつさ」と彼は認めた。「でも、きっとあんただって——今のあいつの様子を見たら——」

酒が身体じゅうに染みわたっていくにつれて、医師は何かやらなければという本能を感じた。自分の持っている偏見を曲げるわけではないが、ただ単に何かするそぶりを見せなければ。そうやってほとんど死にかけてはいるが、何とかしようとあがく意志の力がまだ自分にも残っていることを示すのだ。

「わかった、見てやるよ」と彼は言った。「やつを助けるために何かしてやるつもりはないけどな。死んで当然のやつなんだから。それに死んでも、やつがメアリー・デッカーにしたことへの償いにはならん」

ジーン・ジャニーは口を硬く結んだ。「フォレスト、そのことはほんとに確かなのか？」

「当たり前だろう！」と医師は声を荒げた。「もちろん、確かだとも。メアリーは餓死したんだ。一週間というもの、珈琲を二杯飲んだっきりであとは何も口にしていなかったんだ。あの子の靴を見れば、何マイルも歩いてきたってことがわかるさ」

「でもベーラー先生の話では――」

「やつに何がわかる？　あの子がバーミングハム・ハイウェイで発見されたその日に検視をしたのは私なんだぞ。飢えている以外に、何も問題は見つからなかった。あいつが――あいつが」――高ぶる感情に彼の声は震えた。「あのピンキーのやつが彼女に飽きて、放り出したんだ。だから彼女は家に帰ろうとしていたんだよ。その二週間後にやつ自身が自分の家で意識不明になっていても、当然の報いだと私は思うね」

医師は話しながら乱暴に車のギアを入れ、クラッチを繫いで車を跳ね上がらせた。あっという間に二人はジーン・ジャニーの家に着いていた。

煉瓦の基礎のうえに建てられた真四角の木造の家は、きちんと手入れされた芝生で農場と区切られていた。ベンディングの町なかや、その周りにある農村にあるような家よりは上等だったが、それでも基本的な形式や、内装の慎ましさにおいて、他の家とのあいだにとりたてて違いはなかった。アラバマのこのあたりの地区に、大農園主《プランテーション》が住んでいたような立派な邸宅はもうとっくになくなっていた。その誇り高き円柱は、貧困に屈し雨のなか朽ちていった。

ジーンの妻ローズは、ポーチの揺り椅子から立ち上がった。

「こんにちは、先生」と、彼女は少しびくびくした様子で、彼の目を見ずに言った。「ずいぶんご無沙汰でしたね」

医師は彼女の目を数秒間じっと見つめた。「元気だったかな、ローズ」と彼は言った。「やあ、イーディス……やあ、ユージーン」――これは母親のそばに立っていた小さな男の子と女の子に向けた挨拶だった。それから「やあ、ブッチ！」と、丸い石をひとつ抱えて家の角から姿を見せた、がっしりした体つきの十九歳の青年に声をかけた。

「家の正面に低い壁を作ろうと思ってね――きちんとした感じに見えるかなって」とジーン

が説明した。

そこにいた全員が、医師に対して敬意の名残のようなものを持っていた。とがめるような目を向けていたのは、「まあ、たしかにモンゴメリーで一番の外科医ではあるね」というふうに彼のことを有名人の親戚として周りに自慢できなくなっていたからだった。教養はあったし、世間でいっぱしの地位を占めていたこともあったのに、彼は世を拗《す》ね、酒に溺れて、医師としての功績を自分で台無しにしてしまった。二年前、彼は故郷のベンディングに戻ってきて、地元のドラッグストアの権利を半分買った。医師免許は持ったままだったが、どうしても必要な場合だけしか診察を引き受けなかった。

「ローズ」とジーンは言った。「先生がピンキーをちょっと見てくれるそうだよ」

ピンキー・ジャニーは、暗くした部屋のベッドで眠っていた。生えたばかりの髭に覆われた唇は白く、意地悪そうに歪んでいた。頭に巻かれた包帯を医師が外すと、彼の呼吸は低いうめきに変わったものの、腹の大きく膨らんだ身体が動くことはなかった。数分後、医師は包帯を新しいものに取り替え、ジーンとローズを連れてポーチに戻った。

「ベーラーは手術しようとしないのか？」と彼は尋ねた。

「ああ」

「どうしてバーミングハムで手術しなかったんだろう？」

「わからない」

「うーん」、医師は帽子をかぶった。「弾丸は取り出さないといけない。すぐにでも。頸動脈鞘を圧迫している。つまり——まあとにかく、この脈拍ではモンゴメリーまで連れて行くのは無理だ」

「じゃあどうすれば?」ジーンの質問は、途中で息を呑んだせいでわずかに沈黙の尾を引いた。

「ベーラーに考え直してもらえ。それかモンゴメリーにいる別の誰かでもいい。手術をした場合、助かる可能性は二十五パーセント——手術しなければ助かる見込みはゼロだ」

「モンゴメリーから誰を呼んでくればいいんだ?」とジーンは尋ねた。

「それなりの腕を持った外科医なら誰でもいい。ベーラーにだって多少の度胸があればできるはずだ」

突然、ローズ・ジャニーが彼のそばにやってきた。目つきは鋭く、動物的な母性愛に燃えていた。彼女は医師の上着の前の、開いているところを掴んだ。

「先生、あなたがやって! できるでしょう。昔は誰より腕のいい外科医だったじゃない。ねえ、先生。あなたがやるのよ」

彼はちょっと後ろに下がって、彼女の両手を上着から離すと、自分の両手を前にかざした。

「こんなに震えているんだぞ?」と彼は皮肉たっぷりに言った。「目を近づけてよく見てくれ。手術なんて無理な話さ」

「あんたならちゃんとできる」とジーンは急いで口を挟んだ。「一杯やれば、しゃんとするよ」

医師は首を振って、ローズを見ながら言った。「だめだ。いいか、私の判断はあてにならないし、もし何かまずいことが起こったら、私のせいにされるだろう」彼はここにきて少し演技をしていた——注意深く言葉を選んで。「私がメアリー・デッカーの死因は餓えだと言ったとき、その所見は疑義を呈されたそうだ。私が飲んだくれだという理由で」

「私はそんなこと言ってない」とローズは息を弾ませながら嘘をついた。

「もちろんそうだろう。私はただ、慎重に行動しないといけないってことを言いたかっただけだ」彼は階段を降りた。「いいかい、私のアドバイスはこうだ。ベーラーにもう一度会いに行け。それでうまくいかないなら、街から誰か連れてくるんだ。じゃあな」

しかし彼が入り口に辿り着く前に、ローズが泣きながら追いかけてきた。その目は怒りで白く燃えていた。

「確かに私はあなたのこと飲んだくれって言った!」と彼女は叫んだ。「メアリー・デッカーが餓死したとあなたが言ったとき、まるでピンキーのせいでそうなったみたいな口ぶりだった

——一日じゅうコーン・ウィスキーを飲んでばかりのくせに！　あなたの頭がちゃんと働いてるかどうかなんて、誰にわかる？　そもそも、なんでメアリー・デッカーのことをそんなに気にかけるの？　自分の半分くらいの歳の子じゃない。あの子がしょっちゅうあなたのドラッグストアに来て、あなたと話しているところをみんな見て——」

後から追いかけてきたジーンが、彼女の腕を掴んだ。「そのくらいにしろ、ローズ……行ってくれ、フォレスト」

フォレストは車を発進させ、次の角のところで一旦停めると、瓶から一口飲んだ。休閑地になっている綿花畑の向こうに、メアリー・デッカーがかつて住んでいた家が見えた。半年前だったら、そこに寄り道して、なんで今日はドラッグストアに無料のソーダを飲みに来なかったんだいと尋ねただろう。あるいはその日の朝、セールスマンが置いていった化粧品のサンプルを渡して彼女を喜ばせていたかもしれない。自分の気持ちをメアリー・デッカーに伝えたことはなかったし、伝える気もなかった——彼女は十七歳で、彼は四十五歳だったし、彼はもう将来のことに興味がなかった——でも彼女がピンキー・ジャニーと手に手をとってバーミングハムに駆け落ちすると、彼は孤独な人生のなかで、彼女への愛がどれほど重要な意味を持っていたのか、初めて気づいたのだった。

彼の思いは、弟の家のことに戻っていった。

「さて、もし私が紳士であるならば」と彼は思った。「あんなふうにはしなかっただろう。それであのくそ野郎の被害者がまたひとり増えていたかもしれない。もしこの後やつが死んだら、ローズは私が殺したと言うだろうからな」

それでも車を停めながら、気分はあまり良くなかった。もっと他にやりようがあったからではなくて、ただ何もかもが忌まわしかったからだ。

彼が帰宅して十分と経たないうちに、家の前から車を停める軋んだ音が聞こえてきて、ブッチ・ジャニーが入ってきた。口はきりりと結ばれ、睨みつけるような目をしている。まるでふさわしい対象に向けて爆発させるまで、怒りが自分の外に漏れ出るのを許すまいとしているみたいだった。

「やあ、ブッチ」

「言いたいことがあるんだけど、フォレスト伯父さん。母さんにあんな口のききかたしないでくれ。あんな口のききかたするなら、俺が必ずあんたを殺してやる！」

「よさないか、ブッチ。まあ座れ」と医師は鋭い声で言った。

「母さんはピンキーのことですっかり参っているんだ。そこにあんたが来て、あんなことを言ったんだ」

「さんざん失礼なことを言ったのはお前の母さんのほうだよ、ブッチ。私はそれを受け止めただけだ」

「母さんは自分が何を言ってるかわかってないんだよ。それくらいあんたにもわかるはずだ」

医師はしばらく考えていた。「ブッチ、お前はピンキーのことをどう思っているんだ？」

ブッチはきまり悪そうに口ごもった。「まあ、あんまり良くは思ってこなかったけど」――

そこで急に反抗的な調子になって――「でも、とにかくあいつは俺の兄貴だし――」

「ちょっと待て、ブッチ。やつがメアリー・デッカーにした仕打ちについて、お前はどう思っているんだ？」

しかしブッチはもう自分を抑えるのをやめて、怒りの砲撃を浴びせはじめた。

「いまそんな話はしてない。大事なのは、母さんに敬意を払わないやつは俺がただじゃおかないってことだ。あんたはあれだけ立派な教育を受けておいて――」

「私は自分の力で教育を受けたんだよ、ブッチ」

「そんなことどうでもいい。俺たちはベーラー先生にもう一度お願いして手術してもらうか、街から誰か別の医者を連れてくることにした。でも、もしそれがうまくいかないようなら、俺がお前を連れにくる。それで銃で脅してでも、兄貴からあの弾丸を取り出させるからな」彼は頷いて、荒い息を少し吐き、それから踵を返して、車に乗って帰っていった。

「どうやら」と医師は独りごとを言った。「チルトン郡ではもうこれ以上、平和に暮らしてはいけないようだ」彼は黒人の少年に、夕食をテーブルまで運んでこさせた。それから煙草を巻いて、裏口のポーチに出た。

天気は一変していた。空はどんよりとした雲に覆われ、草は落ち着きなくそよいでいた。突然の雨がざっと降ったが、長くは続かなかった。一分前までは暖かかったのに、額に感じる湿り気が急にひんやりしてきて、ハンカチで拭った。耳鳴りがしたので、唾を飲み込んで頭を振った。少しのあいだ、急に具合が悪くなったにちがいないと思った。すると突然、そのぶーんという音は彼から離れていって、うねるような音に変わった。音はどんどん大きくなっていって、だんだん近くに聞こえてきた。まるでこちらに近づいてくる列車の轟音のように。

II

ブッチ・ジャニーがそれを見たのは、家に帰る道を半分ほど来たときだった――巨大な黒い雲が迫ってきていて、低く垂れ込めたその端は地面にぶつかっていた。その様子を彼はただぼんやり眺めていたのだが、そのうちに雲はどんどん広がってついには南の空全体を覆ってしまった。雲のなかに白い電光が走るのが見え、聞こえてくる轟音はますます大きくなっていった。彼はいまや激しい風のなかにいた。どこかから運ばれてきた何かの破片や、折れた小枝や木の切れ端、それから深まっていく闇のなかでは見分けのつかないもっと大きな物体が、彼のすぐそばを飛ばされていった。思わず車の外に出た彼は、あまりの風にもうほとんど立っていられなくなりつつも、道路の脇の盛り土のところまで走った。というか、吹き飛ばされて気づいたら盛り土に押しつけられるように倒れていた。それから一分か二分のあいだ、彼は大混乱の暗闇の中心にいた。

最初に音があった。彼はその音の一部となって、そこに飲み込まれ、それに支配され、もはや自分という存在を音から切り離すことができなくなった。それはさまざまな音が寄り集まったものではなく、ただ根源的な音そのもののだった。宇宙という弦をこすり、金切り声を上げる巨大な弓だ。音と力は分かつことのできないものだった。音もまた力に負けず劣らず強く、彼の身体を盛り土と思しきものに、まるで十字架にかけられたみたいにぴったりと押しつけていた。この最初の瞬間のどこかで、彼は顔を横向きに押しつけられながら、自分の乗っていた車が小さく跳ねて、くるりと半回転し、それから何度も大きく跳ねるように、畑の上をなすすべもなく吹き飛ばされていくところを見た。それから爆撃が始まった。その音は、長く続く大砲の響きを、巨大なマシンガンのダダダダという音に分割した。なかば意識を失いながら、自らもその連続する音の一部になったように彼は感じ、身体が盛り土から持ち上げられて宙を駆け、小枝や枝先の塊に視界を奪われ、ずたずたに引き裂かれるように感じた。それから計り知れないほどの時間、彼は意識を失っていた。

身体じゅうが痛かった。彼はとある木のてっぺんで、二本の枝のあいだに横たわっていた。空気は埃と雨粒で満たされ、何の音も聞こえなかった。自分が引っかかっている木が風で地面に引き倒されていることに気づくまでに、ずいぶん長い時間がかかった。彼が松葉のなかで知らないうちにしがみついていたその枝から地面までは、実は一・五メートルほどしか離れていなかった。

「ああ、なんてこった！」と彼はいきり立って、大声で叫んだ。「ああ、なんてこった！　なんて風だ！　なんてこった！」

痛みと恐怖によって鋭敏になった彼は、こんなふうに推測した。自分は木の根の上に立っていて、その大きな松の木が地面から引っこ抜かれたときのものすごいねじれによって勢いよく宙に放り投げられたのではないか。身体のあちこちを手で触ってみると、左耳に土がみっしり詰まっていることがわかった。まるで誰かが耳のなかの型でも取ろうとしたみたいに。服はぼろぼろになっていて、上着は背中の縫い目のところから裂けていた。気まぐれな突風が彼の服を脱がそうと、脇の下から切り込んでくるのが感じられた。

地面に降りると、彼は父親の家に向かって歩き出した。しかしいま通り過ぎているのは、見慣れない新しい風景だった。その得体の知れないものは――それが竜巻だったことを彼はまだ知らなかった――幅四百メートルほどの道を切り開いていた。そして埃がゆっくり収まるにつれて、いままで見たことのない光景が目に入ってきて、彼はすっかり戸惑ってしまった。ここからベンディングの教会の塔が見えるなんてありえないことだった。その手前には木々の生い茂る林が広がっているはずだった。

それにしても、ここはどこなのだろう？　もうボールドウィンの家のあたりまで来ているはずだった。しかし、ぞんざいに積まれた材木置き場のような板切れの山を踏み越えたとき、ブッチは初めて、ボールドウィンの家がどこにもなくなっていることに気がついた。それから慌ててあたりを見回してみると、丘の上にネクローニーの家はなく、その下のペルツァーの家もなかった。灯りひとつなく、何の物音もせず、ただ倒れた木々に雨が降りかかっているだけだった。

彼はにわかに走り出した。父親の家が健在なのが遠くから見えたとき、彼はほっとして「よかった！」と声を上げた。しかし近づいてみると、何かがなくなっていることがわかった。屋外便所がなくなり、ピンキーの部屋になっている、あとから建て増しした翼部も跡形もなくもぎ取られていた。

「母さん！」と彼は呼んだ。「父さん！」返事はなかった。一匹の犬が庭からぴょんと駆け出してきて、彼の手を舐めただけだった……。

……ジャニー医師がベンディングにある自分のドラッグストアの前で車を停めたのは二十分後のことで、あたりは真っ暗だった。電灯は消えていたが、通りにはランタンを手にした男たちがいて、まもなく小さな群れをなした人々が彼の周りに集まってきた。彼は急いでドラッグストアの入り口の鍵を開けた。

「誰か古いウィギンズ病院をこじ開けてくれ」と彼は通りの向かい側を指さして言った。「重症の人を六人、車に乗せている。なかに運ぶのを誰かに手伝ってほしい。ベーラー先生はここにいるか？」

「ここにいる」と暗闇のなかから熱意のある声がいくつも上がり、その医師が診察かばんを手に、群衆をかきわけて姿をあらわした。ランタンの灯りに照らされて、二人の男は顔を見合わせた。お互いのことが嫌いだったが、いまはそんなことは忘れていた。

「これから怪我人がどのくらい増えるかわからない」とジャニー医師は言った。「包帯と消毒薬は私が用意する。骨折している人もたくさんいるだろうし――」そこで彼は声を張り上げた。「誰か樽をひとつ持ってきてくれ！」

「私はあちらで先に始めよう」とベーラー医師は言った。「ここまでなんとか這いつくばってきたのがあと五、六人はいる」

「何か手は打ったか？」とジャニー医師は、彼を追いかけてドラッグストアに入ってきた男たちに尋ねた。「バーミングハムやモンゴメリーに電話はしたのか?」

「電話線は切れているが、電信はどうにか送れた」

「じゃあ、誰かウェッタラに行ってコーエン先生を連れてきてくれ。誰でもいいから車を持っている人に、ウィラード・パイクを上がって、コーシカに抜ける道と、そのあたり全体の道路を見て回ってもらってくれ。黒人の店のある十字路のあたりには、もう家は一軒も残っていなかった。怪我をしている人とたくさんすれ違ったが、私の車にはこれ以上人を乗せられなかった」彼は話しながら、包帯や消毒液や薬品を毛布のなかに放り投げていった。「ああ、もっとたくさん在庫があると思ったんだが! おい、ちょっと待て!」と彼は呼びかけた。「誰か車に乗って、ウーリー家が住んでいる窪地を見てきてくれ。畑を横切っていけばいい——道路は通れなくなっているからな……ほら、そこの帽子をかぶった人——きみはエド・ジェンクスと言ったか?」

「はい、先生」

「ここに入れたものを見ていたな? 店にある同じような見た目のものを全部かき集めて、通りの向こうまで運んでくるんだ。わかったかな?」

「はい、先生」

医師が通りに出ると、怪我をした人がぞくぞくと町に押し寄せてきていた——重傷を負った子どもを連れた母親、苦しそうにうめき声を上げる黒人をぎっしり乗せた四輪荷馬車、ぜいぜい喘ぎながら恐ろしい体験談を語る取り乱した人たち。わずかな明かりしかない薄暗い通りのあちこちで、混乱が高まり、興奮がつのっていた。バーミングハムからサイドカーで乗りつけた新聞記者は泥まみれになりながら、通りを塞ぐ切れた電線や折れた枝のうえを車輪で踏み越えてきた。五十キロほど離れたクーパーから駆けつけた、警察車両のサイレンも聞こえた。

群れをなした人々が、すでに病院の入り口に詰めかけていた。そこは患者が少なすぎて、三ヶ月前に閉鎖されたところだった。医師は、ひしめきあう血の気の引いた人々のあいだに割って入り、一番近い病室に自分の場所を確保した。古びた鉄製のベッドが並んでいるのを見て、これはありがたいと思った。ベーラー医師は一足早く廊下の向かい側で診察を始めていた。

「ランタンを五、六個ほど持ってきてくれ」と彼は頼んだ。

「ベーラー先生はヨードチンキと絆創膏が欲しいそうです」

「わかった。あそこにある……なあ、きみ、シンキー。ドアのところに立って、歩けない人以外はなかに入れないようにしてくれ。誰かひとっ走りして、雑貨店にろうそくがないか見てきてくれないか」

いまや通りはさまざまな音で溢れていた――女性たちの叫び声、ハイウェイを片付けようとしている有志の集団が発する、互いに矛盾したいくつかの指示、緊急事態を前にした人たちの張りつめた、途切れ途切れの声。真夜中の少し前、赤十字の最初の一団が到着した。しかし三人の医師たちと、すぐ後に近くの村から来て合流したふたりの医師たちは、もうとうの昔に時間の感覚を失っていた。十時ごろには死んだ人たちが運び込まれるようになった。二十、二十五、三十、四十——と、その数はどんどん増えていった。彼らはもう手当の必要がないので、従順な農夫らしく、文句も言わずにただ裏手にあるガレージに並べられていた。そのいっぽうで、怪我人は——その数はいまや何百人にもなっていた——定員二十人ほどしかない古びた病院にどんどん流れ込んできた。嵐がもたらしたのは脚、鎖骨、肋骨、腰などの骨折や、背中、肘、耳、まぶた、鼻などの裂傷だった。分厚い板が飛んできてできた傷もあれば、妙な場所に妙な破片が突き刺さってできた傷もあった。頭皮が剥がれた男がいたものの、回復すればまた髪が生えてきそうだった。生きている者にせよ死んでいる者にせよ、ジャニー医師は全員の顔を知っていたし、そのほとんどの名前も知っていた。

「もう心配いらない。ビリーは大丈夫だ。動かないで、これを縛らせてくれ。次から次へわんさと人がやってくる。しかしこうも真っ暗じゃ、見つかりやしない——よし、オーキーさん。大したことないですよ。イヴがヨードチンキを塗ってくれるから……さあ、次はこの人を診よう」

二時。ウェッタラから来た年老いた医師が倒れた。しかしモンゴメリーから到着したばかりの医師たちが、その後を引き継いだ。部屋の空気には消毒液のつんとした匂いが立ち込め、人々がぶつぶつと絶え間なく話し続ける声が、ますます溜まるいっぽうの疲労の層をいくつも飛び越えて、医師の耳にぼんやりと届いた。

「……何度も何度も――ただただ転がされたんだ。茂みを摑んでいたら、その茂みごと吹き飛ばされた」

「ジェフ！　ジェフはどこ？」

「……たしかに豚が何十メートルも飛ばされていったんだよ――」

「――ちょうど列車が停まったところだった。乗客全員が降りてきて、みんなで柱を引っ張るのを手伝ったんだ――」

「ジェフはどこ？」

「彼はこう言ったんだ。『地下室に逃げよう』って。だから俺は言った。『地下室なんてもんはないよ』と――」

「――担架がもうないなら、ドアの軽いのを探してきてくれ」

「……五秒だって？　いや、五分はあったね！」

どこかの時点で、年下のふたりの子どもを連れたジーンとローズを見かけたという話を医師は聞いた。その男はここに来るときに彼らの家の前を通り、家がまだ倒れずに建っているのを見て、そのまま先を急いだそうだ。ジャニー一家は運が良かった。医師の家のほうは嵐の通り道から外れていた。

街灯が突然復旧して、赤十字の前で温かい珈琲をもらおうと並んでいる人たちの姿を見たとき、医師は初めて自分がどれほど疲れているか気がついた。

「ちょっと休んだほうがいいですよ」と若い男が言った。「部屋のこちら側は私に任せてください。看護婦をふたり連れてきましたから」

「わかった——わかったよ。この列だけ片付けてしまおう」

負傷者は傷の手当を受けるとすぐに、列車で近くの街に避難させられ、その場所にまた別の負傷者がやってきた。担当のベッドはあと二つだけだった——その最初のベッドに、ピンキー・ジャニーが横たえられていた。

心臓に聴診器をあてた。鼓動は弱々しかった。こんなに弱って、ほとんど死にかけていた彼が、あの嵐を生き延びられたのはまさしく驚くべきことだった。彼がどうやってここに辿り着いたのか、誰が彼を見つけて、ここまで運んできたのか、まったくの謎だった。医師は身体を調べた。軽い打撲傷と裂傷があって、手の指が二本折れ、他のみんなと同じように耳に泥が詰まっている——それだけだった。医師はしばらくためらったが、目を閉じても、メアリー・デッカーの姿はもうすっかり薄れてしまって、はっきりとは思い出せなくなっていた。個人的な感情とは無関係な、純粋に職業的な何かが彼のなかで動き始めていて、それを食い止める力は彼にはなかった。両手を前に差し出した。それはかすかに震えていた。

「ちくしょう!」と彼はつぶやいた。

彼は部屋を出て廊下の角を曲がると、ポケットから携帯用の酒瓶を取り出した。なかには前日の午後に飲んでいたコーン・ウィスキーの水割りが少しだけ残っていた。彼はそれをぐいと飲み干した。病室に戻ると、手術器具を二つ消毒し、ピンキーの頭蓋の底部にある、弾丸でできた穴が癒えて塞がっている四角いところに、局部麻酔をかけた。看護婦をひとり呼び寄せて、それからメスを手に、甥が横たわるベッドの脇に片膝をついた。

Ⅲ

二日後、医師は痛ましい光景の広がる郊外を車でゆっくり回っていた。誰もが必死だったあの最初の夜が終わった後、彼は緊急治療から身を引いていた。ただのドラッグストア経営者である自分がそばにいると、一緒に仕事をする医師たちもやりづらいだろうと思ったからだ。しかし赤十字を手伝って遠く離れた地区に支援を届ける仕事がまだたくさんあったので、彼はその活動に専念することにした。

悪魔の通った道を辿るのは簡単だった。それは一またぎで七リーグ〔約三十四キロ〕進める魔法のブーツを履いて、不規則なコースを進んでいった。田園を横切り、森を抜け、しばらく行儀よく道なりに進むことさえあったが、道がカーブすると、またでたらめなコースを進み始めた。時として綿花畑にその痕跡を辿れることもあった。花は満開のようだったが、いま畑に散らばっている綿は、嵐によって引き裂かれた何百もの掛け布団やマットレスの中身が、もう一度畑に分配されたものだった。

ついこのあいだまで黒人が住んでいた小屋は、ばらばらの木材の山になっていた。彼はそこで車を停め、ふたりの新聞記者とふたりの内気な黒人の子どもが交わす会話に、しばらく耳を傾けた。頭に包帯を巻いた年老いた祖母が、瓦礫のなかに腰かけていた。何か肉らしきものをくちゃくちゃ嚙みながら、揺り椅子をせわしなく揺らしていた。

「でも、きみたちが向こう岸まで吹き飛ばされていったっていうその川は、どこにあるの？」

記者のひとりが尋ねた。

「あそこだよ」

「どこ？」

黒人の子どもたちは助けを求めるように祖母のほうを見た。

「お前たちの後ろ側にあるやつだよ」と老女が口を開いた。

新聞記者たちは四メートルほどの泥の流れを、うんざりした様子で見た。

「あれは川じゃないよ」

「あれがメナダ川さ。あたしが子どものころから、ずっとそう呼ばれてきたよ。ああそうさ、あれがメナダ川だ。その男の子たちはたしかに川めがけて吹き飛ばされたが、向こう岸にきれいに着地して、怪我ひとつしなかったんだよ。あたしは煙突の下敷きになったけどさ」そう言って、彼女は頭を手でさすった。

「本当にただそれだけのことだったって言うんですか？」若い方の記者がむっとして尋ねた。「男の子たちが吹き飛ばされていった川が、あれだと！　そして一億二千万人がこう信じ込まされたってわけか――」

「それでいいんだよ、きみたち」とジャニー医師が割って入った。「このあたりでは、あれでも立派な川なのさ。そのちびっ子たちが大きくなるころには、川幅ももっと広がっているだろう」

彼は老女に二五セント硬貨を放り投げ、また車を走らせた。

田舎の教会の前を通りかかったとき、彼は車を停めて、墓地を台無しにしている新しくできた茶色の土の山を数えた。彼は今や大惨事の中心に近づいていた。三人が亡くなったハウデンの家があった。残っているものといえば、ひょろ長い煙突と瓦礫の山くらいで、家庭菜園には皮肉にも生き残った案山子《かかし》が一本突っ立っていた。通りの向こう側では、家の残骸のなか一羽の雄鶏がふんぞり返ってピアノのうえを歩き回っていた。あたりに散乱したトランクやブーツ、缶詰、本、カレンダー、ラグ、椅子、窓枠がいくつも、そしてひん曲がったラジオと脚のないミシンが一台ずつ、そういう財産をまるで自分のものだと主張するかのように、雄鶏はやかましく声を上げていた。いたるところに寝具が散らばっていた——毛布、マットレス、曲がったスプリング、ずたずたになった詰め物——医師はそれまで、人が人生のうちどれだけ長い時間をベッドのなかで過ごしているか意識したことはなかった。あちらこちらで牛や馬たちが、その多くは消毒液の匂いをさせながら、野原に戻って草を食べていた。ところどころに赤十字のテントが張られていて、そのひとつのそばに、灰色の猫を腕に抱いた小さなヘレン・キルレインが座っているのを、医師は見つけた。今ではおなじみになった木材の山が、すべてを物語っていた。それはまるで、子どもが癇癪を起こして叩き崩してしまった積み木のようにも見えた。

「やあ、こんにちは」と、医師は沈んだ気持ちで彼女に声をかけた。「猫ちゃんは竜巻を気に入ったかかな？」

「いいえ」

「その子はどうしてたの？」

「にゃーにゃー鳴いてた」

「そうなんだ」

「逃げ出そうとしていたけど、私がずっとしがみついていたら引っ掻いたの——ほらね？」

彼は赤十字のテントをちらりと見た。

「誰がきみの面倒を見ているのかな？」

「赤十字の女の人と、ウェルズさん」と彼女は答えた。「お父さんは怪我したんだ。何か落ちてこないように、私におおいかぶさっていたから。私は猫におおいかぶさっていたの。お父さんはバーミングハムの病院にいる。帰ってきたら、またお家を建ててくれると思う」

医師は思わずびくりとした。彼女の父親にはもう家を建てることなんてできないのがわかっていたからだ。彼はその日の朝、死んでしまっていた。彼女はひとりぼっちになってしまったのに、まだそのことを知らない。彼女の周りには真っ黒な宇宙が広がっている。非人間的で、心を持たない宇宙が。彼女のかわいらしい小さな顔は、何の不安もなさそうにこちらを見上げている。彼は尋ねた。「ヘレン、どこかに親戚の人とかいるの？」

「わからない」

「だけどまあ、きみには猫ちゃんがいる。だよね？」

「でもただの猫だよ」と彼女は淡々と答えたが、大好きな猫を裏切るようなことを言ってしまったのに傷ついて、猫をぎゅっと抱き寄せた。

「猫の世話をするのってすごく大変だろうね」

「そんなことない」と彼女は慌てて言った。「ちっとも大変なんかじゃないよ。ごはんもほとんど食べないし」

彼はポケットに手を入れたが、すぐに思い直した。

「ねえ、あとでまた会いにくるからね——今日じゅうに。それまで猫ちゃんの面倒をきちんと見ているんだよ。いいね？」

「うん、いいよ」と彼女は明るい声で答えた。

医師はまた車を走らせた。それから被害を免れたある家のそばで、車を停めた。家の主であるウォルト・カップスは、玄関ポーチで散弾銃の掃除をしていた。

「それなんだい、ウォルト？　次の竜巻を撃ち落とすつもりなのか？」

「次の竜巻なんて来るものか」

「わからないよ。ほら、空を見てごらん。またずいぶん暗くなってきたぞ」

ウォルトは笑って、銃をぴしゃりと叩いた。「あと百年はもう、あんなもの来ないさ。こいつは火事場泥棒に備えてだよ。このへんにはそういう奴がうようよいるからな。黒人だけに限らず、な。町に行くことがあったら、自警団をこのあたりにも送るよう頼んでくれるとありがたいんだけど」

「伝えておくよ。きみのところは無事だったのか？」

「ああ、おかげさまでな。家にいた六人とも無事だった。雌鶏を一羽、持ってかれたけれどな。まだどこかで宙を舞ってるかもしれん」

医師はいわく言いがたい不安に打ちのめされながら、町まで車を走らせた。

「天気のせいだ」と彼は思った。「これは、こないだの土曜日に空中を漂っていたのと同じ種類の感覚だ」

この一ヶ月というもの、医師はなんとしてでもここから永久に立ち去りたいという思いに駆られていた。かつてはこの田舎が、平和を約束してくれるように思えたものだ。古くたびれた家系から自分をほんのいっとき引っ張り上げてくれた刺激が底をつくと、彼はここに戻ってきた。休息をとり、大地でおこなわれる自然の営みをじっと見守り、近所の人たちと素朴で心地よい付き合いをしながら暮らすために。平和！　今ある家族の諍いが決して収まりそうにないことは彼にもわかっていた。何事ももう元通りにはならない。この先ずっとぎくしゃくしたままだろう。そして穏やかな田舎が、喪に服す場所に変えられてしまうのを彼は目撃した。ここに平和などない。別の場所に移ろう！

路上で彼は、町に向かって歩いているブッチ・ジャニーに追いついた。

「あんたに会いに行こうとしていたんだ」とブッチは顔をしかめながら言った。「結局あんたがピンキーの手術をしたんだって？」

「乗れよ……ああ、やったよ。どうして知っているんだ？」

「ベーラー先生が教えてくれた」彼はちらっと医師を見た。そこに疑いのようなものが込められていることを、医師は見逃さなかった。「今日いっぱいはもたないだろうとみんな思っている」

「お前の母さんにはすまないと思ってるよ」

ブッチは嫌味な笑い声をあげた。「ああ、そうだろうね」

「お前の母さんにはすまないと言ったんだ」と医師はきつい口調で言った。

「聞こえたよ」

ふたりはしばらく黙っていた。

「お前の車は見つかったか？」

「車が見つかったかって？」とブッチは悲しそうに笑った。「俺が見つけたものは――もはや車なんて呼べた代物じゃなかった。いいか、二五セントあれば、あの車に竜巻の保険をかけることだってできたんだ」彼の声は怒りに震えていた。「たった二五セント――でもいったい誰が竜巻保険のことなんて考える？」

あたりは暗くなってきていた。はるか南の方から、雷鳴の乾いた音がかすかに聞こえてきた。

「まあ、俺が望むのはただ」ブッチは細めた目をちらりと向けて言った。「ピンキーの手術をするとき、あんたが酔っ払ってなかったってことだけだよ」

「なあ、ブッチ」と医師はゆっくり言った。「あんな竜巻をここに連れてくるなんて、私も汚い手を使ったもんだな」

そんな皮肉が通じるとは思っていなかったが、何か言い返されるだろうとは予想していた――そのとき、ブッチの顔がぱっと目に入った。魚のように青白く、口をぽかんと開き、目は前方をじっと見据え、喉からはか細い泣き声のような音が漏れていた。彼は片手を力なく前に上げ、それでようやく医師も見た。

一キロ半も離れていないところで、巨大な独楽《こま》の形をした黒い雲が空を覆い、それがひょいと身を屈めたり渦を巻いたりしながら、こちらに迫ってきていた。その前方では、すでに烈風が歌うように吹き荒れていた。

「なんてこった！」医師は叫んだ。「戻ってきやがった」

五十メートルほど先に、ビルビー・クリークにかかる古い鉄製の橋があった。彼はアクセルを思い切り踏み込み、急いでそこに向かった。野原は同じ方向に走っていく人々でいっぱいになっていた。橋に到着すると、彼は車から飛び降りてブッチの腕をぐいと引っ張った。

「降りるんだ、この馬鹿！　降りろ！」

力の抜けた身体が、車から転がり出た。すぐに彼らは、五、六人の人たちと合流した。そして橋と川岸とがつくる三角形の空間に身を寄せ合った。

「こっちに来るかな?」

「いや、向きを変えた!」

「おお、なんてことだ。じいさんを置いてきてしまった!」

「ああ、助けて、助けて! イエス様、助けてください! 助けて!」

「イエス様、頼むよ!」

外では急な突風が押し寄せていた。その小さな触角がいくつも橋の下に差し込まれ、そこにこもった妙な緊迫感が、医師の肌をあわ立たせた。それからすぐに、一種の真空状態があった。風はやんだが、突然の雨が地面を激しく叩きつけた。医師は橋の縁まで這っていって、用心深く頭を突き出した。

「もう通り過ぎた」と彼は言った。「端っこのほうがかすめただけだ。竜巻の中心はここより右側を通った」

彼はそれをはっきりと見ることができた。ほんの一瞬、そのなかにあるものの姿が見分けられたほどだった——植え込みの木、小さな木、分厚い板や、ばらばらになった土くれ。頭をもう少し突き出すと、彼は懐中時計を取り出して時刻を見ようとしたが、雨が分厚いカーテンのようになって視界を妨げた。

ずぶ濡れになって、彼はまた橋のしたに這って戻った。奥のほうの隅で、ブッチが横になって震えていた。医師は彼の身体を揺すった。

「お前の家の方に行ったぞ！」と医師は叫んだ。「しっかりしろ！　家には誰か残っているか？」

「誰もいない」とブッチはうめくように言った。「みんなピンキーのところにいる」

雨は今や雹《ひょう》に変わっていた。最初は小さな粒が降り、それから粒はどんどん大きくなって、鉄橋を打つ音が耳をつんざくほど激しくなった。

橋のしたでなんとか一命をとりとめた哀れな人々は、ゆっくりと回復していった。安堵のあまり、ヒステリックな忍び笑いまで聞こえてきた。緊張がある程度まで達すると、神経組織は抑制を失い、これといった理由もなく別の段階に移行するのだ。その笑いは医師にまで伝染しそうだった。

「これは災害よりも始末が悪いな」と医師は乾いた口ぶりで言った。「厄介なことになってきた」

Ⅳ

その春、アラバマに竜巻はそれ以上やってこなかった。二番目の竜巻を、多くの人は最初の竜巻が舞い戻ってきたと考えていた。というのも、チルトン郡の人々はそれを、異教徒の神のように形をとった、はっきりとした力としてとらえていたからだ——何十軒もの家を奪い（そのなかにはジーン・ジャニーの家もあった）、三十人ほどを負傷させた。しかし今回は——おそらくみんなが自分の身を守るためのなんらかの方法を身につけていたおかげで——死者はひとりも出なかった。竜巻は最後にお別れの挨拶をするようにベンディングのメインストリートを通り抜け、ドラマチックに去って行った。電柱を次々となぎ倒し、三軒の店の正面を破壊しながら。そのなかにはジャニー医師のドラッグストアもあった。

一週間が経つころには、古い材木を使って家が建て直され始めた。長く瑞々しいアラバマの夏が終わるころには、墓地じゅうがまた青々と茂る草に覆われているだろう。しかし、この地の人々がさまざまな出来事を「竜巻前」か「竜巻後」かで考えるのをやめるようになるには、まだ何年もかかるはずだ——多くの家族にとって、物事は以前とはすっかり変わってしまった。

この場所を去るのに、これ以上ない好機が訪れたとジャニー医師は思った。救護活動と災害とによってほとんど空《から》になってしまったドラッグストアの残骸を売り払い、住んでいた家は弟のジーンがもとの家を建て直せるようになるまで明け渡した。街には列車で向かうことにした。車は木に衝突して、駅より遠くにはもう乗って行けなそうだったからだ。

その道すがら、彼は何度も車を停めては、人々にさようならを言った——そのなかにウォルター・カップスもいた。

「結局、あんたのとこもやられたってわけだな」と彼は言った。そこに家があったことを示す唯一の手がかりとなった、陰気な屋外便所を眺めながら。

「ひどい有様だよ」とウォルターは答えた。「でも考えてみてくれ。家のなかとその周りに俺たち六人いたんだが、誰も怪我しなかったんだ。それだけでも神に感謝しないと」

「運が良かったな、ウォルト」と医師もこれに同意した。「ところで、赤十字がヘレン・キルレインをモンゴメリーか、あるいはバーミングハムに連れてったって話は聞いてないか？」

「モンゴメリーだよ。ほら、あの子が猫の足に包帯を巻いてもらおうと町にやってきたとき、たまたまそこに居合わせたんだ。あの雨と雹のなかを何キロも歩いてきたにちがいない。何をおいても子猫のことが大事だったんだな。悪いと思ったけど笑っちまったよ。見上げた根性だって」

医師はしばらく黙っていた。「あの子の親戚が誰か残っているか知らないか？」

「わからん」とウォルターは答えた。「たぶんいなかったんじゃないかな」

最後に立ち寄ったのは、弟の家だった。家族はみんなそこにいた。一番小さい子まで、瓦礫の片付けをしていた。ブッチはすでに、なんとか被害を免れた品物を入れておくための小屋を建てていた。それを別にすると、今あるなかで一番きちんとしているものといえば、庭を囲むはずだった白い丸石の点々と残る跡くらいだった。

医師はポケットから百ドルぶんの紙幣を取り出して、ジーンに手渡した。

「そのうち返してくれたらいいから。でも無理はするなよ」と彼は言った。「店を売ったときの金だ」ジーンが礼を言うのを彼は遮った。「あとで連絡するから、私の本を丁寧に荷造りして送ってくれ」

「向こうでまた医者の仕事をするつもりなのか、フォレスト？」

「やってみるかもしれんな」

兄弟はしばらくお互いの手を握っていた。下のふたりの子が、さようならを言いにやってきた。その後ろには、着古した青いワンピース姿のローズが立っていた——長男のために着る喪服を買う金がなかったのだ。

「さよなら、ローズ」と医師は言った。

「さようなら」と彼女は答え、それから生気のない声でこう付け加えた。「幸運を祈っているわ、フォレスト」

一瞬、彼は何か和解につながるようなことを言いたくなった。しかし、そんなことをしても無駄だとわかっていた。今、彼が向き合っているのは母性本能だ。それはあの小さなヘレンに、怪我をした猫を抱えて嵐のなかを歩かせたのと同じ力だった。

駅でモンゴメリー行きの片道切符を買った。村は遅れて来た春空のもと、冴えない様子だった。列車が走り出すと、ほんの半年前にはここがどこよりも素晴らしい場所に見えていたのが、彼にはなんだか不思議に思えた。

普通列車の白人用座席に乗客は彼ひとりしかいなかった。やがて尻ポケットに入れた瓶のことを思い出して、それを引っぱり出した。「やっぱり四十五歳の男が人生をやり直すとなると、外から勢いをつけてもらわないとな」それから彼はヘレンのことを考え始めた。「あの子には身寄りがないいんだ。もううちの子になったも同然じゃないか」

彼は瓶を軽く叩いてから、驚いたような顔をしてそれを見下ろした。

「さて旧き友よ、しばらくきみともおさらばしないといけないようだ。猫というのはとにかく手がかかるもんだが、世話しがいがあるし、ミルクもたくさん飲むだろうからな」

彼は椅子に身を落ち着け、窓の外を眺めた。あの恐ろしい週の記憶のせいで、風はいまだ彼の周りを舞い、隙間風として列車の通路を吹き抜けていた。世界じゅうの風は――サイクロン、ハリケーン、竜巻――灰色だったり黒かったり、予測できるものもあれば予測できないものもある。あるものは空から吹いてきて、またあるものは地獄の洞窟のなかから吹きだしてくる。

しかし、ヘレンにはもう二度と触れさせはしない――彼の力が及ぶかぎりは。

ほんのつかのま彼はうたた寝をしていたが、ずっと頭から離れない、ある夢に目を覚まさせられた。「お父さんが私におおいかぶさって、私は猫におおいかぶさっていたの」

「わかったよ、ヘレン」と彼は声に出して言った。独りごとはいつものことだった。

「このおんぼろ船も、もうしばらくは沈まず水に浮かんでいられるだろう——たとえどんな風が吹こうとも」

解説

石塚久郎

本書は医療を題材とした、一九世紀から現代にかけての英米の選りすぐりの作品一四編を翻訳したものである。医療といっても、医師による医療行為だけでなく看護やケア、医師と患者の関係、患者の経験など広範囲の医療行為を含んでいる。本書ではそうした医療行為を七つの項目に分類し、それぞれに一つから三つの短編を配列した。病に特化した前アンソロジー『病短編小説集』(以下、『病』編)の姉妹編となるものだが、観点を病から医療に移すことで前作とは違った切り口の医療系文学アンソロジーとなっている。選定には編者の好みとバイアスが反映されていることや、ありそうでなかった画期的なアンソロジーであることは『病』編と同様である。英語圏では以下に説明する「医療人文学」のサイドリーダーとして幾つか類書が散見されるが(とはいっても廉価なものはまだない)、日本では管見の及ぶ限り医療に特化したアンソロジーは大衆娯楽的なものを除き、これが最初のものとなる。その意味で、本書は医療と文学の関係に関心のある研究者やこの分野に興味のある一般読者の最良の入門書となるのはもちろん、医療従事者の文学教育のための格好の教科書となろう。

なぜ文学と医療なのか。なぜ文学は医療を誘い、取り込み、作品化するのか。昨今のエンターテインメントを一瞥しても医療もののテレビドラマ、映画、小説、漫画が絶え間なく産出され、医療メディア文化というべきものが確立している。こうした医療メディア文化の起源と系譜、その勃興と隆盛の理由は簡単に説明できるものではない。強いて最も単純な理由を言えば、現代社会が、いい意味でも悪い意味でも、高度に医療化されたからだろう。医療化とはかつて宗教や共同体に担われてきた社会現象が医学の知によって再定義され、医療の領域のものと了解されることを言う。生まれる時もこの世を去る時も医師がそこにいる。病める時はもとより、精神の不安な時も医療者はあなたの声に耳を傾ける。健康偏重社会にあっては、健やかな時も道を逸脱することのないように予防という名のお節介を焼いてくれる。医療がこれまでになく私たちの身の回りに入り込み、私たちの人生が医療と切っても切れない関係にある。しかも医療行為には誕生と死、病苦と希望、実存的問い（なぜ私がこんな病を患うのか？）や最先端の問い（生殖技術や尊厳死に関わる問題）とその答えの曖昧さといった文学にはもってこいの文材《ネタ》が詰まっている。大衆文化にまで広げられた意味での文学と医療とはかくも相性がいいのだ。

いやそれだけでは、現代の私たちが医療メディアに食いつく理由——医療メディア文化の隆盛——を説明できない。恐らく理由の一つに、私たち自身が広い意味で「医療従事者」であるという切実な事情があるのではないだろうか。自分の身体に対して「医者」であれという（これ自体は古くからある考えだが）健康社会が発する命令に対して従順であることに加えて、身近な人を介護《ケア》する立場に立たされる機会が増したこと、延命措置の可否など医療的判断を強いられる機会が増えたことなどもその背景として挙げられるだろう。医療を他人事ではなく自分のこととして捉え直す人々が増え、そうした人々の思いが医療文学・文化を要請したと言える。本書も医療化された社会で答えのない問いに挑み、暗中模索し、悩む人々のヒントになればとの思いで編まれた。

本書で取り上げられた作品のほとんどは文学史的にも著名な作家からのものであり、その意味で、大衆小説とは違った作品の曖昧さや難解さはある。が、それはこうした作品が単に感動を誘うだけの代物ではないこと、両義性や読みの可能性を多く秘めていることの証しである。もちろん、大衆文学といわゆる純文学との区別はまやかしのものであり、本書で取り上げた作家の中にも当時、流行作家であったものもいるが、本書の短編はどれも歴史的評価に耐えうる医療短編小説であると自負する。文学に通じている人なら、こんな有名どころの作家がこんな作品も書いていたのだという発見もあるだろう。それも楽しみの一つである。以下の個別の解説では解釈の手助けとなる補助線を引いているが、読者は編者の解釈を参照しつつもそれに拘泥することなく自由に作品を解釈して欲しい。なお、一四編の半分にあたる七つの短編は本邦初訳である。

二つの「文学と医学」——文学と医療人文学

ここで多少脱線して先に触れた「医療人文学」について述べたい。興味のない人は飛ばしてもらっても構わない。「文学と医学 Literature and Medicine」という研究分野があるが、管見では現在これは二つのことを意味している。一つは主に英語圏の文学研究において二〇世紀後半から台頭した文学と医学との関係を分析する研究活動である。この分野の泰斗であるG・S・ルソーが観念史から派生する形で「文学と医学」の研究を始め、その後、文学を歴史の文脈の中で理解する新歴史主義の流れに乗り、さらに、医学史の泰斗で文学好きのロイ・ポーターとの共同作業などを通じて、一九七〇年代はマイナーだった「文学と医学」研究は今や誰もが認める確固たる主要な研究分野の一つに成長した。かくいう編者の私もこの流れの中で研究活動を行ってきた。「文学と医学」研究の一端は『病』編の解説を読んでいただければわかるかもしれない。ところが、文学研究内で「文学と医学」が発達したほぼ同時期に、まったく別である。医学、特に医療者教育においての分野で「文学と医学」が注目を浴びるようになった。医学、特に医療者教育においてである。

「医療人文学 Medical Humanities」と呼ばれるようになる学問は今や、英語圏の多くの医療者教育機関において必須の科目となっている（現在は医学・医療という名称から、より広い範囲の医療行為を指す言葉として「ヘルス・ヒューマニティーズ Health Humanities」という名称が用いられることも多いが、日本語の馴染みやすさからしても医療人文学の名称の方を個人的には支持する）。現代医学が高度に発達したことで、医学生や医療従事者は莫大な量の専門知識と臨床経験が求められるようになり、また、医学の権威や地位が飛躍的に向上したことで、医療者の自己像も大きく変化（悪く言えば肥大化）した。こうした流れにおいて、医療の本来のあり様――患者を主体とした利他的医療行為――が忘れ去られ、患者を診るのではなく患者の体、つまり疾病を診るのが主になったり、名声や金など自己利益を優先する態度が横行したりと、現代医療の行き過ぎに対する弊害も叫ばれるようになった。この行き過ぎた現代医療への処方箋として編み出されたのが医療人文学である。専門的知識や客観的データに基づく教育では抜け落ちてしまう人間的価値や人格形成の教育が目的とされた。患者をモノとしてではなく人間として扱い、病者の苦しみとその声に共感的に耳を傾け、想像力をもって患者に接することをいかにして教えられるのか。大きな手助けになると期待されたのが歴史・医学史、哲学、倫理学や文学といった人文学がこれまで蓄積した知見であった。その理解のもと、英語圏では七〇年代から急速に医学部での医療者教育に医療人文学が取り入れられてきた。その中でも文学は特に重要な役割を担ってきた。なぜか。

医療者に相応しい人格を形成する教育において、例えば医者の倫理的な態度は哲学や医療倫理などの分野で学ぶことができるかもしれない。しかし、医療者にとって最も根本的な資質である共感や想像力はどうやったら学びまた教えることができるのだろうか？（私は医療教育をじかに見聞きした訳ではないので、今述べていることは間接的な知識に基づいていると断っておかなければならない）。患者との感情の距離の取り方や共感のあり方などはある程度マニュアル化されていると想像する。が、言うまでもなく人格形成には時間がかかるし、そもそも共感する能力を教えることができるのか？　医師も看護師も感情労働を余儀なくされている現在、頭のいい学生や医療者は感情マニュアルを習得し身につけることはできるかもしれない。が、見せかけの共感はすぐにでも見破られる。営業用の笑みはかえって冷たい。そこで登場したのが文学である。文学こそがマニュアル化されない感情教育の場を提供できるのではないか、文学研究で培われた「精読 close reading」（通読では気がつかない微に入り細を穿った読解）の知見を医療者教育に応用できるのではないか、といった期待がもたれたのだ。もっとも、文学を医療者の必須のアイテムとする考えには長い歴史がある。一九世紀末にジョンズ・ホプキンズ大学の医学校が開設された時、人道主義的医師ウィリアム・オスラーが非人間化する医療に対して文学を軸とした人文教育を提唱したのは有名である。医療人文学の起源をここに求める見方もあるが、医科学と文芸が分離し始めた一九世紀初頭にまで遡る見方もある。いずれにせよ、想像的文学がある種のロール・モデルとなって、それを精読することにより、医療者の共感力の幅を広め、他者の視点に立ってものを考える力を高め、物事の矛盾する意味を捉えたり、文学特有の意味の曖昧さを許容する能力を養うことができると考えられた。こうして一九七二年にペンシルヴァニア州立大学の医学校で文学者が専任教員として採用され「文学と医学」の講座が開講された。以来、医学には本質的ではないとされる文学をなぜわざわざ教えるのか、という問いに対する試行錯誤の議論が繰り返され今に至っている。現在ではコロンビア大学のリタ・シャロンが「ナラティヴ・メディスン」を提唱し、文学教育を通した物語能力の養成を医療教育のプログラムに組み込んでいるが、名称が戦略的に代わっただけで本質は従来の「文学と医学」教育となんら変わっていない。

このような医療教育における文学の重要性に対して当の文学研究者はどう反応したのか。端的に言って反応は薄い。専門誌『文学と医学』が一九八二年に刊行され、二つの「文学と医学」が合流するプラットフォームができたのを除けば、二つの「文学と医学」は別々に発展してきたように見える。理由の一つは恐らく、文学者の文学への慎重な姿勢にある。上記の説明を聞いた文学者は即座にこう思うだろう。文学作品を読んだからと言ってよい人間になれる訳ではないし、文学にヒューマニスティックな価値が内在する訳でもない。医療人文学者は文学に過剰な期待を寄せている、それが幻想なのは、文学者がどんな人間か見れば一目瞭然であると（半ば自虐的に）言うだろう。こうした大きな保留を受けとめつつも、そして、文学は毒にも薬にもなり得るということを肝に銘じつつも、やはり、医療に文学は必要だと考える。二つの「文学と医学」はより交流を深めるべきだと考える。それはひとえに医学も文学であるからだ。

医療は文学である、とはどういうことか。医学や医療行為は他の客観的な自然科学と違って人間を相手にした、主観的な科学である。もちろん医療に客観的な知やデータは必須であるが、キャサリン・モンゴメリーが『ドクターズ・ストーリーズ』で喝破したように医療行為の具体的な実践は文学活動の実践と近しい。医師が患者に「どうされましたか？」と訊くところから医療の文学活動は始まっている。患者が話す病歴は小さな自伝であり、医師はその物語を事後的に解釈し、問診や身体を診察することでその解釈を裏づけ、自らの解釈を「診断」として新たな医学の物語に書き換え患者に差し戻す。いわば患者の物語（テクスト）が原作であり、医者の物語はそこから派生した二次的な物語（解釈・分析）となる。医師-患者のベーシックな関係そのものが文学活動に基礎づけられるものなのである。こうした医療に必要とされる文学のリテラシーはかつての教養のための文学の知識——上辺だけの教養——とはまったく異なる。

物語的感受性と共感の能力を涵養する場が文学にはあるはずである。今後、文学研究者がどのように医療教育に関わっていけるのかが課題となろう。ちなみに、日本では医療人文学が医療者教育のプログラムに組み込まれたという話は寡聞にして聞かない。ナラティヴ・メディスン関連の本の翻訳もあるのを見ると、周縁では細々ながら啓蒙活動はなされているのだろうが、過密な医療教育プログラムの中で人文学の居場所はなかなか見つからないようだ。しかし、文学は医療に内在するものだというテーゼが正しいなら、教育プログラムのメインストリームの中に文学を組み込むといった大胆な試みが是非とも求められるだろう。

1　損なわれた医師

本書の冒頭を飾るのは「損なわれた医師」である。医師は患者を治療するという意味で病者の対極にあるように見えるが、医師もまた一人の病者として、時に病に苦しみ、時に損なわれる。「損なわれた医師」というのでは医療者に対して礼を欠くのではないかと思われるかもしれない。そもそも損なわれた医師という括りは何なのか。非人間化された現代医療の申し子なのか。いや、決してそうではない。損なわれた医師は理想的医師、ヒューマニスティックな医師と表裏一体である。どういうことか。

私たちは、理想的な医師とは病人を共感の心で全人的に扱うヒューマニスティックな人間であり、この医師像はヒポクラテスの誓いから現代の医療倫理に至るまで普遍的なものであるとみなしがちだが、これはまったくの幻想である。この医師像は一八世紀末のスコットランドの医師、ジョン・グレゴリー（一七二四―七三）に端を発するものであって、ヒポクラテスの誓いには病者に共感せよとは一言も書かれていない。そもそも、ヒポクラテスの誓いが度重なる曲解と改竄を経て、医療倫理のバイブルのような扱いをされるようになったのは二〇世紀も後半になってからである。グレゴリーは一八世紀スコットランドの道徳哲学を拠り所として、医師業の根底に共感の原理を取り入れた。道徳哲学者が言うように、人間には、他者の立場に身を置いてその心情を自分のもののように感じ共鳴する能力が生まれながらに備わっている。グレゴリーはこの一般原理を特に医師の倫理的資質に適用した。共感の原理の根本は他者の痛みだからだ。共感とは他者の苦しみを見て自分が苦しんでいるように瞬時に感じる能力の謂《いい》に他ならず、その苦しみをなんとかしなければならないという積極的な行為を促すものである。これは医師が病者の苦しみに共感して利他的な医療行為に至る過程そのものである。このようにしてグレゴリーは医師の理想像を共感の原理によって鋳なおし、人道主義に基づく医師を医師の基本とした。

なぜこの時期にと思われるかもしれない。それ以前は人道的な医師はいなかったのかと。詳細は省くが、一九世紀以前の医師のイメージは極めて悪い。文学作品に限って言ってもモリエールの戯曲を想起すればわかるように、嘲笑の的となっても尊敬の対象とはなり得ない。それもそのはず、現代のように病人を適切に治療し完治させることができないのだから。医師はデフォルトに損なわれていたと言ってもいい。医療者の業界も無法地帯さながらである。学位があってもなくても医師と名乗れるし（学位は金で買える）、正規の医師とそうでない医師との区別もままならない。外科医は理髪屋も兼ね、巷には藪医者が横行し、薬剤師も薬を売るだけでなく医師同様の医療行為も行う。産婆や女性医療者は貧者が唯一頼れる医師である。正統な医師が裕福な患者（ほとんどが医師より身分が上）から信頼を得られるかどうかは、彼がジェントルマンの礼儀と作法を身につけているかどうかにかかっていた。が、ジェントルマンのマナーなど模倣できるのだから、それも意味がない。医師稼業は他の商売稼業と同じく利益を求めてのこと。医師は商売人と変わりないとみなされた。このような混沌とした状況の中で、グレゴリーは医師を医師たらしめる医療倫理を作り上げ、専門職として独立した医師の姿を理論上確立させた。一九世紀を通じてこの医師像がスタンダードなものになっていく。

医師のこの理想像が浸透していくとどうなるか。医療水準は未だ低いままなのだから、理想と現実とのギャップに医師は直面せざるを得ない。一九世紀半ば以降、医業を巡る法整備、制度設計、医療技術の進歩などにより、ようやく医師が尊敬され得る社会的地位を確立し始めた時も（というか、そうだからこそ）、理想の重荷に苦しめられる。ヒューマニスティックになろうとすればするほど、理想に届かない自分の姿に悩み、損なわれる可能性も高くなる。こうした二つの医師像――理想的な医師と理想に挫折した医師――が文学の中でも登場する。前者は「田舎医者」という括りで。馬車に乗って村の住民を往診する人情味溢れた田舎医師の献身的な姿を描く物語である。後者はその反転した姿の医師、「損なわれた医師」という括りで。その多くは薬物中毒者である。なぜか。一九世紀半ばから阿片やモルヒネ、エーテルやクロロホルム、ヘロインやアスピリンなど次々に鎮痛剤と麻酔薬が医師に活用されるようになったからだ（ヘロインも当時は魔法の鎮痛剤として重宝がられた）。医師は患者の信頼をこのような鎮痛剤を通して得ていたのだが、医師が過労や仕事の重圧を軽減するためにアクセスしやすい薬物に手を染めたのは想像に難くない。一八八三年のアメリカのある医師が証言するようにモルヒネ中毒の大半は医師であった（ロシアの医師兼作家ミハイル・A・ブルガーゴフの、その名も「モルヒネ」（一九二七）は作者自身のモルヒネ中毒の体験を基にして書かれた名作である）。現代においてもこの構造に変わりはない。医療倫理が厳しくなった分、過密スケジュールの中の勤務でのストレスと過労のせいで、何らかの形で損なわれる医師は多い。アルコール依存（医師はアルコールの消費量が多いとされる）、薬物依存、鬱病、自殺率の高さ、燃え尽き症候群。一見華やかに見える医師稼業も他の専門職以上に損なわれやすいのだ。

「オールド・ドクター・リヴァーズ」

理想主義的医師と損なわれた医師の両義性が見事に結晶化した作品が冒頭を飾る「オールド・ドクター・リヴァーズ」（一九三二）である。作者はモダニストを代表するアメリカの詩人ウィリアム・カーロス・ウィリアムズ（一八八三―一九六三）。文学史的には詩人として名高いが、医療人文学の分野では最も医療文学アンソロジーに採用される作家の一人である。というのも、ウィリアムズはいわゆる「医師‐作家 doctor-writers」の代表格であり、故郷のラザフォードという小さな町で開業医をしながら文筆活動をしていたからだ。医療ものの短編をいくつか執筆しているが、どれも彼の日々の医師稼業の経験が活かされている。特に貧しい移民を往診した経験が濃厚に反映された短編が多い。

「オールド・ドクター・リヴァーズ」では人情味溢れる昔気質の医師リヴァーズの顛末が語られる。誰かが語るのを聞いたものを語るという入れ子状構造で、複数の視点から断片的に語られるため、リヴァーズの全体像が摑みにくくなっている。引用符もないので、どこからどこまでが誰のセリフなのかも曖昧で、かつ、一貫した筋がないまま逸話の積み重ねで成り立っている。この語りの手法は一義的には把握できないリヴァーズという複雑な人物像を反映しているかのようだ。リヴァーズは、繊細で感じやすい心を持ちながらエネルギッシュで勇敢、そして医師として抜群の腕前を持っている。残酷にもなれるが面倒見もよい。患者を診るのはお金のためではないが、時に自分を崇拝させるためであると語られる。矛盾を孕んだ人物だ。途切れ途切れに語られるリヴァーズの人生は大きく三つの時期に分けられよう。一つ目は独身時代のリヴァーズで、意気揚々と医師業に励み一番幸せだった時期。二つ目の中年期のリヴァーズは名実ともに絶頂期を迎える。だがそのため薬物依存に陥る。最後は晩年。薬物に支配され大失態を犯すも住民から偶像崇拝の対象となる。

リヴァーズは献身的な奉仕のゆえにストレス過多と過労に陥り、徐々に損なわれていく。女やアルコールは言うに及ばず、通常の睡眠薬、モルヒネ、コカイン、ヘロインといった薬物に溺れ、時に精神病院の厄介にもなりながら、それでもカリスマ的な人気を得た。薬物に支配された後でも、他の医師が駄目ならリヴァーズが何とかしてくれるはずだという人々の盲信的な崇拝の的となって、その期待に応えようと益々薬物にはまっていく。人情味溢れる医師であるがゆえに損なわれた医師となるリヴァーズは、二つの相反する医師の姿をコインの裏表のように具現する。

物語が馬で始まって自動車で終わっているのはいかにも象徴的である。二つとも彼の人生を決定づけるものだ。馬や馬車は一九世紀の人道主義的な田舎医者が昼夜問わず病人を往診するための必須の移動手段であり、その献身的な精神と昔気質の医師のあり様を象徴するものである。自動車は近代化された医療と新しい医師像を象徴するものだろう。語り手の若い医師はつい最近のことでもずっと昔のことのように思われると、新旧の二つの時代の断絶を強調している。とすれば、リヴァーズの最後の時期（三つ目）は終わりではなく、本当の終わりはこの自動車時代ということになる。つまり、旧来の田舎医者的リヴァーズは最後の最後、近代化の波に飲まれカリスマ性を失い馴致され（馬ではなくポメラニアン）「オールド・ドクター」ではなくなったのではないか、これが本当の意味でのリヴァーズの死、別の意味で「損なわれた」のではないか。語り手が記録台帳にリヴァーズの名を薬物依存で死亡と発見するのは、彼を聖人化するための戦略なのではないか。様々な解釈を誘発する秀作である。

「千にひとつの症例」

サミュエル・ベケット（一九〇六―八九）はアイルランド生まれの劇作家・小説家。日本でも『ゴドーを待ちながら』などの不条理劇で有名である。「千にひとつの症例」（一九三四）はベケットの初期の佳作である。主人公のドクター・ナイは鬱の気があるらしいが、自分自身を救うことはできない。心臓の具合も悪そうだ。医師の手の及ばない類のものというから恐らく心因性のものだろう。物語はそんな心身共に病んだドクター・ナイと彼が診ている少年の母親、ミセス・ブレイを軸にして展開する。ミセス・ブレイは彼の幼年時代の乳母であり、ナイは幼い頃、結婚したいと思うほど夫人に愛着を感じていた。その愛着の底に彼のトラウマ――彼が悲観的な人間であることとの原因――が隠されているようなのだが、夫人とナイとの最後の面談で秘密は明かされはするものの、読者には明かされないまま物語は終わる。なんとも読者にとっては後味が悪い。

作者ベケットがこの頃、心身の健康の悪化のためロンドンのタヴィストック・クリニックでウィルフレッド・ビオン博士に精神分析治療を受けていたことから、この作品を精神分析学的に読みとる解釈が多い。乳母ミセス・ブレイは母親の代理であろうし、ドクター・ナイが少年のベッドに横になり恍惚状態になるのは射精を暗示しているのかもしれない。しかし一番の謎は彼のトラウマである。彼がなぜ「損なわれた」のか。職業（倫理）上の理由ではなく、ごく個人的な理由だ。ベケットは当時、フロイトの「少年ハンスの症例」を読んでいたらしい。ハンス少年と同様、ナイ少年も女性の解剖学的身体、特に男性のように女性にもペニスがあるかどうかを知りたがり、乳母のブレイに言い寄り、乳母のブレイはナイ少年にその答えを自分の体を見せることで証明したのかもしれない。お医者さんごっこのような二人の行為は、ナイ少年にトラウマを生じさせ、性的不能《インポテンツ》に陥らせたと考えられる。ドクター・ナイが男女問わず「臀部」に関心を向けるのも、臀部はペニスの代理であるというフロイトの考えと関係があるのかもしれない。千にひとつの症例とはミセス・ブレイの子供（結核による胸膿と推測される）の症例である以上に、医師ブレイを悲観的な男にしたインポテンツの症例であると言える。

精神分析学的に一通りの解釈をしても多くの謎を残す作品である。ミセス・ブレイの奇妙な行動は何を意味するのか。子供が亡くなり、病院を見上げる必要がなくなったのに、そこに子供がいるかのように同じ振る舞いを反復するのはなぜか。学校時代の友人にワッセルマン検査(梅毒検査)を行うというので物語は終わるが、どんな意味があるのか。この作品に限ったことではないが、文学テクストはクリアカットに割り切れない曖昧さや、読者によって埋められるべき余白を残している。解説は答えではないので、一人一人想像力を働かせ、余白を埋めて欲しい。ちなみに、ミセス・ブレイの話はベケットの親友で医師であるジェフリー・トンプソンが彼に語ったものとされる。トンプソンはベケットの健康の悪化——パニック、不眠、排泄障害、不整脈、関節痛等々——を見かね、それが心因的なものだと理解し精神分析療法を勧めた。ベケットは首に嚢腫を患い、小説の中の少年のように手術を受けている。また、ミセス・ブレイの特徴であるイチゴのような鼻やクローヴやペパーミントが好きなことは、ベケットの乳母であったビビィと同様である。ベケットの自伝的要素もヒントになるかもしれない。

2　医療と暴力

医学の知と言説が容易に権力と結びつくことは、フーコー以降もはや常識となっている。歴史・文化史研究の中でもフーコーの権力論を頼りに新歴史主義が勃興し、一見ニュートラルに見える医学の知が例えば人種主義の理論的根拠となって人種差別や偏見を助長したことがわかっている。ここで取り上げるのは、そうした医学言説の不可視の権力構造ではなく、日々の医療行為の中に内在する「力」、時に権力を持つ医師の手によって行使される物理的力〈暴力〉である。医療人文学のアンソロジーには医療者の患者に対する道徳的態度、医療者の感情のコントロールといったことを学ばせるために、よく取り上げられるものだ。特に「力ずく」と「人でなし」は最もよく取り上げられる短編と言っていい。「センパー・イデム」は外科医、「力ずく」は訪問医、「人でなし」は救急医の例である。

　医療の暴力的行為は医療技術の発展と関係があるかもしれない。麻酔薬が導入される以前の理髪師兼外科医の大道芸人的な荒療治——虫歯をいかに素早く抜くかがショーとして見せられた——は確かに「野蛮」で「痛く」はあるが、暴力とは言えまい。医療技術が洗練され身体への侵襲が本格的になるに従って医療行為も暴力化する。例えば、一九世紀半ばからの麻酔薬の導入は外科医の地位の向上をもたらすと共に、外科医の患者に対する力の増大ももたらした。麻酔薬で意識を失い無防備になった患者は苦痛は感じないものの、医師のなすがままなのだから。『病』編のカバー絵「昏睡する裸の男」はその恐怖を端的に表している。二〇世紀は外科学の世紀と言われるほど外科手術が飛躍的に発展した時代である。が、他方でその行き過ぎも指摘される。子供の喉の痛みを取るための扁桃腺除去手術、更年期障害解消のための子宮除去手術、果ては、男性同性愛の「治癒」のための睾丸移植手術など、不合理で荒唐無稽な手術が医師の功名心の名のもとに行われた。

「センパー・イデム」

ジャック・ロンドン(一八七六―一九一六)の短編「センパー・イデム」(一九〇〇)は手術の症例とその成功にのみ価値を置く冷酷非情な外科医ビックネルとセンパー・イデムとあだ名された名もなき患者の話である。ビックネル医師は瀕死状態のセンパー・イデムをその抜群の腕前で奇跡的に救ったが、彼をモノのように扱い、自分の手術の手柄の手段としてしか見ていない。センパー・イデムの個人史にはまったく関心を持たず、挙句の果てにどうやればうまく死ねるかを別れの挨拶代わりに伝授する始末。この言葉による暴力的メスが最終的にセンパー・イデムの自殺を後押しする。

ジャック・ロンドンはアメリカの自然主義の作家、『病』編でもハンセン病で取り上げたが、実に幅広いジャンルの作品を手掛けている。冷酷非情な外科医を見事に描き出しているこの作品もロンドンの隠れた佳作と言っていいだろう。ちなみに、ロンドンもヘミングウェイ同様(『病』編参照)、一見男っぽくてマッチョに思われがちだが、時に涙もろく抑鬱的で女々しく、身体的にも度重なる病に苦しめられた人生だった。

ビックネル医師の人物造形には外科医にまつわる歴史的なイメージが幾つも重ねられている。中世以来の伝統である肉屋《ブッチャー》(屠殺屋)を連想させる野蛮で忌むべき外科医、それでいて冷静沈着で合理的に物事を判断し、決して病人に感情移入をしない冷淡な外科医、患者を人間として見るのではなく手術の対象としてしか見ない外科医、自分の腕前と業績にしか興味のない外科医――こうしたイメージがビックネル医師の中でうまく調合されている。中でも肉屋との強い結びつきは注目に値する。動物を屠殺する残忍な肉屋のナイフは外科医の冷酷なメスであり、どちらも素早い手さばきと対象の苦しみに動じない非情さが必要だ。こうした悪しきイメージを払拭するため、一八世紀末から一九世紀前半にかけて、外科医は職業的アイデンティティをジェントルマンや共感をベースとする「感情の人」になぞらえて自己成型していく。その一方で、肉屋のイメージも肯定的なものとして再利用される。曰く、軟弱なフランス人とは違ってブリトン人は肉屋のように堅強で男らしく、剛勇で誠実であると。肉屋の新たに見出された男らしさの美徳とヒロイズムを外科医は自己像に取り入れる。何といっても胆力と決断力がメスさばきを左右するのだから。ビックネル医師の外科医としてのイメージに注目すべき点がもう一つある。芸術家としての外科医だ。ビックネルは回復し退院するセンパー・イデムをあたかも自分が作り上げた芸術作品であるかのように見つめる。外科医はスピードだけでなくエレガンス——難しい仕事を易しいかのように見せる腕前——も必要とされ、時に芸術家や詩人に自己をなぞらえた。ビックネルもそのような人間として描かれている。一方、センパー・イデムは物語の中で一言も言葉を発せず、医療者に自分が何者であるのかを決して明かさない。まるで、冷酷な医療の対象であることを自ら体現するかのように。しかし、わずかな手掛かりはある。過去を物語る女性の写真とその片隅に書かれた彼のあだ名となる言葉、紳士のような手と下層労働者のような服装。こうしたわずかな手掛かりから彼の来歴を想像するしかない。

「力ずく」

ウィリアム・カーロス・ウィリアムズの小編「力ずく」(一九三三)は診察という日常の些細な医療行為にも暴力が内包され得るということを雄弁に物語る秀作である。ウィリアムズの専門は小児科であったので、この作品にも彼の診療経験が色濃く反映されていると思われる。医師の「私」は初診の患者、オルソン家の娘マチルダを往診しに行くが、当のマチルダは医師に敵意をむき出しにして言うことを聞かない。それどころか、必死の抵抗を試み、医師の眼鏡を吹っ飛ばす勢いだ。当時、子供の主な死亡原因となっていたジフテリアが学校で流行っているのを知っている「私」は彼女の喉を見なければならない。次第にこの小生意気な娘に魅了されている「私」は、なんとしてでもこの少女を打ち負かしたい欲望に駆られ、ついには、スプーンを無理やり押し込んで喉をこじ開け、少女に勝利する。医師の感情と心理の微妙な変化、頑として言うことを聞かない少女の姿、そして両親の狼狽と申し訳なさが簡潔な描写の中にうまく凝縮されている。

読みのポイントはいくつかあるが、一番のポイントは、医師の「力ずく」での診察は患者を救うためとはいえ正当化できるのかどうか、ということであろう。彼は同様の事例で手遅れになって死んだ子供を少なくとも二人は知っている。だから命を救うためには無理やりにでも少女の喉をこじ開けるのは正当化できる。単純に考えればそうなる。が、文学テクストはそう簡単な答えを用意していない。「私」は本当に少女を救わんとして強引な行為に出たのだろうか。それは単なる言い訳に過ぎないのではないか。医師は二度正当化の理由を述べた後、二度とも「だが」と続けて自身の感情の「告白」をしている。理性を失っていた、彼女を襲うのは快感なのだ、恥をかかされた大人の屈辱を力で解消したい、と。それこそが彼の本当の動機である。医師の「私」は少女に初めから性的な魅力を感じている。彼女の喉を診ようとスパーテルやスプーンを使って無理やりこじ開け、入れ込もうとする行為（医師にとっては快感）には明らかにレイプの隠喩を読みとることができる。一見正当化できる医療行為であっても、実は医師の個人的な動機が隠されている。この作品はそのような医療者の微妙な感情の襞を「告白」している点において特異なテクストである。

「人でなし」

リチャード・セルツァー（一九二八—二〇一六）はウィリアムズと同じく「医師‐作家」の代表的存在であり、アメリカでの人気は高いが、日本での知名度は低い。翻訳は二冊、エッセイ集『からだの宇宙誌』と短編集『癒しは可能か』が出ているだけである。セルツァーはオルバニー医学校で医学博士号を取得し、外科医として開業しながらイエール大学医学部において教鞭をとった。文筆活動に興味を持つようになったのは四〇歳の頃で、一九七四年に医療もの『外科の流儀』を上梓し、その後次々と医療や病、病人や身体にまつわるエッセイと短編を発表した。執筆活動に専念するため五八歳で医療現場から退く。「医師‐作家」の旗手と目され、実体験に根ざしつつも文学的想像力で磨き上げられた作品は、医療人文学のアンソロジーの必須アイテムとなっている。ここに取り上げた「人でなし」（一九八二）もその一つだ。『若き医師への手紙』の中に収められたこの短編は、ベテラン医師が若い医師を諭すという形式で語られている（ちなみにこの本のタイトルは、ドイツの詩人リルケの『若き詩人への手紙』に着想を得ている）。

一読すればわかるように、「人でなし」は医師の患者に対する怒りをテーマにした作品である。セルツァーによればこの短編は、二五年前の苦い体験に対する「償い」の意味で書かれた。苦い体験とは、言うまでもなく、へとへとに疲れ切った救急医が警官に連行され暴れまくる黒人の大男に施した冷酷な行為と言葉、そして自身の怒りの感情だ。医師の怒りは、獣のように暴れ手のつけようのない黒人の男に対して向けられたものだが、この患者を自分の思い通りにできない医師としての自分に向けられたものでもあろう。医師としてのプライドを傷つけられ、残酷な行為に走ったと考えられる。医師は黒人の患者を獣《けだもの》とみなし、その来歴を想像する。患者は自分の物語を語らず、彼の物語は一方的に医師の想像力に任されている。この大男の体とその傷に魅了されつつも、医師の想像によって作り上げられた神話には白人中産階級である医師の黒人に対する人種的偏見も含まれている。神話の中に包み込んだのは黒人の大男を他者として表象し感情的距離を置くためかもしれない。だが、その距離感は男の発する罵りの言葉で破られる。怒りが伝染したかのように、医師も怒りを露わにし、両者ともに「獣＝人でなし」となる。

3　看護

医療行為の大きな一翼を担うのは間違いなく看護である。医療が現代ほど発達していない時代において医療と看護は未分化であり、有効な治療方法がなかった時代は看護・看病こそが治療行為であったことを忘れてはならない。現代においても全人的ケアを担わされているのは看護師である。看護師は医師よりも頻繁に患者と接する機会が多く、その分、感情的な労働も強いられる、いわゆる感情労働者の一人である。患者に寄り添い、共感せよとの号令と、それでいてその感情に巻き込まれてはならないという感情管理に汲々としている。看護師の燃え尽き症候群の一つとして共感疲労という言葉さえ登場している。看護教育の一環としても「文学と医学」の処方箋は必要だろう。

現代では男性も看護職に就くようになり、かつて使われていた「看護婦」から「看護師」に呼び名も変わった。本書では看護職を主に女性が担っていた時代性も考慮して、概ね「看護婦」とした。確かに「ナース nurse」は元々「乳を与える者」を意味し、母親かその代理を連想させる。家父長制の中で、看護や看病は女性に割り振られていたと想像するのはたやすい。しかし、男女の性別分業が強固な一九世紀でさえ、男性も看護する人であった。ロマン派の詩人キーツは弟の結核の献身的な看病の末に自分も結核にかかり命を落とした。一九世紀の文豪ディケンズの小説には男性を看病する男性が多く登場する。アメリカの詩人ウォルト・ホイットマンは南北戦争のさなか陸軍病院で実際に負傷者の手当てをやり、その体験を「包帯を巻くのがわたしのつとめ」という詩に書いた。こうした男性看護師が想起されにくいのは、彼らが間違ったジェンダーに属することと、それが男性‐男性間の中でなされる同性愛的なもの、ないしはホモソーシャルなものと理解されたからである。

歴史・文化史的に見て看護婦には実に様々なイメージとステレオタイプが付与されてきた。

ナイチンゲールに発する「慈愛の天使」からセックス・シンボルとしての看護婦、娼婦のような看護婦から母親としての看護婦、理想の花嫁としての看護婦から去勢する看護婦まで多様なイメージが作られては看護婦に投影されてきた。このようなイメージ形成とそれに付随する時代文化の女性の役割の変遷は密接につながっている。また、文学や映画、テレビドラマや大衆小説がイメージ形成に貢献してきたことは言うまでもない。本書で取り上げた三つの短編は、看護婦のそれぞれの時代に特有なイメージを表象しているだけでなく、看護にまつわる諸問題を考えるのに重要な視点を提供してくれる。

「貧者の看護婦」

「貧者の看護婦」(一八九五)では当時、劣悪な環境であった救貧院の診療所で看護婦として働いたアデリーンの魂の堕落の様子が語られる。純粋な心を持ち感受性も豊かな女性アデリーンが献身的に看護したせいで、次第に「悪魔を育てる学校」の犠牲となっていく。ついには、厄介な病人をネグレクトし、それに喜びを感じるまでになる。現代の介護現場にも当てはまりそうな、アクチュアルな問題を孕んだ一編である。作者のジョージ・ギッシング(一八五七—一九〇三)はイギリス一九世紀の作家。フランスの自然主義派の影響を受け「英国のゾラ」とも称され、社会の貧困や疎外をリアリスティックに描いた。

「貧者の看護婦」もかなりリアリスティックな作品だ。ヴィクトリア時代の救貧院の衛生状態の悪さ、貧者の扱いのひどさは有名だが、その病院の患者への対応はさらに劣悪だった。看護の仕事は救貧院に収容されている女性が担っていることが多く、職業的訓練や子弟奉公的訓練（見習い修行）の経験もないままその職に就いたのだ。道徳的資質からして看護にはとうてい不向きで、給与の代わりにあてがわれたアルコールに溺れ、依存症になるものも多かった。ナイチンゲール以前の雑用係としての看護婦、ディケンズの『マーティン・チャズルウィット』に登場するギャンプ夫人に代表される、飲んだくれでだらしない看護婦よりひどい。ナイチンゲールに端を発する看護職の改革と看護の職業専門化と訓練の制度化は世紀末までにはかなり進んでいたものの、救貧院の病院はまだまだ遅れをとっていた。一八六〇年代に救貧院診療所看護婦養成所が設立されるが、中流階級以上のレディが体面を保てる職業として選ぶ選択肢としてはまったくの不人気であった。その後、救貧院の女性を看護婦とすることは禁止されるが、効力は弱く一九一三年までこの慣習が続けられた。『イギリス医学誌』が一八九四年から二年間救貧院の診療所の劣悪さを告発するキャンペーンをはった。ギッシングの「貧者の看護婦」はちょうどこの時期に書かれていることから、そうした社会的告発の一部として読むことができるだろう。その証拠に、作中の四〇人もの患者を二人で看護しなければならないというくだりは現実を忠実に反映している。当時の寄付財団病院は三人に一人の割合で看護婦がいたが、救貧院では二〇人に一人だった。アデリーンは看護の経験はなかったと言っているので、自ら看護職を志願したのだろうが、同僚の看護婦は長年勤めていることから、救貧院に収容されている女性かもしれない。

「アルコール依存症の患者」

F・スコット・フィッツジェラルド（一八九六―一九四〇）は『病』編でも取り上げたアメリカの小説家、日本でも村上春樹の翻訳で有名である。フィッツジェラルドがアルコール依存症患者であり、自身の病の経験を基にした自己告白ものを書いたことは知られているが、入院の体験や病院での観察を活かした「医師‐看護師‐病院」ものを数多く書き残していることはあまり知られていない。二〇一七年に出版された未発表短編集の中にもこのジャンルがいくつか見られるが、フィッツジェラルドと医療・看護というテーマは、フィッツジェラルド研究の中でも未だ空白地帯である。「アルコール依存症の患者」（一九三七）はアルコール依存症患者の自壊という観点から読まれることが多いが、看護師の物語としても読まれるべき作品である。

本書の訳出に参照したケンブリッジ版について説明しなければならない。というのも、春樹訳を含め既訳はどれも一九五一年のマルカム・カウリーが編集した短編集によっているからだ。本短編に限って言えばカウリー版には問題がある。一九三〇年代のフィッツジェラルドの作品には矛盾が多いので、編者のカウリーは訂正や修正を加えることで矛盾を解消しようとした。が、カウリーはこの短編については訂正だけでなく、原文には元々なかった二つの文を加筆している。そうすることで作品の内容が大きく変更されることになった。そのため本書ではカウリー版ではなく、より原文に忠実なケンブリッジ版を参照した。詳細は省くが、カウリーによる変更は以下の二点である。

一つ目は患者と看護婦がジンのボトルの取り合いをする中で床に投げつけたのは誰かという点。カウリーはそれがアルコール依存症患者（有名な漫画家）であることを明示するため、わざわざ一文を加筆している（春樹訳、二〇〇頁後ろから三行目）。この解釈だと看護婦が床に落とした瓶を彼が拾い上げバスルームに投げ込み、最後その破片で自死したこと（自己破壊的行為）になる。が、原文では書かれていない以上、看護婦が瓶を投げつけ（それは魚雷のように落ちた）、その破片によって漫画家が自死を遂げると読まなければならない。そうでなければ、看護婦が最初に発する、死んでしまえばいいという予言のようなセリフが効いてこない。二つ目は第二セクションの冒頭、カウリーは翌日の夕刻だったと、一日時間が経過したことを明示する一文を加筆している。この解釈だと漫画家の看護を諦めて一日置いてから心情の変化があり、次の日になってもう一度看護すると決心したことになるが、この一文も原文にはない以上、出来事は一日で生起し看護婦の心情の変化は数時間内で起こったととらなければならない。こう解釈すると、この物語はアルコール依存症患者の心理を描くと同時に、彼を看護する看護婦の目まぐるしく変化する感情と心理を劇的に描写している、ということが見えてこよう（但し、ケンブリッジ版でも辻褄の合わない点はある）。

この看護婦はまだ若く経験も浅い。それだけに患者に対する同情の振幅が広く、心変わりも早い。一旦、看護を辞めると決意したものの、初心に帰り使命感に燃え誰もやりたがらない仕事を進んで引き受ける。しかし、アルコール依存症の患者とのやり取りは最後まで実を結ばない、というかそれぞれの感情が最後まですれ違う。彼女の同情は単に彼に利用されるだけだ。漫画家の彼が看護婦に優しく振る舞うのも、アルコールを得たいがため、表面的なものに過ぎない。看護婦は最初から患者に好感を持っていた。が、看護婦が患者に同情や憐れみを感じる限り、患者はそれを利用し、自己憐憫と自己否認（現実逃避）へと身を閉ざす。反対に、看護婦が患者への同情を拒否すると、最後の場面にあるように、死が待っている。看護婦にとっては袋小路である。看護婦は患者の戦争の傷に同情すべきだったのだろうか。正しい時に同情しなかったのが失敗なのだろうか。同情や思いやりといった感情が真に相手に向いていないのかもしれない。患者はアルコールという自分の欲求のため、看護婦は自分の仕事の使命感のためと、どうしようもないかみ合わなさが作品の悲壮感を増している。看護における共感の代償——看護体験において患者に共感するあまり何らかの代償を払わなければならなくなる看護婦

――というテーマの一つとして読める作品である。

「一口の水」

「一口の水」（一九五六）は患者と看護するもののジェンダー関係、性役割の逆転を見事に描いた作品である。作者のT・K・ブラウン三世（一九一六?―一九八?）はこの作品によってのみ、しかも看護の医療人文学においてのみ、後世に名を残すであろう極めてマイナーなアメリカの作家である。本名はトマス・K・ブラウン、ハワード大学で教鞭をとっていたこと（一九六九―八五）、『エスクワイア』や『プレイボーイ』誌に短編を書いていたこと、戦後ニュルンベルク裁判でドイツ語の通訳を務めていたこと、など以外は調べがつかなかった。私がこの短編を知り得たのも看護師ものの短編アンソロジーに載っていたからだ。

主人公のフレッド・マッキャンは男らしさを具現したかのような、食欲も肉欲も旺盛な男。なによりも女が好き。ところが、戦場で一口の水を飲もうと揚水機の取っ手をひねった瞬間、仕掛けられていた爆弾が爆発したことで、盲目になり四肢を切断されてしまう。絶望の闇の中にいた彼の救いとなったのが、彼の体を介護する看護師アリスである。フレッドは幼児のように退行し、アリスを母親のように受け入れる。しかし、次第に二人の関係は、母‐子の関係から男女の関係に発展する。一度は自分のアイデンティティである男らしさ（女を抱くこと）を失ったかに見えたフレッドはアリスとの肉体関係で自信を取り戻す。ところがアリスがフレッドと肉体関係を結んだのは、彼の不自由な体が自分の思い通りになるモノ（＝男根）であるからに他ならなかった。それを知ったフレッドは……。

男性患者が女性に看護されることによって、受動的な立場に置かれ、ジェンダー関係の逆転現象が起きることは古くから指摘されてきた。この物語でも徹頭徹尾無力な患者フレッドと力強い看護師アリスとの性役割の転倒と、そこから見えてくる男女の力関係の不平等さが克明に描写されていて面白い。一番のアイロニーはフレッドが対等だと思っていた性関係（それによって彼の男性性が復活した）が実は健康な時代の彼が行っていた物象化——女をモノとして見、所有すること——そのものであり、フレッドの方がアリスによって男根として所有されていたことだろう。看護師アリスの中に伝統的に培われてきた看護師のイメージ——介護する母親、誘惑する娼婦、去勢する恐ろしい女等々——が投影されている。また、この短編は看護ものであると同時に、ディスアビリティ（障害）の括りでも読める作品であり、障害を負ったフレッドの移り変わる心理も読みどころである。

4　患者

病人は医師との関係性の中で初めて「患者」となる。だから、ここでは単なる病人の心理ではなく、「医師‐患者」の関係性の中での病人の心理や感情を描いた作品を取り上げた。非常に単純化すれば、医師‐患者の関係の変遷は不信と信頼との間の行き来と言える。もっぱら自己治療に頼っていた近代以前において医師にかかるのは、医師の知識を信頼しているためではなく、自分が入手できない薬を処方してもらうためだった。医師はそうした薬への媒介に過ぎない。一八世紀末に医療倫理が確立すると、医師‐患者の信頼関係も理論上は改善されたかに見えたが、治癒という点では大きな進化はなかったため、専門職としての開業医や家庭医は治療という観点からではなく患者の全人的なケアという観点から信頼を得ていた。彼は患者とその家族の秘め事を打ち明けられる「信頼のおける友」とされていた。家族の友として家庭医は、どんな些細な病気でも馬を走らせ往診に行き、もしも重症なら何日か泊りがけで診ることもあった。完全な治療はできなくても鎮痛剤によって疼痛を軽減することはできた。食事に招待されたり、引っ越しの相談やら家族の悩み、心配ごとの相談にのったりもした。道徳的に道を踏み外した患者を感化し正しい道に連れ戻すモラル・セラピストの役目も担っていた。ヴィクトリア時代の小説にはそうした医師が多く登場する。アントニー・トロロープの『ソーン医師』はその代表である。一九世紀末以降、医療とその技術が様々な面で発展すると、医師‐患者関係も変化する。全人的な患者中心のケアから病気中心の医療へと移るにつれ、また、病院の中だけでの医師‐患者関係に限定され、近代以前に戻ったかのように、権威ある医師への不信感が増していく。

近代の患者に特徴的なことが一つあるとすれば、それは病気の閾値が下がったことである。つまり、病気の症状に敏感になったということだ。特に二〇世紀以降の患者は、医学の驚異的な進歩により健康を手に入れているはずなのに以前よりずっと体調がよくないのではないか、病んでいるのではないかと感じるようになった。現代的な意味でのヒポコンデリー（客観的な異常がないのに自分が病気に罹っていると思い込み、様々な症状を訴えること）の誕生である。患者は多かれ少なかれヒポコンデリーの気がある。以下の三つの作品にも患者のヒポコンデリーのあり様が反映されている。

「利己主義、あるいは胸中の蛇――未発表の「心の寓話」より」

「利己主義、あるいは胸中の蛇」（一八四三）は慢性の心身症患者の倒錯的とも言えるヒポコンデリー具合がうまい寓話として語られる。作者はアメリカ一九世紀を代表する小説家の一人、ナサニエル・ホーソーン（一八〇四―六四）である。日本でも『緋文字』の作家として有名であるが、医科学、特にマッド・サイエンティストを題材にした短編を多くものしている。「痣」や「ラパチーニの娘」がその代表格だろう。

主人公ロデリック・エリストンは、古い意味でのヒポコンデリー（憂鬱症）でありながら、現代的なヒポコンデリー（心気症）をも予示している。かつては聡明で才気あふれる青年だったが、妻ロジーナへの嫉妬心からか家庭の幸せを自分で壊し、孤立し鬱状態《メランコリー》に陥る。これは才能ある天才がメランコリー気質であるという昔ながらの定型をなぞっている。嫉妬という情念によって鬱になるというのもそうだ。また、嫉妬という形になって表れた彼の利己主義が胸中の蛇として実体化するが、これは、自分の体がガラスの瓶であったり蠟燭であったりと自分とは別のものになっていると妄想する伝統的なヒポコンデリー患者を想起させる。長老の医師たちがそろってロデリックの病の謎を解く鍵が消化不良にあると言ったのも、ヒポコンデリーがかつては腹の病であったことの名残である（ヒポコンデリーとは鬱病の原因である黒胆汁のある部位、上腹部を意味した）。しかし、彼に特徴的なのは、何と言っても苦悩の中の強烈な自己意識、彼の個性ともなった病的内省である。慢性の病に罹った人はみな利己主義なのだという言葉は、『病』編に収められたモームの「サナトリウム」の苦しみは人を高貴にしない、我がままにするという言葉を想起させるし、ロデリックは「サナトリウム」のチェスターの姿を予示させる。二人とも病気によって人が変わり、妻に嫉妬し妻を苦しめるが、二人とも最後は妻と和解し、自己から他者へと心を開くことで利己主義という病から解放される。一九世紀に書かれたこの作品は極めて現代的な意義を持っている。

「診断」

患者が医師のもとを訪れる一番の目的は何か。恐らく自分の病の診断だろう。自分の病気が何かということをきちんと知るために私たちは医師のもとに足を運び、的確な診断がなされることを期待する。その診断が信頼のおけるものなら、安堵と共に半分は病気が治った気になる。診断こそ現代の医師‐患者関係の最も肝要な要素の一つと言っていい。その名も「診断」(一九三〇)と名づけられたこの短編では、医師の診断がどれだけ患者の人生を左右するものかが、患者の微妙な心情心理と共に巧妙に描かれている。作者は上流社会の風俗や慣習を描くのに優れた手腕を発揮したアメリカの小説家イーディス・ウォートン(一八六二―一九三七)である。代表作に『歓楽の家』(一九〇五)や女性初のピューリッツァ賞を受賞した『エイジ・オブ・イノセンス』(一九二〇)がある。

物語は癌がまだ不治の病とされていた頃の話。四九歳のポール・ドランスは独身で裕福な人生を送っている。癌の疑いがあり専門医の診察を受け、癌ではないと診断されるのだが、床に落ちている癌の診断書を目にして自分は癌だと思い込む。死ぬまでの時間を孤独に過ごすのは嫌だという利己心から、それほど愛してはいなかった長年の恋人エレノアと結婚することに。ところがウィーンの専門家に診てもらったところ癌ではないとわかり、件の診断書は間違いだったことに気がつく。新しい自分に生まれ変わったはずのドランスだったが、結局なにも変わらず、行きつく所は古いドランスがいた場所だった。それから二年ほどたち、妻のエレノアの具合が急に悪くなり、彼女はあえなく死んでしまう。葬儀の後、思いがけない真実が判明しドランスは茫然とする……。粗筋だけではわからないが、死に直面した患者のエゴイスティックな心理状態や自己像がうまく描かれている。患者ドランスのエゴだけでなく、彼を取り巻く人物、エレノアの欺瞞——双方とも相手をいかに出し抜き利用するのかも見ものである。

「端から二番目の樹」

「端から二番目の樹」（一九四七）の主人公トレクスラーは典型的なヒポコンデリー患者だ。不安と異様な思いに取り憑かれて久しい。精神病院の厄介になったこともあるようだ。だが、心配することはない。彼の異様な精神を診る専門医、精神科医が日常的にいるのだから。物語は精神科医やメンタル・カウンセラーが日常と化した二〇世紀以降の医療世界を切り取っている。他者と一体化するほどの共感力を持ったトレクスラーは精神科医と一体化し、医師の椅子から自分に向かって質問しそれに答える。欲しいものは何ですかという問いのやり取りを通して、医師の方こそ病んでいて自分は病気でも健康だと満足し、一本の樹の啓示を受ける。ここで終わるならトレクスラーは「回復」の道を歩んでいると希望的なエンディングとなるのだが、その時はじめて異様な思いに捉われたという最後のセリフでその期待は裏切られる。マディソン街を走るバスの中でのその異様な思いは、作品冒頭で言及されるマディソン街のバスの中での異様な思いに突き返される。つまり、彼はどうしようもない円環構造の中にいるのだ。作品の中でパターン化や反復が多いのもその証左となろう。

作者のE・B・ホワイト（一八九九―一九八五）は二〇世紀アメリカの文筆家で、雑誌『ニューヨーカー』に長年に亘り、短編、詩、随筆や評論を執筆した。児童文学でも有名だが、英語に携わる人なら一度は目にしたことがある『英語文章ルールブック』（*The Elements of Style*, 1959）の共著者の一人である。それだけに簡潔で明晰な文章には定評がある。

実は、ホワイトもトレクスラー同様ヒポコンデリーであった。しかも、自他ともに認める筋金入りのヒポコンデリーである。トレクスラーが子供の頃、診察室で医学書のタイトルを目にしただけで具合が悪くなったというくだりはまさにホワイトそのものである。ホワイトも幼い頃から何事につけて不安で不安でならなかった。この慢性的な不安とそれによる抑鬱、彼の人生はこの不安障害にいかに対処してきたかの物語と言っていい。子供時代からの花粉症に加え、神経性の消化不良と胃炎、耳鳴りと目まいの症状は慢性的な疾患だった。ある時、インフルエンザから回復したはいいものの、額が電球のように腫れ、脳腫瘍ではないかとパニックになったことも。そうした慢性的なヒポコンデリーから抑鬱状態になるのは目に見えていた。恐らく彼のヒポコンデリーとそれに付随する心身症は、期待通りにものを書けない作家としての自信のなさや挫折感からきている。文筆家として成功と名声を得た後でも、思うように書けないという焦燥感は彼の心身を蝕んだ。特に神経性の胃腸炎として現れるところは、一九世紀の「胃弱の賢人」トマス・カーライルを想起させる。ちなみに、この短編の精神科医にはモデルがいる。ホワイトが実際に診察を受けていたボストンの精神科医カール・ビンガーである。一九四三年に重度の神経衰弱に陥った時、友人でもあるこの医師を訪れているが、その後一九四七年にも再びビンガーのもとを訪れている。短編は恐らくその直後に書かれたものだろう。ビンガーは精神科医だが心身医学の分野でも活躍し、多くの著作を残している。その中の一冊『医師の務め』(一九四六)にはホワイトの短編が引用されている。手紙のやり取りもあったようで、二人の交友関係が窺われる。

5　女性医師

看護や看病は女性の、医療行為は男性の領分であるという昔ながらの偏見は今でも根強く残っている。しかしながら、多くの歴史研究が示すように、医療行為が男性医師の領分に占有されたのは近代以降のことに過ぎない。伝承的医療は女性の領分であって、女性はいつでも治療を施す者、免許を持たない医師、特に貧者にとっては唯一の医療者であった。こうした自立した医療者の立場から排除され隷属的地位に貶められたのは医業の専門職化の過程においてである。例えば、産婆は一八世紀には男性産科医に取って代わられるようになった。イギリスでは一八五八年の医事法により正規の医師になるには大学の学位と免許が必要になり、民間医療の担い手であった女性医療者が専門的医業から排除された。同時に、「勇敢さや不屈さ」といった男性的資質が重要視された医師業と「温和さや献身」といった女性の美徳が横滑りした看護師業というように、医療の専門職業化はジェンダー軸に沿ってきれいに二分されることになった。看護職が専門化される中で、医療と看護は相補的なものに、すなわち、医療（診断と処方）は知的で男性の領域のものに格上げされ、看護は女らしい仕事として男の仕事をサポートする補助的な地位へ格下げされていく。

このような男性中心主義の医療環境の中で女性が正規の医師になるのには二重三重のハードルがあった。そもそも女性は大学へは行かないものとされた。あのか弱き女性が男性と同じように教育を受け、熱心に学問に打ち込むなどあってはならない。本来は生殖活動に温存されなければならないエネルギーを頭脳労働に蕩尽してしまえば、生殖能力が低下し子供を産めない体になってしまうではないか。普通の教育もだめなら、ましてや裸体を目にしたり猥雑で性的事柄を学ぶ医学や解剖学の知識を詰め込んだりするのはもってのほかだ。「家庭の天使」たる中産階級の女性は、医学を学べば必ずや女性らしさ、純潔さをなくすだろう（「ホイランドの医者たち」の堅物医師リプリーがまさにこの偏見を共有している)。噂話の好きな、口の軽い女性に患者の秘密を守れる訳はない。秘匿は医師と患者との信頼関係を築くのに必須の条件なのに、等々、女性が医師に向かない、これみよがしの難癖をつけては、女性を医師業から排除し少しでも競争相手を失くそうと男性医師たちは必死になっていた。

一方で、法の抜け穴を利用して医師登録を果たした女性医師もいた。ブリストル生まれのエリザベス・ブラックウェルはアメリカで学位を取得しイギリスに帰り啓蒙活動を行った。エリザベス・ギャレット・アンダーソンは女性を排除していなかった薬剤業組合の試験に合格し医師免許を取得した。彼女は一八七四年にイギリス初の女子医学校「ロンドン女子医学校」を設立し、女性医師教育を本格化させた。一八七六年のラッセル・ガーニー法によって医師免許の男女差別が撤廃され、女性にも医師登録が可能になり、次第に女性にも医業が開放されていく(とはいえこれは強制ではなかったので、まだまだ扉は重いままだったが)。

医師業への女性の進出を後押しした大きな要因の一つに女性患者からの要望があった。医師とはいえ異性に体を触れられたり診られたりしたくはない、女性の医師に診てもらいたいという淑女は多かった。また、小児科や産科など女性の方が向いている医業もあるのではないかという声もあった。女性医師に理解を示す男性医師からは、利己的で共感力の乏しい男性にはできない全人的医療を、道徳心に富んだ女性ならできるのではないかという意見もあった。男性医師に脅威を与えないでうまく棲み分ける方便として、また、女性医師の必要性の正当化として、白羽の矢が当たったのが植民地インドである。悲惨な境遇にあるインド人女性を救うために白人女性医師の責務として女性医師が植民地インドに進出したのだ。可哀そうなインド人女性のためにというレトリックのもと、植民地インドは女性医師という職業の確立に決定的な役割を果たした。

とはいえ、女性医師の絶対数はもちろん少ない。一八八一年で二五名、全体の〇・一七%、一九一一年でも二九五名、全体の二%、一九三一年になると三三三一名で全体の一〇%になった。二〇世紀の中葉以降ようやく女性医師の人数は上昇し、イギリスでは二〇世紀末には女性の医学生の数が男性を上回ることになる。

「ホイランドの医者たち」

女性医師がまだ珍しかった一八七〇年代後半から九〇年代にかけて、英米小説の中に、女性医師や女性医学生が登場するジャンルが流行する。当時の流行作家チャールズ・リードの『女性嫌悪家』(一八七七)を筆頭に、G・G・アレクサンダー『ドクター・ヴィクトリア』(一八八八)、マーガレット・トッド『医学生モナ・マクリーン』(一八九二)などが挙げられる。アーサー・コナン・ドイル(一八五九—一九三〇)の「ホイランドの医者たち」(一八九四)もこのジャンルの一つである。『病』編でも紹介した医学短編集『ラウンド・ザ・レッド・ランプ』（一八九四）の中に収められている。ホイランドで開業医を務める独身の外科医リプリーは患者の評判もよく、ホイランドは彼の独占状態だった。そこに、新任のスミス医師が看板を立てる。尋ねてみると、驚いたことにスミスは女性の医師だった。女性医師に強い偏見を持っている保守的なリプリーだったが、彼女の学術的知識の深さ、手術の腕前、最新の医療機器の設備、どれをとっても敵わない。リプリーが大怪我を負った時、手術をし術後の彼の面倒を見ることになったスミス医師にリプリーは惹かれていく。

この作品の面白い点はやはりジェンダー関係の転倒だろう。医師業は男性の領域と捉えているリプリーは学究肌で仕事熱心だが、どうやら感情的になりやすい。スミス医師との言い合いの中で、彼女がリプリーから嫌悪感丸出しの無礼な言葉を投げつけられてもそれを冷静に受け止め、礼儀正しい振る舞いをしているのに、リプリーの方は理性を失い立腹してしまう。スミスに出し抜かれないようにと急いで馬車を走らせ事故を起こしてしまうのも、理性の抑制がきかない証拠である。スミス医師の評判がうなぎ登りにあがり患者を失うと、彼女の陰口をたたく始末だ（噂話が好きな女性は医師に向かないという当時の偏見を想起）。さらに外科医として致命的なことに、手術の度胸がない。男らしさの象徴である勇気、勇敢さが外科医には必要なのだが、リプリーにはそれがない。挙句の果てに彼女の手術の助手をやらされる。ついにはスミスの患者となって受け身的な立場に置かれ、彼の方が女性化していく（ヒステリックな笑いがその象徴）のも肯けよう。対してスミスは抜群に優秀な外科医、学問的にも技術的にもはるかにリプリーを凌ぐ。冷静でウィットに富み、手術の度胸もある。馬車も自ら手綱を取り走らせるが、これは彼女がいかに独立した医師かということを示している。とはいえ、彼女が男勝りの女性医師という訳ではない。最新の医療機器を備えつつも彼女の診療所には婦人用の日傘と日よけ帽が揃えられていることは、リプリーも後に悟るように彼女が女性らしい気質の持ち主であることを示唆している。リプリーとの結婚を断り医学研究の道へ進むことを決意するが、彼女は当時の小説で描かれる、女性らしさをなくした女性医師や過度に女性らしさを強調された女性医師のどちらのステレオタイプにも当てはまらない。

もう一点、注記したいのは、設定が外科医であるということだ。リプリーは町の開業医だし、スミスも最終的には研究職に就くのだから専門が外科であることはさして重要ではないように見えるかもしれない。が、これは意図的である。というのも、女性が医師業に進出し始めた時、女性に最も適した専門分野として自ら選んだ分野が外科であったからだ。不思議に思われるかもしれないが、これは一九世紀後半の手術の女性化と関係がある。女性の医学への進出が始まった一九世紀後半、麻酔薬の導入によって手術のあり方が大きく変化した。それまではいかに素早くやるか、つまりスピードが問題だったのだが、麻酔薬のお陰で早さの問題は解消され、今度はいかにゆっくりした時間の中で適切に処置を行うかが試された。そこで最も必要となったのが、繊細さと精密さ、女性のように小さな手とその器用さだった。外科医には元々「獅子のような心、鷹のような目、婦人のような手」が必要だとされた。それぞれ勇気、観察眼、器用さを表す。この三つの要素の最後のものが手術の女性化によって突出していったのだ。「ホイランドの医者たち」はこういった時代背景も反映している。

6　最期

現代の多くの人は急には死なない。確かに急性心筋梗塞や脳梗塞、新種のウィルス性疾患などで急死することはあるだろう。が、かつてのように、致死的な感染症によって命を落とす時代ではなくなり、癌、糖尿病、心臓病、アルツハイマーなどの慢性の疾患によって緩慢に死を迎える時代になった。こうした時代にあって、いかに死ぬか、いかによりよく死を迎えるかが現代人のアジェンダの一つとなったと言っていい。一九世紀にあっても、急に死ぬのは、少なくともキリスト教徒にとって悪い死に方とされた。改悛する時間もなく死んでいくのだから。良き死とは安らかに眠るように、それでいて最後まで意識があり改悛する猶予がある死に方だ。今では、猶予は神との和解のためにあるのではなく、自己との、家族との和解のためにあるのかもしれない。『病』編で示したようにかつて結核がロマンティックな死の代表だったが、現在では癌がかつての結核の地位を引き継いでいるように見える。少し前までは死の匂いをぷんぷんさせ不治の病とされた癌も今では、余命率も高く疼痛緩和も可能な緩慢な死の代表となっている。医療メディアで若く美しい女性が血液の癌である白血病で命を落とす定型があるが、これもかつての結核の神話の現代版である。反対に忌むべき死に方とされるのはどのようなものか。もはや癌ではない。卒中やアルツハイマーなどで寝たきりの状態で死にゆくこと、誰にも看取られずに孤独な死を迎えること——同じ緩慢な死であっても良き死は何らかの社会性(家族との関係など)を保ちながら死んでいくのに対して、悪しき死はそうした社会性を奪われた死であるのかもしれない。

緩慢な死に関連して、二〇世紀から現代にかけてもう一つの変容がある。二〇世紀前半は死の歴史家アリエスが言うように、死が抑圧され隠蔽されタブー視された時代だ。死ぬことが恥ずべきことであるかのように、病院では自分が死ぬことを周囲に意識させないように振る舞うことが暗黙の了解とされた。しかし、二〇世紀半ば以降、死に関する言説が増大する。死の哲学やE・キューブラー・ロスの死の五段階理論、ホスピス運動や緩和ケアの理論、安楽死や終活等々、死を忘れたはずの現代人が死を新たに意識し出したかのようだ。こうした死の言説の爆発的増加が何を意味するのかはまだ検討の余地があるが、一つ言えることは、死はもはや、医療の挫折、その臨界点ではないということだ。二〇世紀以降の医療（特に病院医療）は病を治癒し、病人を快復させることが主な目的であった。従って、病院の中での死は失敗を意味していた。大きな病院は治療が目的なので末期の死にゆく患者の面倒は見られないといった話を聞いたことがあろう。医学の発展で多くの病が治癒可能になったことは喜ばしいことだが、反面、治癒不可能な病人は大病院からは打ち捨てられる。こうした中、死にゆく人々のケア、末期患者の全人的ケアが求められるようになった。ホスピスや緩和医学の誕生である。死の言説の増大は、死それ自体というよりも死にゆくこと（緩慢な死）に対する態度の変化を反映しているのかもしれない。死は生の挫折かもしれないが、死にゆく時間は自己や家族と向き合い、死の積極的な価値を見出す時間となるだろう。

「ある寓話」

リチャード・セルツァーの掌編「ある寓話」（二〇〇四）は現代では奇跡的とも言える看取りの様子を描いている。昏睡状態にある患者を診ているのは年老いた医師。額に刻み込まれた苦悩の皺が彼の経歴を物語っている。医師と患者との臨終の場のやり取りはまるでイエスと使徒との関係をなぞるかのようだ。あるいは医師はここで聖職者の役割を担っていると言ってもいいかもしれない。死に場所が家から病院へと移る前までは病人の声に耳を傾け、その最期を看取るのは聖職者だった。医師など何の役にも立たないのだから、臨終の床から立ち去り司祭や牧師へ道を譲るのは当然のことだった。しかし、この慣習が医療倫理の確立と共に批判に晒される。患者を最期まで看取るのは医師の職務の一つであって、臨終の場から立ち去るのは職務放棄だと。では医師はそこで何ができるのか、何をすべきなのか。一言でいえば苦痛の緩和である。医療倫理を確立させたジョン・グレゴリーやトマス・パーシヴァル、そしてドイツのフーフェラントらはフランシス・ベーコンが『学問の進歩』(一六〇五)の中で初めて示した、医師は臨終の際に立ち去らず患者の苦痛を緩和すべきであるという意見を引き継ぎながら、主に阿片による患者の苦痛緩和こそが医師の役目だとした。一九世紀は鎮痛剤や麻酔薬が次々と登場した時代であり、医師は治療に関しては無力であっても疼痛緩和を通じて患者の信頼を得ることができた。しかしながら、臨終に際しての医師のこの職務は、安楽死と混同されたこともあり、歴史的には忘れ去られていく。再び登場するのは一九六〇年代のシシリー・ソンダースによるホスピス運動の中である。彼女は主にモルヒネによる疼痛コントロールを確立させ、緩和医療と末期医療への道を切り開いた。短編の老医師は患者に「痛くはありませんか?」と尋ねる。しかし尋ねているのは触診している手であって、患者はその手の擦《さす》りによって鎮まる。この聖職者のような老医師は、緩和ケアでさえも死の医療化となっていることを暗に物語っているのだろうか。

7　災害

大震災やそれに付随する事故、台風、大雨による洪水、ハリケーンや竜巻、予期せぬテロ、交通惨事、そして疫病の大流行――平穏な日常を突如打ち破る様々な災害を人々は経験してきたし、これからも経験するだろう。医療人文学のアンソロジーでは通常取り扱っていない災害というテーマを本書の最後に持ってきた。大震災を経験した日本だからということもあるが、今後はより関心が向けられるべきテーマとなろう。

レベッカ・ソルニットが『災害ユートピア』で示したように、大きな災害が起こると人々は利己的な行動に走り、パニック状態の中、野蛮になると思われがちだが、実はそうではなく、互いに思いやる感情が芽生え、困っている人に手を差し伸べ、無償の行為を行う。今までの秩序が一旦棚上げされ、新しい共同体の秩序、ユートピアとも呼べるようなものが生まれる。一九〇六年のサンフランシスコ地震を経験したジャック・ロンドンも、驚いたことに集団ヒステリーや暴動もなく、人々の間には完璧な礼儀が存在したと語っている。だが、惨事にくるまれてひょっこりやってくる喜びの感情や感覚を表す語彙はないともソルニットは言う。災害は確かに悪であっても、人々に変革をもたらす。生存競争の社会が棚上げされ相互扶助の共同体が立ち上がる。災害によってもたらされる新しい可能性や知恵を、災害が終わった後の常時にいかに活用するかが重要となろう。

疫病もユートピア的な契機を孕んでいる。伝統的に疫病は外からやってくる異質な敵として表象されてきた。梅毒やインフルエンザに外国の名前を冠して呼びならわしてきたことを想起すればいい。それは戦うべき敵であり、自国に害をもたらす他者である。疫病を前にしてはこうした戦闘の隠喩が容易に発動される。しかし、疫病は必ずしも外からやってくる敵や他者として否定的な意味や隠喩で語られてきた訳ではない。疫病は、もう一方では「訪問、訪れ、訪れるもの visit, visitation」として表象された(例えば、ダニエル・デフォーの『ペストの記憶』)。感染の多くは家族や共同体の仲間、医療関係者や友人など内部の訪問者からの善意ある慈善行為やそうした訪問者へのもてなし、そうした人々の看護や看病によってもたらされる。ホームレスに住処を与えたり、病者を訪問したり、死者を埋葬したりといった社会的交流によって疫病は広まる。共同体の絆が強ければ強いほど感染は拡大する。このような意味において疫病はもはや悪意に満ちた敵ではなく、善意や友愛の証しとなる。

「家族は風のなか」

フィッツジェラルドのこの作品は隠れた名作として紹介したかったのだが、既に村上春樹が

『ある作家の夕刻――フィッツジェラルド後期作品集』の中で翻訳してしまっているので隠れたとは言い難いかもしれない（本編の翻訳には「アルコール依存症の患者」の訳も含め、春樹訳を大いに参照させてもらった）。それでも、フィッツジェラルドの短編の中でも知名度が低い部類に入るだろう。「家族は風のなか」（一九三二）は損なわれた医師であるフォレスト・ジャニーの再生の物語である。かつてモンゴメリーで一番の腕利きの外科医と言われたフォレストはアルコール依存に陥り、医師稼業から手を引き、今では田舎に戻って薬局を営んでいる。重傷を負った甥のピンキーの手術をするよう彼の家族に懇願されるが、ピンキーはフォレストが溺愛していたメアリーを捨て死なせたとして、フォレストは頑として応じない。そこに、巨大な竜巻が町を襲い大惨事となる。フォレストは医師として罹災者の治療と救護活動に懸命にあたる。罹災者の中にピンキーの姿もあった。フォレストはそれまで拒んでいた手術を行う。二度目の竜巻が村を襲い、フォレストの薬局も一部飛ばされる。フォレストは町を出て都会に戻り、今一度医師を始めることにした。身寄りのない少女ヘレンを親代わりとなって引き取り、アルコールはきっぱり断とうと決意する。フィッツジェラルドのアルコールものの作品の中では珍しく救いのある結末になっている。

フォレスト・ジャニーが医師として再出発を決意したのは竜巻という外的惨事がきっかけだった。しかし、大事なのは、ここで彼は損なわれた医師から完全には脱出していないということだ。その証拠に、アルコールの瓶に景気づけとして手を伸ばす。その手を引っ込めたのは、ヘレンを引き取るという決意、彼女をいかなる風からも守るのだという彼の内的動機である。この作品では、親の子に対する本能や医師の患者への感受性といったことがテーマ化されている。フォレストはアルコールに溺れるあまり、感情も肝硬変のような状態になり、誰にでも憐れみを向けるようになっていた。自虐的に遥かにいい人間になったと言っている。しかし、その個人的な感情ゆえに甥のピンキーが許せず、手術を拒む。災害時にピンキーの手術をしたのは、個人のしがらみとは関係のない純粋に職業的な何か、医師としての本能に突き動かされてのことだ。この本能がヘレンが猫に対する本能やローズがピンキーに対する母性本能と共鳴し、最後に彼自身を救うことになる。フォレストのこの本能のあり様こそ、惨事にくるまれてひょっこりやってくる感情ではなかろうか。

前アンソロジー同様、本書も平凡社編集部の竹内涼子さんにお世話になった。再び感謝の意を表したい。『病』編の評判もよく、第二弾をと思い「病」の続編のようなものを当初は考えていたが、それでは芸がないので「医療」という新しい切り口からセレクトしてみた。医療人文学のテクストにもなり得るようなものというのも頭に入れて。とはいえ、私自身は二つの「文学と医学」研究の一つ目の専門家であり、医療人文学の専門家でも医療者教育に携わるものでもない。そういう意味では本書が医療人文学の現場でどのように活用されるのかは未知数である。医療人文学からの何らかのフィードバックがあれば幸いである。もちろん、広い意味での「医療」に巻き込まれている一般読者の人生のテクストとなることも期待している。本書の短編の幾つかは石塚ゼミ「病み文学――英米文化における医療」でゼミ生と一緒に読んだものだ。時に突拍子もない質問を投げかけ、作品の新たな面に気づかせてくれた学生諸君にも感謝したい。

二〇二〇年五月

主要参考文献

Cole, Thomas R, Nathan S. Carlin and Ronald A. Carson. *Medical Humanities: An Introduction*. Cambridge UP, 2015.

Jones, Anne Hudson. "Why Teach Literature and Medicine?" *Journal of Medical Humanities* 34 (2014): 415-28.

Jones, Therese, Delese Wear and Lester D. Friedman, eds. *Health Humanities: Reader*. Rutgers UP, 2018.
リタ・シャロン他『ナラティブ・メディスンの原理と実践』斎藤清二・栗原幸江・斎藤章太郎訳、北大路書房、二〇一九年
キャサリン・モンゴメリー『ドクターズ・ストーリーズ――医学の知の物語的構造』斎藤清二・岸本寛史監訳、新曜社、二〇一六年

◆損なわれた医師

Ackerley, C. J. and S. E. Gontarski. *The Grove Companion to Beckett: A Reader's Guide to his Works, Life, and Thought*. Grove Press, 2004.
Baker, Robert, Dorothy Porter and Roy Porter, eds. *The Codification of Morality: Historical and Philosophical Studies of the Formalization of Western Medical Morality in the Eighteenth and Nineteenth Centuries*. Vol.1. Kluwer Academic Publishers, 1993.
Breslim, James E. *William Carlos Williams: An American Artist*. Oxford UP, 1970.
Brock, D. Heyward. "The Doctor as Dramatic Hero." *Perspectives in Biology and Medicine* 34 (1991): 279-95.
Crawford, T. Hugh. *Modernism, Medicine, & William Carlos Williams*. U of Oklahoma P, 1993.
Gish, Robert F. *William Carlos Williams: A Study of the Short Fiction*. Twayne Publishers, 1989.
Kenny, Nuala and Wayne Shelton, eds. *Lost Virtue: Professional Character Development in Medical Education*. Elsevier, 2006.
Nutton, Vivian. "What's in an Oath?" *Journal of the Royal College of Physicians of London* 29 (1995): 518-24.
O'Hara, J. D. *Samuel Beckett's Hidden Drives: Structural Uses of Depth Psychology*. UP of Florida, 1997.

Rabinovitz, Rubin. *The Development of Samuel Beckett's Fiction*. U of Illinois P, 1984.
Risse, Guenter B. "From Horse and Buggy to Automobile and Telephone: Medical Practice in Wisconsin, 1848-1930." In Ronald L. Numbers and Judith Walzer Leavitt, eds. *Wisconsin Medicine: Historical Perspectives*. U of Wisconsin P, 1981.
Small, Douglas. "Masters of Healing: Cocaine and the Ideal of the Victorian Medical Man." *Journal of Victorian Culture* 21 (2016): 3-20.
Willms, Janice and Henry Schneiderman. "The Ethics of Impaired Physicians: Wolfe's Dr. McGuire and Williams's Dr. Rivers." *Literature and Medicine* 7 (1988): 123-31.
ディアドリィ・ベア『サミュエル・ベケット——ある伝記』五十嵐賢一訳、書肆半日閑、二〇〇九年

◆医療と暴力

Bell, Barbara Currier. "Williams' 'The Use of Force' and First Principles in Medical Ethics." *Literature and Medicine* 3 (1984): 143-51.
Brown, Michael. "The Compassionate Surgeon: Lessons from the Past." *Bulletin of the Royal College of Physician* 98 (2016): 28-29.
——. "Surgery and Emotion: The Era before Anaesthesia." In Thomas Schlich ed. *The Palgrave Handbook of the History of Surgery*. Palgrave, 2018.
Browner, Stephanie P. *Profound Science and Elegant Literature: Imagining Doctors in Nineteenth-Century America*. U of Pennsylvania P, 2005.
Dietrich, R. F. "Connotations of Rape in 'The Use of Force'." *Studies in Short Fiction* 3 (1966): 446-50.
Labor, Earle. *Jack London: An American Life*. Farrar, Straus and Giroux, 2013.

Lawrence, Christopher. "Medical Minds, Surgical Bodies: Corporeality and the Doctors." In Christopher Lawrence and Steven Shapin, eds. *Science Incarnate: Historical Embodiments of Natural Knowledge*. U of Chicago P, 1998.

Moore, Daniel. "Trauma and 'The Use of Force'." *William Carlos Williams Review* 29 (2009): 161-75.

Schlich, Thomas. "'The Days of Brilliancy are Past': Skill, Styles and the Changing Rules of Surgical Performance, ca. 1820-1920." *Medical History* 59 (2015): 379-403.

——. "The Emergence of Modern Surgery." In Deborah Brunton, ed. *Medicine Transformed: Health, Disease and Society in Europe, 1800-1930*. Open UP, 2004.

Schwartz, Murray M. "'The Use of Force' and the Dilemma of Violence." *Psychoanalytic Review* 59 (1972-73): 617-25.

◆看護

Dingwall, Robert, Anne Marie Raffety and Charles Webster. *An Introduction to the Social History of Nursing*. Routledge, 1988.

Higginbotham, Peter. *The Workhouse Encyclopedia*. History P, 2012.

Kalisch, Philip A. and Beatrice J. Kalisch. *The Changing Image of the Nurse*. Addison-Wesley Publishing Company, 1987.

Melosh, Barbara, "Nursing Illusions: Nurses in Popular Literature." In Paul Buhle, ed. *Popular Culture in America*. U of Minnesota P, 1987.

Monteiro, George. "Fitzgerald vs. Fitzgerald: 'An Alcoholic Case'." *Literature and Medicine* 6 (1987): 110-16.

Waldhorn, Arthur. "The Cartoonist, The Nurse, and the Writer: 'An Alcoholic Case'." In Jackson R. Bryer, ed. *New Essays on F. Scott Fitzgerald's Neglected Stories*. U of Missouri P, 1996.
West III, James L. W., ed. *The Cambridge Edition of the Works of F. Scott Fitzgerald: The Lost Decade*. Cambridge UP, 2008.
アン・ハドソン・ジョーンズ編著『看護婦はどう見られてきたか――歴史、芸術、文学におけるイメージ』中島憲子監訳、時空出版、一九九七年
武井麻子『感情と看護――人とのかかわりを職業とすることの意味』医学書院、二〇〇一年
西垣佐理「Victorian Nursing Discourse の系譜――ジェンダーと物語展開」『ヴィクトリア朝文化研究』16 (2018): 203-11.
村上春樹編訳『ある作家の夕刻――フィッツジェラルド後期作品集』中央公論新社、二〇一九年

◆患者

Elledge, Scott. *E. B. White: A Biography*. Norton, 1985.
Furst, Lilian R. *Between Doctors and Patients: The Changing Balance of Power*. UP of Virginia, 1998.
――, ed. *Medical Progress and Social Reality: A Reader in Nineteenth-Century Medicine and Literature*. State U of New York P, 2000.
ロイ・ポーター『人体を戦場にして――医療小史』目羅公和訳、法政大学出版局、二〇〇三年

◆女性医師

Brock, Claire. "Women in Surgery: Patients and Practitioners." In Thomas Schlich, ed. *The Palgrave Handbook of the History of Surgery*. Palgrave, 2018.

——. *British Women Surgeons and their Patients, 1860-1918*. Cambridge UP, 2019.
Farkas, Carol-Ann. "Fictional Medical Women and Moral Therapy in the Late Nineteenth Century: Daughters of Aesculapius, Mothers to All." *English Literature in Transition* 54 (2011): 139-64.
Rhodes, Maxine. "Women in Medicine: Doctors and Nurses, 1850-1920." In Deborah Brunton, ed. *Medicine Transformed: Health, Disease and Society in Europe, 1800-1930*. Open UP, 2004.
Swenson, Kristine. *Medical Women and Victorian Fiction*. U of Missouri P, 2005.
バーバラ・エーレンライク、ディアドリー・イングリッシュ『魔女・産婆・看護婦――女性医療家の歴史』増補改訂版、長瀬久子訳、法政大学出版局、二〇一五年
香川せつ子「19世紀イギリスにおける女性の医学教育運動」『西九州大学・佐賀短期大学紀要』28 (1997): 113-25.
――「医学と女子高等教育の相克――ヴィクトリア期における「女性の身体」」望田幸男・田村栄子編『身体と医療の教育社会史』昭和堂、二〇〇三年
出島有紀子「医師登録制度とインドの恩恵――ヴィクトリア時代の女性医師」伊藤航多他編著『欲ばりな女たち――近現代イギリス女性史論集』彩流社、二〇一三年

◆最期・災害

Baker, Robert B. and Laurence B. McCullough, eds. *The Cambridge World History of Medical Ethics*. Cambridge UP, 2009.
Clark, David. *To Comfort Always: A History of Palliative Medicine since the Nineteenth Century*. Oxford UP, 2016.
Dückmann-Gallagher, Noelle. "Metaphors of Infectious Disease in Eighteenth-Century Literature:

Complex Comparatives in Daniel Defoe's *A Journal of the Plague Year* (1722)." In Clark Lawlor and Andrew Mangham, eds. *Literature and Medicine: The Eighteenth Century*. Cambridge UP, forthcoming.

Jupp, Peter C. and Clare Gittings, eds. *Death in England: An Illustrated History*. Rutgers UP, 1999.

Smith, Richard. "A Good Death: An Important Aim for Health Services and for us All." *British Medical Journal* 320 (2000): 129-30.

赤江雄一・高橋宣也編『感染《うつ》る　生命の教養学14』慶應義塾大学出版会、二〇一九年

村上春樹編訳『ある作家の夕刻――フィッツジェラルド後期作品集』中央公論新社、二〇一九年

レベッカ・ソルニット『災害ユートピア――なぜそのとき特別な共同体が立ち上がるのか』高月園子訳、亜紀書房、二〇一〇年

「一口の水」

Brown, T. K. III. "A Drink of Water." *Esquire*. September, 1956.

参照：Brown, T. K. III. "A Drink of Water." *American Nurses in Fiction: An Anthology of Short Stories*. Ed. Barbara Melosh. New York & London: Garland Publishing, 1984. pp.179-201.

「利己主義、あるいは胸中の蛇」

Hawthorne, Nathaniel. "Egotism; or the Bosom-Serpent." *United States Magazine and Democratic Review*. March, 1843.

参照：Hawthorne, Nathaniel. "Egotism; or the Bosom-Serpent." *Mosses from an Old Manse. The Centenary Edition of the Works of Nathaniel Hawthorne*. Vol. X. Columbus: Ohio State University Press, 1974. pp. 268-83.

「診断」

Wharton, Edith. "Diagnosis." *Ladies' Home Journal*. November, 1930.

参照：Wharton, Edith. "Diagnosis." *The New York Stories of Edith Wharton*. New York: New York Review of Books, 2007. pp. 381-403.

「端から二番目の樹」

White, E. B. "The Second Tree from the Corner." *New Yorker*. May, 1947.

参照：White, E. B. "The Second Tree from the Corner." *The Second Tree from the Corner*. New York: Harper & Row, 1954. pp.97-103.

「ホイランドの医者たち」

Doyle, Arthur Conan. "The Doctors of Hoyland." *Round the Red Lamp*. London: Methuen & Co., 1894.

参照：Doyle, Arthur Conan. "The Doctors of Hoyland." *Conan Doyle's Tales of Medical Humanism and Values*. Malabar: Krieger Publishing Company, 1992. pp. 273-89.

「ある寓話」

Selzer, Richard. "A Parable." *The Whistlers' Room: Stories and Essays*. Washington: Shoemaker & Hoard, 2004. pp. 142-44.

「家族は風のなか」

Fitzgerald, F. Scott. "Family in the Wind." *Saturday Evening Post*. June, 1932.

参照：Fitzgerald, F. Scott. "Family in the Wind." *Taps at Reveille*. Ed. James L. W. West III. Cambridge: Cambridge University Press, 2014. pp. 87-106.

出典一覧

「オールド・ドクター・リヴァーズ」

Williams, William Carlos. "Old Doc Rivers." *The Knife of the Times and Other Stories*. New York: Dragon Press, 1932.

参照：Williams, William Carlos. "Old Doc Rivers." *The Doctor Stories*. Compiled by Robert Coles. New York: A New Direction Book, 1984. pp. 13-41.

「千にひとつの症例」

Beckett, Samuel. "A Case in a Thousand." *The Bookman*. August, 1934.

参照：Beckett, Samuel. "A Case in a Thousand." *The Complete Short Prose 1929-1989*. New York: Grove Press, 1995. pp. 18-24.

「センパー・イデム」

London, Jack. "Semper Idem." *Black Cat*. December, 1900.

参照：London, Jack. "Semper Idem." *The Complete Short Stories of Jack London*. Ed. Earle Labor, Robert C. Leitz III, and I. Milo Shepard. Volume One. Stanford: Stanford University Press, 1993. pp. 378-81.

「力ずく」

Williams, William Carlos. "The Use of Force." *Life along the Passaic River*. Norfolk: New Directions, 1938.

参照：Williams, William Carlos. "The Use of Force." *The Doctor Stories*. Compiled by Robert Coles. New York: A New Direction Book, 1984. pp. 56-60.

「人でなし」

Selzer, Richard. "Brute." *Letters to a Young Doctor*. New York: Simon & Schuster, 1982. pp. 59-63.

「貧者の看護婦」

Gissing, George. "The Beggar's Nurse." *Human Odds and Ends: Stories and Sketches*. London: Lawrence and Bullen Ltd., 1898.

参照：Gissing, George. "The Beggar's Nurse." *Human Odds and Ends: Stories and Sketches*. New York & London: Garland Publishing, 1977. pp. 238-43.

「アルコール依存症の患者」

Fitzgerald, F. Scott. "An Alcoholic Case." *Esquire*. February, 1937.

参照：Fitzgerald, F. Scott. "An Alcoholic Case." *The Lost Decade: Short Stories from Esquire, 1936-1941*. Ed. James L. W. West III. Cambridge: Cambridge University Press, 2008. pp. 23-31.

Edith Wharton

イーディス・ウォートン（1862-1937）
アメリカの作家。主に上流階級の社会風俗を諷刺的に描く。『歓楽の家』でベストセラー作家に。『エイジ・オブ・イノセンス』で女性初のピューリッツァ賞を受賞した。彼女の作品は映画・テレビでたびたび映像化されている。

E. B. White

E. B. ホワイト（1899-1985）
アメリカの文筆家。『ニューヨーカー』誌に長年、短編・詩・随筆・評論などを発表した。児童文学『ちびっこスチュアート』『シャーロットのおくりもの』がベストセラーになる。『英語文章ルールブック』の著者の一人。

Arthur Conan Doyle

アーサー・コナン・ドイル（1859-1930）
エディンバラ生まれのイギリスの作家。シャーロック・ホームズの生みの親として有名。エディンバラ大学で医学を学び、一時開業医となるも、その後作家業に専念。『緋色の研究』をはじめとする数々の傑作を生み出す。

[監訳者]

石塚久郎（いしづか ひさお）

1964年生まれ。専修大学文学部教授。英国エセックス大学大学院博士課程修了（Ph. D.）。著書に『イギリス文学入門』（責任編集、三修社）、『身体医文化論』1、4巻（共編、慶應義塾大学出版会）、*Fiber, Medicine, and Culture in the British Enlightenment*（Palgrave Macmillan）、訳書にレントリッキアほか編『現代批評理論——22の基本概念』（共訳、平凡社）など。

[訳者]

大久保譲（おおくぼ ゆずる）

専修大学文学部教授。東京大学大学院博士課程中退。訳書にディレイニー『ダールグレン』（国書刊行会）、ウォー『卑しい肉体』（新人物往来社）、共訳書に『ポケットマスターピース08　スティーヴンソン』（集英社）。

上田麻由子（うえだ まゆこ）

上智大学非常勤講師。上智大学大学院博士後期課程単位取得退学。アメリカ文学専攻。共著に『増補改訂版 現代作家ガイド1　ポール・オースター』（彩流社）、訳書にシリ・ハストヴェット『震えのある女——私の神経の物語』（白水社）、ロクサーヌ・ゲイ『むずかしい女たち』（共訳、河出書房新社）など。

馬上紗矢香（もうえ さやか）

上智大学他非常勤講師。ボストン大学大学院修了、修士（アメリカン・スタディーズ）。上智大学大学院博士後期課程単位取得退学。アメリカ文学専攻。共著に『アメリカン・ロマンスの系譜形成——ホーソーンからオジックまで』（金星堂）。

[著者]

William Carlos Williams
ウィリアム・カーロス・ウィリアムズ（1883-1963）
アメリカの詩人・作家。開業医をしながら文筆活動を続けた、いわゆる「医師 - 作家」の代表的存在。医療ものの短編は医療人文学のアンソロジーによく取り上げられる。詩人としての代表作は『パターソン』。

Samuel Beckett
サミュエル・ベケット（1906-89）
アイルランド生まれの劇作家・小説家。『ゴドーを待ちながら』などの不条理劇で有名。散文の代表作として『モロイ』『名づけえぬもの』などがある。1969年にノーベル文学賞受賞。

Jack London
ジャック・ロンドン（1876-1916）
アメリカの作家。自然主義の代表的作家の一人。ダーウィンの進化論やマルクスの社会主義思想など、一見矛盾した思想が作品に反映されている。代表作に『野性の呼び声』『白い牙』などがある。

Richard Selzer
リチャード・セルツァー（1928-2016）
アメリカの作家。ウィリアムズを引き継ぐ「医師 - 作家」の代表格。開業外科医と大学医学部での教職の経験が作品に色濃く反映されている。代表作に『若き医師への手紙』『外科の流儀』などがある。

George Gissing
ジョージ・ギッシング（1857-1903）
イギリスの作家。フランス自然主義派の影響を受け、「英国のゾラ」とも称された。社会の貧困や疎外をリアリスティックに描いた。代表作に『三文文士』『ヘンリー・ライクロフトの私記』などがある。

F. Scott Fitzgerald
F. スコット・フィッツジェラルド（1896-1940）
アメリカの作家。華やかなる1920年代「ジャズ・エイジ」の旗手となり、代表作『グレート・ギャツビー』を執筆する。30年代は妻ゼルダの精神疾患や自身のアルコール依存など不遇の人生を送った。

T. K. Brown III
T. K. ブラウン三世（1916？-98？）
20世紀アメリカの作家。本名トマス・K. ブラウン。主に『プレイボーイ』や『エスクァイア』などの雑誌に短編を書いた。

Nathaniel Hawthorne
ナサニエル・ホーソーン（1804-64）
アメリカの作家。アメリカ・ルネサンスを代表する作家の一人。代表作の『緋文字』は姦通文学として日本でも有名。マッド・サイエンティストものなど医科学を題材にした短編も書いている。

平凡社ライブラリー 909

医療《いりよう》短編《たんぺん》小説集《しようせつしゆう》

発行日…………2020年9月10日　初版第1刷

著者……………W. C. ウィリアムズ、F. S. フィッツジェラルドほか
監訳者…………石塚久郎
発行者…………下中美都
発行所…………株式会社平凡社
〒101-0051　東京都千代田区神田神保町3-29
電話　東京(03)3230-6579[編集]
東京(03)3230-6573[営業]
振替　00180-0-29639
印刷・製本……藤原印刷株式会社
DTP…………平凡社制作
装幀……………中垣信夫

ISBN978-4-582-76909-8
NDC分類番号938　B6変型判(16.0cm)　総ページ376

平凡社ホームページ　https://www.heibonsha.co.jp/

落丁・乱丁本のお取り替えは小社読者サービス係まで
直接お送りください(送料、小社負担)。